迷城之咒

1839 MACAO
THE CURSE OF
THE LOST CITY

著——
邓晓炯

天津出版传媒集团

百花文艺出版社

图书在版编目（CIP）数据

迷城之咒 / 邓晓炯著. -- 天津：百花文艺出版社，
2024.6
ISBN 978-7-5306-8829-8

Ⅰ.①迷… Ⅱ.①邓… Ⅲ.①长篇历史小说-中国-
当代 Ⅳ.①I247.5

中国国家版本馆 CIP 数据核字(2024)第 078704 号

迷城之咒

MICHENG ZHI ZHOU

邓晓炯　著

出　版　人：薛印胜　　**编辑统筹**：徐福伟
责任编辑：王亚爽　　**特约编辑**：赵文博
美术编辑：蔡露滋
出版发行：百花文艺出版社
地址：天津市和平区西康路 35 号　**邮编**：300051
电话传真：+86-22-23332651（发行部）
　　　　　　+86-22-23332656（总编室）
　　　　　　+86-22-23332478（邮购部）
网址：http://www.baihuawenyi.com
印刷：山东临沂新华印刷物流集团有限责任公司
开本：900 毫米×1300 毫米　　1/32
字数：196 千字
印张：8.5
版次：2024 年 6 月第 1 版
印次：2024 年 6 月第 1 次印刷
定价：55.00元

如有印装质量问题，请与山东临沂新华印刷物流集团有限
责任公司联系调换
地址：山东省临沂市高新技术产业开发区新华路 1 号
电话：(0539)2925886
邮编：276017

澳门之恋

恋情啊,恋情,

我的灵魂,我的生命,我的心,

如果早知如今,我不会情窦初绽,

今痛苦难忍,

你这暴君,你这个忘恩负义的人,

永世难以忘怀,

…………

从天飘落的白玫瑰,

干枯,撒下花籽,

宁愿死于枪下,

绝不做有情人,

…………

—— 摘引自若昂·俾利喇①遗稿

---

① 若昂·俾利喇(João Feliciano Marques Pereira),澳门土生俾利喇家族第三代,1863年5月17日出生于澳门风顺堂区,1899年继承父业复办《大西洋国》杂志,从事新闻工作和历史研究。他是里斯本地理学会会员、葡萄牙皇家亚洲学会会员及葡萄牙皇家建筑和考古学会会员。1909年6月7日在里斯本去世。

楔　子

中国人,到处都是中国人!

漫山遍野,至少也有数百上千之众。

检察官利马环顾四周,身边的法官、主教、书记及随行人员都躁动不安起来,就连负责戒备的卫队士兵,也纷纷露出惊恐的神色。这也难怪,即便有这三十多名全副武装的卫兵,加上随行的几十个黑奴,但面对四方八面不断拥来的中国人,如果动起手来,也毫无胜算。

利马努力镇定下来,将目光投向远处那座绞刑架——在清晨阳光的照耀下,新修的木台夺目耀眼,仿若圣殿里的祭坛。旁边有座小屋,里面是特地远道来观刑的广州知府大人。身为两广总督的特派专员,他在澳门同知、香山知县,以及被称为"澳门佐堂"的香山县丞等人的陪伴下前来监刑。这些日子和这些中方官员多番往来交涉,已令利马身心俱疲,此刻面对如此汹涌情势,不知是否会再生变故?忐忑不安的利马回转身,仿佛这样能令自己安心一些,望向远处山头那座巍峨雄伟的大三巴炮台。

"轰——"炮台上，传来一声震耳欲聋的炮响。

时候到了。

伴随着哐啷作响的镣铐铁链声，死囚犯在士兵及黑奴的押送下现身。利马和王家大法官交换了一下眼色，神色凝重地迈步出发，主教、法庭书记等人跟在后面，一起缓缓向绞刑台走去。

围观群众中，有人看见死囚的脸孔，发现并非传闻中的那个葡国军官，于是不满地大声叫嚷起来。这很快引发四方八面的喧哗和叫器，仿若海潮，此起彼伏。一片混乱的嘈杂声响，逐渐汇聚成声调一致的怒吼巨浪。虽然听不懂人群在怒吼什么，但利马亦能猜出大概：年初发生在法瓦乔少校家的凶杀案，来自帝汶的黑奴喝醉酒后杀了华人少年严亚照，母亲严徐氏报官追究，却掀起了一场中葡关于司法管辖权的风波，利马依照法律处理了案件，但严徐氏不肯罢休，最后更惊动了两广总督……

葡华两族虽共居于这小城，但华人对葡萄牙人似乎有种天生的敌意，不过，谁知道呢？也许那只是他们对一个陌生异族出自本能的恐惧。将心比心，利马不禁想到了自己——虽在澳门土生土长，但平日在城里见到那一张张喜怒难辨的东方脸孔，内心不也常泛起忐忑和不安吗？

人群的怒吼，迅速将这支小队淹没，葡兵和黑奴绝望地围成一圈，徒劳地挥舞手中的武器，可此举除了进一步刺激周围那些愤怒的面孔之外，似乎并无任何实际作用。"快，去找清国官员！"利马对身边的翻译下令。个子矮小的翻译灵活地突破包围，奔向小屋。谢天谢地！很快有几个衙役模样的人从屋内步出，他们挥舞棍棒，大声呼喝，人群总算稍稍安静下来。那群衙役走上前，清理出一片空地，人群仿佛被堤岸阻挡的大江潮水，在沉默中不断积蓄下一波爆发的力量。

利马拍了拍王家大法官的肩膀,对方恢复了镇定,继续引领这支队伍前进。终于抵达了目的地,士兵将囚犯押上绞架台。行刑人手脚麻利地用黑布将囚犯头蒙住,套上绞索,转头望向王家大法官。法官看了一眼利马,再望向不远处的小屋——刚才那群衙役一字排开,木然站立,屋内的中方官员似乎并无观刑的打算。法官回转头,向身边的主教点头示意。主教开始念诵祷词,举起手,隔空向绞架下的死刑犯画了一个"十"字。

"轰——"大三巴炮台上,传来第二声炮响。

大法官对行刑人挥手示意。"喀啦——"行刑人一脚踢飞死囚脚下所踩的木凳。绞索猛地拉紧,个子矮小的犯人陡然下坠,剧烈摇摆起来,发出吱吱呀呀的声响,身体在半空胡乱扭踢了片刻,慢慢地,不再动弹了。

行刑人和一旁的士兵合力,解下尸体,平放在地。利马再派翻译前往小屋通报。这次,一群身穿朝服的清国官员拥了出来,走在最前面的是广州知府,澳门同知、香山知县及澳门佐堂等人紧随其后。

知府大人走近绞架台,皱眉不前。绞架、死人……都是不祥的东西。知府大人身边的澳门佐堂大概已领会到上级的意思,快步跑上绞架台,经过利马面前,甚至都没有看他一眼。佐堂瞥了一眼地上的死囚,转身又跑了回去。面无表情的知府听完下属的汇报,点点头,转身离去。

"轰——"传来第三声炮响。

围观人群中冲出一个中年妇人,跪下拦住这群官员的去路。那女人哇啦哇啦地哭诉着。虽然从她嘴里吐出的话,利马一个字也听不懂,但他认出了那个女人——是那华人少年的母亲。利马明白她的痛苦和愤怒,但自己对此无能为力。"快走!"他低声对大法官说,不知怎的,内心突然冒出不祥的预感。

但为时已晚,前面的人群传来一片骚动。知府大人的侍卫举鞭抽打那位拦路的母亲,旁边有人看不过眼,上前怒斥制止,很快便演变成一场混战。外围黑压压的人群躁动起来,不知谁丢来一块石头,那群官员纷纷躲避,衙役们大声呼喝,但无济于事。那块飞来的石头好像提醒了大家,很快,更多石块像雨点般飞来,几个官员被打中了,血流了一脸。

愤怒像野火般迅速燃遍山头,石块、木棍,甚至树枝也被当成武器,人群如潮水般向这群官员涌来,他们冲向绞架台,动手拆下一切可以当作武器的东西,还有人冲进小屋,四方桌、太师椅、小木凳、杯盘碗碟,甚至连灯台、瓜果也被当作武器,扔向那群狼狈逃窜的官员和衙役。

利马转头四望,知府大人和他属下那群官员早已不见了踪影,于是他拉着法官向身后炮台狂奔而去。虽然看起来那些暴民攻击的目标只是清国官员,但在混乱中,难保不会发生意外。

不知何时,在大三巴炮台观刑的总督派了一支小队前来营救。"这边,快过来!"前方传来的葡语叫喊,令利马在混乱之中略感心安。

"砰——"不知何处传来一记重击,利马眼前一黑,猛然倒地。耳畔传来几个华人男子的呼喝声,虽然听不懂,但从对方的语气,他知道,这次恐怕在劫难逃。

又一下重击,腹部一阵剧痛。利马痛苦地弓起身子,将自己蜷缩成一团。在彻底失去知觉之前,这大概是他唯一能做的事情了……

又一次,利马从睡梦中惊醒,发现全身已被汗水湿透。那场可怕的梦魇,虽已时隔十三年,但仍在他的脑海缠绕不散,偶尔在无人的深夜偷偷爬出来,将他重新拖回那团混乱不堪的可怕回忆。

　　暗夜中,利马就像一条濒死之鱼,张大了口,却发不出半点声音,即便此刻已全然清醒,但其实他仍不太确定——那刻骨铭心的疼痛、恐惧和困惑,究竟是自己的虚构想象,还是曾发生过的真实场景?

一

　　钦差大人林则徐要来澳门巡视的消息，几个月前已不胫而走，城里的华人都非常兴奋，虽不知林大人几时进城，但已纷纷各做准备。传闻林大人到时会经过某大街，在大街两旁，人们已经自发设下大大小小的香案供桌，并堆满鲜花香果以及各种吉庆摆设。街道两旁的不少店铺商家，还特地扯了大红绸缎幡子，刺绣刻字，悬挂张贴。

　　夏天的暑气仍未全消，澳门城里已充满了过年般的喜庆气氛。

　　这一切，利马看在眼里，内心百味杂陈。虽说自己生于斯、长于斯，但环顾四周，仍难免不时泛起寄居他人屋檐下的不安。1826年发生的那场风波，全今仍是自己缠绕不休的梦魇——在"严亚照案"行刑当日，现场围观的数千华人发生暴动，他们先用砖石投袭官员，然后冲进城内，捣毁法瓦乔少校的住宅、冲击总督官邸和大炮台，最后总督出动军队，才勉强控制住局势。据说，后来还酝酿了断绝居澳葡人的粮食供给，只因清国官府阻止才未成事。

　　当年那种恐惧与慌乱，至今仍然阴魂未散。去年在广州城内发生的暴乱，几乎就是"严亚照案"的翻版，那些冲击十三行洋商夷馆的暴民,令利马不禁又想起了当年那场噩梦。

混乱的时代、躁动的人心,似乎从来不曾改变。

但眼下不同的,是利马已是统理华夷事务的议事会理事官——成立于十六世纪晚期的澳门议事会,是居澳葡人的自治权力中心,平时主要负责居澳葡人的内部管理,而作为议事会代表的理事官,是唯一获得清政府承认的官方代表,亦因此成为葡人社区与中国官方的联络中介。利马身为理事官,平日特别留意身边的华人:那些百姓对清国官员的沉默与顺从,在他看来大多源于恐惧,但在那些华人内心,其实充满了鄙视和不信任。因此,看见当地华人对林则徐由心而发的尊崇与爱戴,更令利马啧啧称奇。

林则徐,到底是个什么样的人?

其实利马对这个充满传奇色彩的名字早有耳闻,尤其是不久前的虎门销烟之举,不但震撼四方,也令澳门葡人大为惊讶。这么多年来,利马和清国官员打过不少交道,对他们的脾性嘴脸可说是相当熟悉,但他隐约感到,林则徐和以往那些官员不同。这段时间在街头的所见所闻,也进一步印证了他的猜测。

对于即将来澳巡视的钦差大人,葡方十分重视,自己作为理事官,负责接待是当然之责,但开局不利,早前和广东方面就此事往来拉锯,一开始就碰了个软钉子。所以,今天一大早,他特地跑来和总督大人商议对策。

"什么?钦差拒绝了我们的提议?"听了利马带来的坏消息,边度总督难以置信地扬起眉毛。

一直以来,位于澳门市中心的议事会大楼都是中葡官员进行会谈之地,所以这次利马也打算选在此处接待远道而来的钦差。不料,这项提议刚告知广东方面,对方立刻回复说,钦差大人要求,巡视安排"严禁华奢",不必费心操办,会面场地选在靠近关闸的莲峰官庙即可。

"看来,这钦差人还没到,就想给我们先来个下马威呀!"总督不屑地哼了一声。

利马摇摇头。这一点他也不是没想过——清国官员素来讲面子、重排场,出则车水马龙,入则前呼后拥,所谓"崇简倡廉"不过口头说说而已,不过是为了显摆官威,但亲眼见到当地华人对这位钦差的热切期盼,利马又推翻了自己当初的想法。

"听说这次林钦差从京城南下广东,居然没有随带官员、书吏,仅有数名跟班厨丁,一路经过府、州、县,都禁绝公款宴请,就连沿途驿站预备的官轿也坚辞不用。据说有个县的地方官费尽心思铺张招待,原本是想巴结,却反被钦差查出贪腐之事,结果丢官入狱。消息一传出,令清国官场哗然。"这段时间利马也收集了不少关于新任钦差的消息,"所以,钦差这次来澳门巡视,说要严禁华奢,很可能是认真的。"

"那可真是稀奇了!"边度仰身后靠,跷起二郎腿,双手抱于胸前,"告诉你,我在澳门这几年,那些中国人确实让我大开眼界,但清廉的清国官员?"总督大人哈哈地笑了起来,"我倒还真是没见过呢。"

"林则徐这次虎门销烟,令各国大为震动。"利马看了一眼总督大人,"依我来看,这次清国的禁烟行动,可能不会像以前那样,只是虚张声势。"

鸦片贸易早在明朝已有,澳门更是长期作为中国鸦片入口的贸易集散地。自从清政府1729年首次颁布鸦片禁令以来,"禁烟"政策便时松时紧,通常是一边禁、一边卖,利润财富如海潮巨浪般涌入澳门。但利之所在,趋者若鹜,随着大英帝国在亚洲声势益隆,葡人以澳门为据点的贸易线路就不断衰落,尤其是在英国人突破葡人的势力范围、找到一处比澳门更方便的好地方——伶仃洋面——之后,大部分鸦片贸易均转移至此,澳门的中枢地位更是一落千丈。不过,在鸦片贸易中后来居上的英国,虽然占尽好处,但塞翁失马,焉知非福,如今面对新任钦差猛烈的禁烟之举,澳门的葡人倒也乐得在一旁看热闹。

"清国禁烟,主要是中国人和英国人之间的纠纷,你我不必太过担心。"总督对利马的忧心忡忡不以为然,他的心思已不在这上面,倒想起另一件久拖未决的事情来,"关于总督府搬迁的事,进行得怎样?"

自从边度两年前到任之后,一直对南湾海边这座毫不起眼的总督府心怀不满,身为女王陛下的全权代表,本地葡人对自己的轻视和怠慢,尤其令他火冒三丈。他看中了加思栏炮台附近那座历史悠久的圣方济各修道院,那是来自马尼拉的西班牙方济会传教士数百年前所建。修道院盘踞海岸,雄伟坚固,而且眼下又正好空置,给自己做总督官邸再好不过,但议事会那帮家伙不情不愿,拖拖拉拉,他追问了几次,最后总是不了了之。

"督府搬迁之事比较复杂,不但涉及教会,还有费用的筹措,一时难以落实。况且,议事会目前正忙于接待清国钦差,此事还是迟些再商议吧。"

边度碰了个软钉子,但又不好发作,只好哼了一声,算是表示知道了。议事会果然是块麻烦的绊脚石——遵照女王玛丽亚二世的行前御示,边度到任后就该着手夺取澳门的控制实权,但那些本地葡人处处与他作对,就连搬迁总督府这种小事也阻力重重。强龙难压地头蛇,他身上还有女王陛下交托的更重要的任务,想换一座更气派的总督府,恐怕只好再等一等了。想到这里,总督就气不打一处来。

"总督阁下,所以你也同意接受中方的意见,将我们接待钦差大臣的地点改在莲峰官庙?"利马对总督的不满佯作不知,又转回原先的话题。

边度望了一眼面前的理事官。对这个看上去温文尔雅、骨子里却固执己见的家伙,他已不想再作纠缠,说道:"我没意见,你去处理就行了。"突然他想起了什么,补充道:"但也要小心,可别得罪英国人。"他伸手拉开抽屉,取出一份信函,"昨天我收到义律的公函,说英国愿派军队和我们一道协防澳门。"

利马吃了一惊:"这是想拉我们落水啊!"

今年三月,林则徐抵达广州没多久,就和英国鸦片商起了纷争,等同"英国领事"的驻华商务监督义律随即向边度发出照会,先是要求他保护在澳英国侨民,现在又提出派遣英兵入澳,这不明摆着想将葡萄牙捆绑上英国的战车嘛!

总督提醒利马:"你刚才说清国禁烟是认真的,我看英国人也不像在开玩笑。他们在广州被缴掉那么多烟土,全部在虎门付之一炬,岂会这么轻易算了?前些日子我收到消息,说伦敦方面正在讨论是否出动海军远征中国,依我看来,中英之间,很有可能会爆发战事。"

"这样的话,总督阁下,英军入澳之事,更不可应允啊!"

总督沉吟良久后说:"但葡英两国毕竟是多年盟友,若断然拒绝,也不太妥当,还是等我向女王陛下汇报之后再说。"

"女王陛下远在千里之外,并不了解我们的实际处境。"利马心急火燎地插嘴,"在这里,英国人有战舰和军队,但我们只能靠自己,如果让英军开进澳门,那无异于和他们一起向清国宣战,只怕中英还未开打,我们就先被连根拔起。而即便最后英国赢了,您又如何肯定他们不会顺便把澳门吃掉?"

边度总督沉默了。

英国人对澳门的觊觎并非什么秘密,在清国上一位皇帝任内,英国人就曾于1802年和1808年两度企图强夺澳门,如果不是虎门的清军水师调兵协防,恐怕澳门葡人早被赶离这座居住了几百年的小岛。如今面对这场山雨欲来的中英冲突,海军战力强大的英方和地广人众的中方,两强相争,最后谁能胜出此刻仍是未知之数。最符合葡萄牙帝国利益的策略,当然是先隔岸观火、谋定而后动。对于这一点,边度心知肚明,但眼下面对咄咄逼人的义律,他一时也想不出有何应对良计。

"那你说我们现在该怎么办?"总督扭头看了一眼利马。身材高大、头发花白的理事官,和那些中国人打了多年交道,已是经验丰富的本地司法与行政官员,虽然他平日寡言少语,但却常有出人意料的精辟见解。

"这次中英两国的争执焦点在于鸦片贸易,反正近年葡人从事鸦片贸易者已不多,利润更是大多落入英国人的口袋,禁不禁烟,对我们影响并不大,那些英国鸦片商在伶仃洋的走私买卖本来就见不得光,连他们自己不也在广州乖乖上缴了鸦片吗?清国钦差现在说要严禁鸦片,我们何不顺水推舟? 总督大人您先颁下督令,配合清国查禁,钦差肯定满意。然后我们再回复义律——答应他,凡在澳门合法贸易的英商,葡方必定尽力保护,但违法者则恕难包庇。这么一来,他也没理由还要坚持派兵入澳了吧?"

听了利马的提议,总督暗暗点头称是。"不过,在正式颁令前,要先把澳门做鸦片买卖的那些葡商处置妥当,否则到时万一被清国钦差抓住了把柄,我们岂不是搬起石头砸了自己的脚?"总督想起了早前钦差追究的那件鸦片案,"对了,'纪亚九案'你们处理得怎样了?"

前些日子,华人鸦片贩子纪亚九被广东官府缉拿,经盘查后,得知其货源大多来自澳门,林则徐谕令葡方尽速清查,限令澳门查明境内所囤烟土并尽速上报。这些天,除了筹备钦差访澳的安排,利马都在忙着处理这件案子。

"现已查明,纪亚九囤积鸦片之所,就在山水围的晏哆呢楼,我们已扣押了和他往来的英国鸦片商因义斯,连同偷运入澳的八箱鸦片,都已送交广东官府,不过——"利马犹豫了一下,"目前仍在追查是否还有其他葡人涉案。"

总督大人叹了一口气:"清国和英国的这场纠纷,澳门可别卷进去。"

利马点点头。如果钦差大人来澳巡阅时,发现仍有葡人在暗地里从事鸦片买卖,恐将会带来意想不到的危害——说不定,葡人多年在澳获允居住、营商的惯例,有可能因此而生变故。

"你回去加紧查办,千万别让清国钦差抓住我们的痛脚。如果那个林则徐真如你所言,还是别招惹他为妙……"不知怎的,本来并未将这事放在心上的总督大人,竟开始有些隐隐担心起来。

二

　　从总督府返回议事会的路上，利马逐件盘算接下来要做的事情："纪亚九案"所涉澳门相关人等急待一一查清，但自己手头人证、物证皆缺，还好日前接到香山县衙通知，说抓获一名葡萄牙鸦片走私犯，但因语言不通，无法审讯，只好移交给澳门的葡人处理。刚才因赶着去见总督，所以利马将此事交托给副官罗伦佐，不知现在处理得怎样了。

　　不料利马刚一走进议事会大楼，就见罗伦佐慌慌张张地迎了出来："理事官您回来得正好，刚才有两个人硬闯进来，说一定要见你，拦也拦不住……"

　　利马一脸疑惑："什么人？"

　　"领头的自称是英国海军军官。"副官喘定呼吸，"说是义律的手下。"

　　利马内心一沉。又是义律？他派人来这里干什么？

　　利马匆匆走进办公室，只见有两人端坐在他的办公桌前。一看见利马，那两人马上站了起来。"午安，理事官阁下！本人是托马斯上尉，隶属于英国驻华商务监督义律大人的麾下。因事出紧急，不得已才闯了进来，若有所冒犯，还请原谅。"青年男子彬彬有礼的语气中，暗藏了几分咄咄逼人的气势。

"你有什么急事？"

"这位是玛丽亚小姐，"英国军官伸出手，指向身边之人，利马循之望去，发现是一位妙龄葡萄牙女子，"她的亲人被清国政府无故扣押，我们只好前来请求您的帮助。"

玛丽亚风姿绰约，样貌出众，虽是典型欧洲人面孔，但那双黑色眼眸和一头黑发，隐约透露了体内的华人血统。

"我叫玛丽亚，"那女子的葡语带着浓厚的土生口音，焦灼中透出几分坚定，"前些日子，我弟弟被清国官府抓走，一直都没有他的消息，听说中国人把他送到您这里来了。"

"她说的，就是今天香山县衙移交给我们的那个犯人。"罗伦佐凑近利马耳边，压低声音提示。

"哦。"利马问玛丽亚，"你弟弟叫什么名字？"

"他叫安东尼奥。"

利马思考片刻，很快在内心作出了决定。他起身向门口走去，同时挥手示意英国军官和葡萄牙女子随后跟上："那就和我们一起去看看，今日押解来的那个人，究竟是不是你弟弟。"

在临时充当的牢房地窖里，一下子拥进来的这一群人，令原已狭小的牢间变得更加局促。

"安东尼奥！"罗伦佐打开牢门，高喊了一声。

一个身材高大的男子迈步从牢房里走出来，借着烛光，利马才看清对方的脸——竟是一张华人面孔："你就是……安东尼奥？"

"是。你是哪位？"男子回答，一口流利的葡萄牙语，也是地道的土生口音。他一见到理事官身后的玛丽亚，神情变得雀跃起来："姐姐！你怎么进来的？"

"安东尼奥！你没事吧？"

"我很好——"男子伸展手臂，转了一圈，以示并无大碍，"那些中国人拿我没办法的。"

"在理事官和我面前，你那些惯用伎俩，别以为我们不知道！"罗伦佐上前呵斥。但安东尼奥他嬉皮笑脸地耸了耸肩，显然毫不在乎。

这个安东尼奥，父亲是葡萄牙人，母亲是中国人，不但会说葡文和粤语，还略通英语，因此一直活跃于澳门至广州这条鸦片走私路线，周旋在英国人、中国人和葡萄牙人之间，这次算他倒霉，碰上了以严苛闻名的清国新任钦差。

"他真是你弟弟？"利马望向玛丽亚，这个安东尼奥看起来和他姐姐截然不同，完全是一副华人样貌，那高大魁梧的身形骨架，倒是隐约透出大航海时代海上冒险民族的彪悍血统。

玛丽亚对理事官点了点头。

"我可以走了？"安东尼奥转过身，对姐姐鬼马地眨了眨眼。

利马低头翻看副官递来的卷宗记录，那是和香山方面交接时所做的笔录，仅有寥寥几行。"你想走也行，但先要老实回答我们几个问题。"他瞥了一眼玛丽亚和托马斯，再转向安东尼奥，"若有半句谎话，那谁也救不了你。"

玛丽亚心急如焚地望向安东尼奥，后者仍强装出满不在乎的样子。

"你这次是帮因义斯带货上广州？"利马开始发问。

安东尼奥点了点头。

"因义斯那个英国鸦片贩子——"利马停顿下来，故意瞥了一眼托马斯，但那英国军官面无表情，仿佛什么也没听见，"已被捕送广东官府，你知不知道？"

"什么？"安东尼奥脸色骤变。

利马紧盯对方，继续追问："那你认识纪亚九吗？"

安东尼奥再点头。

"你也帮他带货？"

安东尼奥犹豫片刻，摇了摇头："我很少直接和他打交道，每次都是和因义斯来往。"

"你们如何交易？"

"有时候在十六柱或司打口的窖口取货，有时候则去山水围晏哆呢楼，再带进广州城内的大窖口。"

利马和罗伦佐对视了一眼，从各地运来澳门分销的鸦片烟，大多从内港司打口上岸，岸边甚至还有专门贮存鸦片的"公栈"，至于"十六柱"则是英国东印度公司在澳门南湾的分公司所在，因别墅正门旁有八对孖柱而得名。利马追问："和你来往的英国鸦片商人，除了因义斯，还有哪些人？"

安东尼奥连忙摇头兼摆手："没有其他人了，我的货都是从因义斯那里拿的，他的公班土质量好又便宜，在广州最易出手……"

"清国新来的钦差查禁鸦片有多严，就不用我告诉你了吧？"利马瞪了一眼对方，"澳门已具结保证，总督大人很快会再颁布命令，不管葡萄牙人、英国人还是中国人，以后都不能在澳门贩卖鸦片。你及早收手，做点别的营生吧！否则再出事的话，就没这么走运了。"利马转身，瞥了一眼玛丽亚身边的英国军官，刚才那番话，似在训斥安东尼奥，其实是特地说给他听的。

安东尼奥似乎也觉察到了理事官的意图，他滴溜溜地转动眼珠，看看利马，又看看托马斯，没有说话。

"好了，"理事官挥了挥手，"你可以走了！"

安东尼奥听了一愣,倒是姐姐玛丽亚反应快,拉着弟弟就往外走,"谢谢理事官。"英国军官行了个军礼,也随二人离去。

"理事官,这么快就放他走,是不是太——"罗伦佐也略感惊讶,但话未说完,已被利马打断,"你有没有查清楚,那些葡商在澳门的烟土存货,是否已全部撤走?"

"呃——"罗伦佐眼珠骨碌碌转了几圈,"听说半年前就已经陆续撤离,现在城里应该……没有了吧?"

钦差林则徐一到任,便通过粤海关监督豫坤发布禁烟令,嗅觉灵敏的澳门葡商闻风而动,纷纷将手头鸦片存货转往马尼拉。没多久,坏消息便传到澳门:钦差包围了广州的洋行商馆,收缴鸦片后送往虎门海边销毁,雷霆手段,严格执行,一点也不讲情面,证明澳门葡人当初的那步棋,确实走对了。

"那个安东尼奥只是跑腿的家伙,而且他的话也不可全信——"不放心的理事官叮嘱副官,"鸦片走私商在澳门说不定还有存货,你明天再多派些人加紧巡查。无论如何,在钦差来澳门巡视之前,绝不能出丝毫差错。"

副官领命,转身离去。

牢房内,只剩下利马。他抬头仰望,墙顶狭小的气窗外,一轮朗月初升夜空。利马已经很久没有享受过如此安静的时刻了,自从澳门被卷入这场中英鸦片风波以来,他殚精竭虑寻求令澳门独善其身之法,但此刻看来,真正艰巨的挑战远未到来。

这真是一个令人忐忑的时代:世界动荡不安,未来也令人困惑。一场难以预料的巨变,正逼近这座已安稳了数百年的小城,但它将会变得更好,还是更糟?已在这片土地活了大半辈子的利马,对于这个问题却毫无头绪。

已年近六十岁的利马,此刻正步入人生的终章。生长于斯的他,领略过这座城市大半个世纪的高低起伏,而遥远的祖国葡萄牙,已在脑海里褪色成一片模糊幻象,真正令他念兹在兹的,是这片生养他的土地,他全部的人生记忆都源于此。爱和恨、喜和悲、希望与失落……伴随他的足迹,散落在城市的大街小巷。漫漫人生之路将尽,他本该好好享受安稳晚年,与红酒和诗歌为伴,谁曾料想,阴差阳错之下,他又一次和这城市并肩站在十字路口,难道是上帝在他人生将尽之时,送给他的最后一份"礼物",让他有机会修补十七年前的那场遗憾?

　　利马的思绪,又飘回那个同样的朗月之夜。

　　1822年1月5日,前一年夏天从里斯本出发的"德梅拉尼奥号"军舰在这天抵达了澳门的港口,带来了葡王若昂六世返国的消息——为躲避拿破仑入侵而往巴西避难的葡萄牙王室,历经十四年流亡岁月,终于复国。这个好消息,重新点燃了大家内心的希望之火,开始想象这个古老帝国的全新未来。

　　"利马,我们期盼多年的君主立宪改革,终于有望了!"立宪派主将、老法官维森特·贝路是利马尊敬有加的前辈,他收到消息后,漏夜赶来利马家中。"巴波沙少校是值得信赖的,而且也得到了多明我会和遣使会修士的支持,我们终于可以一起推动在澳门的改革了!"此次贝路法官是专程前来拜托利马这位公认文笔出色的诗人,请他代表在澳门的立宪派上书葡王,向里斯本宫廷表达澳门亦希望加入这场改革的热切期望。一听到贝路提出这个要求,利马立刻就答应了。老法官不禁喜上眉梢:"来,让我们举杯,祝愿祖国早日复兴不朽荣光!"

　　牢窗外,那轮明月光辉,被一片不知何处飘来的乌云遮掩。利马收回眺望窗外的目光,环顾面前这间狭小的牢房。当年憧憬改革的热情,依然在他心头留存余温,可惜月色依旧,人事已非。那次失败的痛彻心扉,就算十七年后,仍不堪回首,恰似法多的幽怨曲调,诉说时代的悲凉宿命……

历经数百年的海浪冲刷,大航海时代葡萄牙帝国的辉煌已一去不返,在这座中华帝国边陲的小岛上,人们已习惯了在夹缝中求存:北方清国的宫廷权斗、南方海面的英国战船……小城又一次置身于激烈莫测的旋涡之中。自己的每一次思考、每一个决定,都有可能给这片土地带来意想不到的后果。一想到这里,利马的心头不禁越发沉重起来。

三

老水手酒馆坐落在人来人往的澳门大街上，再往下走，就是商馆云集的南湾海傍，凭地利之便，酒馆的生意一向不错，入夜后更是人山人海热闹非凡——葡萄牙人、英国人、美国人、印度人、马来人、巴斯人，这些汇聚在澳门的港脚商人、鸦片贩子、水手士兵……都喜欢跑来这里，暂时抛开烦忧，从酒精和烟草里寻求片刻的松弛与解脱。

夜渐入深，酒馆里却更热闹起来。突然，木门猛地被推开，一群英国军人闯了进来，喧嚣的酒馆顿时安静了下来——最近中英关系陡然紧张，城中不时传闻两国就要爆发战争，人心惶惶，因此，不管在城内的哪个角落，只要出现英国人的身影，就会牵动人们紧张敏感的神经，更何况，此刻出现在这里的，是一群大英帝国的皇家海军水兵。

那几个英国人似乎已经习惯了成为众人注目的焦点，他们毫不理会，径自穿过人群，在角落找了张酒桌围坐下。

小酒馆里，很快又恢复了喧哗和吵闹。

"有几天没见了，汤。"诸事八卦的酒保阿丰素走近，认出了这群人当中的托马斯，"听说你们英国水手在尖沙咀闯了祸？"

"少废话，先给我来杯啤酒。"红脸苏格兰人约翰粗鲁地打断了好奇的酒保。阿丰素悻悻地转身离开。托马斯站起身来，拍了拍他的肩膀："她在吗？"酒保会意过来，鬼马地冲着酒吧努了努嘴："你的'酒'在那里哦！"

托马斯抻长脖子望去：远处的酒吧柜台后面，玛丽亚正在忙碌不停。他不得不承认，自己每次来这里，其实是想来见见她。

看见托马斯走近的身影，玛丽亚绯红的脸庞，浮现出迷人的笑容。"你来了？正好，我们老板订的马德拉'航海酒'昨天刚到，给你试试？我请客。"她麻利地从柜台后面取出杯子，盛满红酒，递给托马斯，"谢谢你那天的帮忙。"

"举手之劳。"托马斯接过酒杯，"你弟弟现在怎样了？"

玛丽亚叹了口气，一时不知该如何回答。

那天回到家后，姐弟俩又吵了起来。理事官的警告言犹在耳，鸦片买卖日益凶险，连澳门也不再安全，但安东尼奥还是难以抗拒如此巨大的诱惑。他起先还不明白为何因义斯这次交给自己带上广州的货量如此之多，现在他才明白过来了，大概是那个神通广大的鸦片贩子早收到消息，知道时局将变急于将货脱手。原本安东尼奥为行事方便将货分成两批运送，想不到却因祸得福——昨日从理事官口中得知因义斯被抓的消息之后，安东尼奥内心不免一阵狂喜，仓库里剩下的另一批货尾，现在只有他自己知道，只要能想办法偷偷运进广州，以目前飞升的烟价，那批质量上乘的公班土，肯定能卖一大笔钱！这笔神不知鬼不觉的横财，他怎么舍得放过？

不过，眼下广东禁烟风声日紧，原来的货运渠道已无法通行，要找愿意冒险的人，就需要一笔额外费用。上一批货泡了汤，自己手头现金又不足，想来想去，除了姐姐，也不知还可以从哪里借了。

安东尼奥盯着姐姐，脸上泛起赌徒般孤注一掷的神情："我打算运一批货上广州，现在急需现金周转，你能不能先借点给我？"

玛丽亚的头摇得像拨浪鼓，安东尼奥却锲而不舍。"这批货若能顺利脱手，赚的钱分你一半——"安东尼奥很清楚该如何打动玛丽亚，他报出了一个充满诱惑力的数字，"这些钱，足够你离开澳门了。"

玛丽亚愣了。

该死的安东尼奥！从小到大，他总是最清楚玛丽亚的软肋在哪里。离开澳门，确实是她一直以来的心愿。她从来也没有喜欢过这座城市，关于这里的一切，她都觉得讨厌。不像弟弟那样如鱼得水，她总是感到与这里格格不入，这大半是因为自己的血统和样貌。中国人当然不把她当自己人，而葡萄牙人也瞧不起她。女人最后总是要找个归宿的，可是不管嫁给中国人还是葡萄牙人，玛丽亚都不愿意，这和爱情、金钱无关，她只是怕自己从此被困在这里，永远无法逃离这座没有出口的迷城。可是，若想不靠男人离开澳门的话，玛丽亚就需要钱——数目不小的一笔钱，凭她在酒馆的微薄薪水，那大概是永远无法达成的目标。

她又看了一眼高大的安东尼奥，当年那个跟在自己身后爬树摘果的小男孩，已变成了心狠胆大的投机赌徒，但或许自己也该赌一把——抓住这个逃离澳门的最后机会。

"你要借多少？"玛丽亚内心的防线。出现了一丝裂口。

她从衣柜底下取出存钱的铁盒，拿出弟弟要借的银币数目——那差不多已是她的全部家当。安东尼奥一把抓过，数也没数便揣进口袋:"行了,那我先回去了。"

玛丽亚沉默了片刻:"你……还和她住在一起?"

安东尼奥停下脚步:"你真的永远不回来了?"

玛丽亚没有回答弟弟的问题。自从十七岁那年离家出走之后,她就再也没回去过。她讨厌雀仔园那座阴暗潮湿的房子,讨厌那些总是用异样眼光打量自己的华人邻居,讨厌那种无处不在的、混合了香火油烟的古怪味道。那股味道缠扰她的鼻孔、渗透她的发肤身体,即使多年之后,仍不时从记忆里钻出来提醒她:你并不属于这里。

然而,比起所有这一切,她最讨厌的,其实是那个妇人——那个原本应该呵护自己、照顾自己的人,却变成自己最可怕、最想忘记的梦魇。

"其实,她早已没有责怪你了。"安东尼奥说,"知道吗?那只雀仔,并没有死呢!"

玛丽亚从鼻孔里哼了一声,这家伙,嘴里吐的话不知哪句真哪句假。

"是真的!"安东尼奥急了,"这些年她算命占卜,全靠那只雀仔呢!"

两姐弟从小跟着外婆长大,外婆在雀仔园一带小有名气,专门替人算命占卜,慕名而来的人也不少。

"你知道吗?自从那次之后,不知怎的,周围街坊都知道了这事,后来越传越神奇,说那只鸟是不死灵雀,能通三界五行。好多人慕名而来,她的生意比以前更旺了,说起来,这还真是多亏了你呢——"安东尼奥笑了起来,露出可爱的小虎牙,"其实,她只是嘴上不说,但心里还是很想你的。"

玛丽亚摇了摇头，还是一言不发。

安东尼奥叹了口气："唉，我们家的女人，真是一个比一个倔。"

从昨天晚上到现在，玛丽亚一直深陷于忐忑与惶恐之中，她十分担心弟弟——广东那个新来的禁烟钦差手段狠辣，万一弟弟再出事，真不知道该怎么办。

玛丽亚望向对面的托马斯："从小到大，我那个弟弟，就不肯听我的话。"

托马斯笑了："所有的弟弟都这样。相信我，我曼彻斯特老家那个弟弟，绝对比你这个更糟。"

两人相视而笑，托马斯举起酒杯，抿了一小口。"这酒确实不错！"他惊讶地瞧了瞧手中酒杯，"嗯，有木香，还有海风的味道，令人想起在海上的日子。"他一口饮尽，玛丽亚又替他倒了一杯。

"这是我们老板特地订的。"她遥指远处。酒馆老板法兰度也望见了托马斯，朝他挥了挥手。法兰度拨开拥挤的酒客，他那高大魁梧的身躯，摇摇晃晃地向柜台这边挤了过来。

关于法兰度的身世，无人知晓，据说他早年是商船上的水手，后来不知怎么来到澳门，留在岸上不走了，便开了这家酒馆。传闻他有英国和葡萄牙的血统，是否真确虽无从稽考，但他英文葡文都说得流利地道，看来也不是没有可能。

"托马斯，听说义律这几天去了尖沙咀？"凑近酒吧台的法兰度，头发蓬乱，醉眼惺忪地问。

一旁的酒保阿丰素也过来凑热闹："哎，听说前几天英国水手上岸杀了中国人？义律去尖沙咀肯定是为这事吧？"

1839 年 7 月 7 日，聚泊于九龙尖沙咀一带的英国商船上，有几个上岸的英国水手醉酒之后打死了当地村民林维喜，是为"林维喜案"。这件本属寻常的斗殴伤人案，却因发生在这个特殊时期，很快变成一场中英角力的政治风波。值此草木皆兵的敏感时期，任何一点小火星，都有可能扩散成两国博弈的熊熊烈火，更有可能殃及夹在中间的澳门，大家对此都感到忧心不已。

"你们真的要和中国人打仗吗？"听到他们几个的对话，玛丽亚也凑上前来，不无担心地问。

托马斯摇摇头："义律和清国皇帝派来的钦差现在搞得很僵，局势越来越坏，没人知道最后会如何收场。"

法兰度向柜台后面的玛丽亚伸过酒杯，让她帮自己倒满。"老水手不怕坏天气——"他念叨着这句刻在酒馆招牌上、不知从哪里抄来的谚语，"管他哩，只要有酒有肉，日子能过下去就行。"他举杯和托马斯相碰，一饮而尽。

"这酒，你刚才说它叫什么……"托马斯呷了呷嘴，望向玛丽亚，"航海酒？"

"算你识货！这酒是用马德拉岛的葡萄酿成，又加上白兰地的甜味。"法兰度觉得遇上了知音，兴致勃勃地唠叨起来，"葡萄牙的船长离开里斯本前，都会夹带一些这种酒，经过赤道的高温和船身不停摇晃，会给酒带来特别的香气和韵味，等船靠岸后卖掉，每次都能发一笔小财呢！"

托马斯举杯喝了一大口："那记得提醒我，走的时候多买几瓶。"

"你们真打算撤离澳门？"法兰度问。

托马斯点点头："眼下的局势再恶化下去，我看怕是难免了。"

阿丰素惊恐地睁大眼睛："那些中国人会不会把我们也赶走？"

托马斯看着他："那要看你们葡萄牙人站在哪边了。"

"葡萄牙人站在哪边有屁用？这里是中国人的天下啊！"法兰度打了一个酒嗝儿，"你看这些日子，城里的华人张灯结彩，都忙着准备欢迎清国新来的钦差，那个林什么。"

"林则徐。"托马斯说。

"对，林则徐。那家伙胆子也真是够大，竟然派兵包围十三行收缴各国鸦片。"

"听说他很快就会来澳门了，"阿丰素紧张地问，"会不会把我们也通通抓起来啊？"

"谁……要把……谁抓起来……啊？"红脸苏格兰人约翰不知什么时候晃了过来，他喝得醉醺醺，连话也说不清楚了。

"清国那个钦差大臣啊！听说他很快就要来澳门了，你不知道？"阿丰素伸手扶稳对方。

"哦……那个……自以为了不起……的家伙！"一身酒气的约翰斜靠在酒吧木台边，"他还没领教过我们……大英帝国海军的厉害。你们……放……放心！等我们的军舰一开炮，他马上……呃……马上……就会消失了……"

"你别再喝了。"托马斯扶起足足比自己高一个头的约翰，"该回去了。"

"我……我还没……喝……喝够呢……"约翰嘴里嘟哝着，身子却开始发软。

托马斯向远处角落的那张酒桌挥手，围坐的那群英国水手走上前来。"这家伙，每次都喝得烂醉。"一个水兵一边抱怨，一边和另一个水兵合力架起瘫如烂泥般的苏格兰人往外走。

托马斯抓起酒杯，将剩下的酒灌进嘴里。自己也该走了，他站起身，望向柜台后面的玛丽亚，那对美丽的眼眸也回望着他。

"玛丽亚——"微醺的酒力开始发作,他很想和她再多待一会儿。

"你刚才说,想要几瓶带走?"玛丽亚抓起一瓶航海酒,冲托马斯晃了晃。

"给我两瓶。"托马斯递过酒钱,盯着玛丽亚的眼神热得发烫。

玛丽亚摇摇手:"不用了,算我的。"

离开酒馆的托马斯,思绪借着酒力胡乱飘飞:自己随军远赴这个陌生的东方国度,见证了东印度公司对华贸易的长期垄断地位不再。那些想从对华贸易的丰厚利润中分一杯羹的商人们纷纷远帆来航,激烈竞争和冲突也由此而生。好在有强大的英国皇家舰队,才能令这场跨越全球的冒险游戏不至于完全失控。

成立于十六世纪的皇家海军,先于 1588 年打败西班牙无敌舰队,再于 1805 年击溃拿破仑的法西联合舰队,支撑起大英帝国的海疆霸业,称雄海洋数百年之久,令大英帝国的殖民事业不断扩张。英国人在印度的部分地区建立起直接领土控制,在统治印度近一个世纪之后,不但控制了远东地区的贸易通道,更打开了通向另一个古老东方帝国——中国的大门。

然而,帝国崛起的全球霸业,却未必会眷顾每一个身处其中的小人物。这些年来,在自己漂泊海上的孤独岁月里,托马斯从未奢望能找到真爱,但在这座海滨小城偶然遇上的葡萄牙女子,仿佛是命运之神冥冥中为自己导航抵达的终点——自从第一次见到玛丽亚,这个美丽的女子就完全占据了托马斯的内心,从她那双充满神秘东方气息的黑色眼眸中,托马斯找到了属于自己的坐标。然而,身为帝国皇家海军的一员,命运却并非全由自己操控,最后能否顺利抵达那美丽宁静的港湾他可是一点把握也没有。

不远处,暗夜的天际线和大海融成一片模糊的墨黑色,海浪拍击着南湾的花岗岩护堤,传来一阵阵令人昏昏欲睡的海潮声。洋面吹来的海风,混杂着咸涩的海水气息,令浑身酒意的托马斯清醒了不少。他停下脚步,想静心感受这难得的片刻宁静,内心却充满了疑惑和好奇:半路杀出的这个清国钦差,究竟会给这座安逸小城带来怎样一番巨变?

四

　　天色微明，外面偶尔传来的鸡鸣声，打破了院落里的寂静。

　　林则徐醒了，他坐起身，伸手推开窗棂。窗外，熹微的晨光，混合着湿漉漉的朝雾，向他涌了过来。

　　此情此景，林则徐一点也不陌生。小时候，无数个这样的早晨，每当他从睡梦中苏醒，小手揉着眼睛喊着妈妈，母亲就会从围坐在桌前那群忙碌的女人堆里跑过来，搂着他，轻拍几下。而他则依偎着母亲温暖的身体，在起身做早课前，再睡一会儿。

　　那是他记忆中最愉快的时光。

　　少时家境贫困，妈妈和八个姐姐都要从事女工维持家计。那时流行以罗、帛、绢等材料扎制的"象生花"，很多人家靠此营生。而母亲与姐姐们日夜围坐剪扎的场景，也深深烙印在他幼年的记忆里。

　　林则徐是林家唯一的男孩，全家人对他都寄予厚望，而他也没有令家人失望——十四岁科试便先中了秀才，二十岁乡试再中举人。虽然赴京会试落榜，但凭借出色文笔，辗转进入福建巡抚张师诚幕府，后来连续三年赴考，终于在嘉庆十六年（1811）以殿试二甲第四、朝考第五的成绩,得赐进士出身,进入翰林院庶常馆。

功名之路曲折,仕途也不顺利。虽然林则徐在任上办理内务外差都尽心竭力,但无奈官场上朋党派系错杂,他干练的办事作风尤招同僚忌恨,一怒之下,他干脆借探父病之机,告假还乡,远离了那个混浊的泥潭。

他真正的人生转折,是遇上道光皇帝。1820年,嘉庆皇帝突然驾崩,皇子绵宁匆忙继位。四十岁不到的道光皇帝,此时正值盛年,初登皇位,踌躇满志,正如源自《晋书·汝南王亮传》里"道光恒典"的年号,新皇帝也想成为明君圣主,令国家繁荣强盛,"让道德的光辉永垂典籍"。新帝登基之后,罢斥旧满臣,起用新汉臣,朝局顿时为之一新。也正是道光打破旧例,重新起用了林则徐。

道光二年(1822)四月二十六,林则徐记得,那天是自己和满怀抱负的新君第一次见面。

"你……就是林则徐?"

养心殿西暖阁内悬挂着雍正亲题的"勤政亲贤"额匾,道光蜷坐在红木龙椅的丝绒垫上,好奇地俯视跪伏在自己面前的臣子:"朕听说,你在浙江,虽在任未久,但官声很好,办事用心。朕心甚慰呐!"

林则徐曾在浙江出任杭嘉湖兵备道,辖杭州、嘉兴、湖州三府,虽眼见官场腐败,但他却不想附从那群只想做官、不愿做事的同僚。他上任后,先兴修水利农事,再禁贿赌恶习,因此在官场屡受排挤。道光皇帝很重视汉臣,林则徐的官声遭遇辗转传至他的耳中,让他觉得此人堪用,于是打破朝廷"坐补原缺"的旧例,将林则徐发回原省以道员用。

林则徐在赴任之前,照例需入宫觐见圣上,这天,君臣二人终于见面了。

"回皇上。微臣在任,察吏安民等一切公事,必定认真办理,从不敢稍有因循。"

"好！"新朝新气象，要的就是这股精气神，皇帝伸出手，在空中一挥，"说得好。你这次回去浙江补缺，继续像以前那样，用心做事就行了。"

"臣，叩谢圣恩。"

例行召见时辰已毕，林则徐准备起身随太监离去。"等一下。"突然，道光皇帝起身离座。林则徐赶紧回转身，跪伏在地。

皇帝走上前来："你且抬头，朕还有几句话，想对你说。"

林则徐小心翼翼地抬起头，虽是第一次如此近距离面对皇上，但他内心却是好奇多于惶恐。新皇帝英气勃发的脸上，一双炯炯有神的眼睛同样正望向自己："朕登基未久，力图重振朝纲，但万事开头难，去年云南彝民作乱，京城又闹疫病，还有鸦片祸害不绝……这个家不好当，还望你能为朕分忧，莫负厚望啊！"

看着皇上对自己充满期待的目光，林则徐心头一暖，鼻子一酸，几乎掉下泪来——士为知己者死，在朝为官，一生能遇一明君，是何等幸运？

往事如昨，记忆犹新。林则徐下了床，换上外衣，推开门，迈出寝室。外面院子里，鸡啼声此起彼伏。天色又亮了些，一阵寒风吹来，钦差大人打了个冷战。不知何时，老仆林福在身旁出现，递来一件晨披："大人，回屋吧，小心着凉。"

"不碍事的。"林则徐摆摆手。他是福建侯官县人，早就习惯了南方温暖潮湿的气候，但这股料峭的晨寒，还是令他又想起了那遥远的北方，想起了自己肩头压上这千斤重担的那个清早——

那是道光十八年（1838）十一月十一。

皇城里,天尚未亮,寒意渗骨。林则徐随着领路太监的身影,在昏暗晨色中匆匆前行。九蟒五爪纹朝服的胸口前,那串珊瑚朝珠喀啦喀啦地晃来晃去,他赶忙伸手紧紧攥住,汗涔涔的手心里传来一阵沁凉。

仍是养心殿西暖阁,但距君臣第一次见面,已过去了十七年。此刻,皇帝看起来特别苍老,林则徐抬眼望去,年近六十的道光皇帝,当年踌躇满志的风发意气早已不见踪影,取而代之的,是已知诸事难为的无奈和惆怅。自道光皇帝登基以来,国家内忧不断,先后有新疆张格尔叛乱、广东八排瑶起事、湖南瑶民之乱……平乱兵事耗费甚巨,加上鸦片之风盛行,更令白银外流不止,国库拮据,百上加斤,别说再造盛世,就是勉力维持,也已令他心力交瘁。

君臣这次难得相见,道光向林则徐招了招手,命他"上毡"奏事。按规矩,一般大臣只能在皇帝面前跪奏,膝下加垫"上毡",那是皇上破格的待遇。这些年因办事得力,林则徐眷受皇宠,在官场扶摇直上:从江南淮海道,升任江苏按察使、陕西按察使、湖北布政使,再出任江苏巡抚及至湖广总督,如今已身列地方大员。这次奉旨进京,不用说,他也猜到是为禁烟之事。

"是使数十年后,中原几无可以御敌之兵,且无可以充饷之银……"道光读着手中的折子,正是林则徐早前所奏,"爱卿,你这话真是说到朕的痛处了!黄爵滋也在折了里说,这烟祸竟导致国库每年漏银数千万,你看可有夸大?"

"回皇上的话。以臣推算,恐有过之而无不及。"

"什么?"道光大吃一惊。

"吸鸦片者每日花费约四、五分至一钱,以此推算,每人每年就要花银三十六两,全国四万万人,吸食鸦片者若百中有一,则岁漏白银已不止一万万两。更何况,以臣所见,目前吸食鸦片者,何止百中有一?圣上明察,我大清国库民财的实际耗损,不是有过之而无不及吗?"

道光倒吸了一口冷气,看来眼下的形势远比自己想象的更为严峻,这鸦片祸害不绝,大清天下难安啊!

"早在雍正朝,先帝就颁下禁烟令,可一直到现在,这鸦片贩卖吸食之风,还是屡禁不止。"道光一脸愁容,"爱卿,依你所见,这原因何在?"

"皇上,臣以为,这鸦片屡禁不绝,主要还是在于未能严禁。"

听了林则徐的话,道光沉吟良久:关于禁烟之策,太常寺少卿许乃济主张的"弛禁派"和鸿胪寺卿黄爵滋主张的"严禁派",朝野上下争执已久,两派各有理据。道光虽偏向"严禁派",但又觉得黄之主张太过激烈——诛杀所有吸食鸦片者,不但未必奏效,而且杀伐严重,于己圣名亦有所亏。故为慎重起见,道光早前将此议下发各地征求意见,但在回奏的二十多名督、抚、将军之中,赞成严禁者仅湖广总督林则徐、两江总督陶澍、四川总督苏廷玉、河南巡抚桂良四人,其中属满族的,又仅桂良一人。面对朝堂之上的如此情势,道光又犹豫不决起来。

林则徐见道光沉默不语,内心已猜到七八分:"臣虽赞成黄爵滋的主张,但觉得其奏议还是太过操切,真要推行起来,仍应循序渐进为妥。臣制订了一系列禁烟方案,率先在湖广实施,收效颇为显著。"

"哦,快讲给朕听听。"

林则徐到任湖广之后,先在武昌、汉口、长沙等地设禁烟局,收缴烟具烟土,并配制"戒烟丸"。短短半年,仅在湖北省城一地,就已收缴烟枪一千多杆、烟土烟膏一万余两,凡主动上缴者,不但免其罪行,还免费发给戒烟药……道光听毕,内心又重燃希望:林则徐办事还是令人放心的,鸦片必须严禁,可贩卖烟土利润丰厚,利益盘根错节,过往主要依赖地方官员查禁的做法,看来难收实效,因此,道光这次打算派一位既有能力又有经验的钦差大臣前往专责办理。

"朕昨日接直隶总督琦善奏报,他在天津查获鸦片烟十三万两,其数之巨,可谓本朝罕见!据查这批鸦片全来自广东沿海,所以朕打算委派钦差前往当地,节制水师,查办海口,这次务必拔本塞源,严禁烟害。"

林则徐匍匐在地:"皇上圣明。"

道光望向林则徐:"朕有意委你担此重任,你可愿意?"

道光此话,在林则徐内心犹如一石激起千层浪:委派汉臣出任钦差要职,这可是大清立国以来的罕有之事。圣上虽恩宠有加,但此举无疑将令自己势高而危。林则徐知道,首辅军机大臣穆彰阿、直隶总督琦善等人,都是众所周知的"弛禁派",跟在他们后面的大臣亦有不少,若自己接任钦差之职,既要不失皇上信任,又要顶得住穆党或明或暗的各种掣肘,绝非易事。自己在湖广禁烟虽初见成效,但广东地处海口,牵涉甚广,尤其是对夷情尚未熟悉,贸然接下差事,唯恐到时进退失据。

"这个……臣恐难胜任,还望皇上三思。"

道光听罢,叹了一口气,没有说话。

小小的西暖阁里,安静得空气仿佛凝固了一般。

"你抬起头来,让朕瞧瞧。"道光再度开口,跪在毡上的林则徐直起身子,恍惚之间,好像又重回十七年前君臣首次相见的那一刻。

道光凑前,端详年近花甲的湖广总督:"朕记得,你好像是属蛇的吧?"林则徐点点头。

"嗯,那比朕小三岁。岁月不饶人哪,我们都老啦。"

"哪里,皇上您龙体安康,万年……"

道光一摆手,制止了林则徐:"这禁烟之策,雍正七年(1729)就开始了,禁了一百多年,结果越禁越多!别说万年了,就说你和朕,咱们还能再有个一百年吗?"

林则徐无言以对。

道光再度开口:"黄爵滋和许乃济的折子,朕都看了。朕也明白,朝中全心全意支持严禁者并不多,但眼下只争朝夕、刻不容缓,朕已决定明发谕旨,先将许乃济降职,以示严禁决心,也让朝廷上下不得再有诸多借口。这鸦片泛滥多省,又涉海外夷商,头绪繁杂,办好差事不容易。朕既有意委你重任,一定放手由你全权处置,断不会插手遥制。"道光一口气说完,盯着林则徐,目光中既充满期待,又略带一丝责备,"爱卿,你难道就不愿替朕分忧吗?"

林则徐老泪纵横,倒身跪拜:"臣,愿肝脑涂地,万死不辞。"

五

晨雾渐散,天色大亮,整座越华书院从沉睡中苏醒,人们开始忙碌起来。

老仆人林福在屋内支好脸盆架、倒上热水,端起一杯热茶,出门递给院子里的钦差:"大人,先漱漱口吧!"但林则徐的目光却好像被什么吸引了,他径直迈出院门,来到隔壁的院落。

到广州后,林则徐便将钦差行辕设在越华书院。越华书院位于布政司后街,建于乾隆二十年(1755)。院监梁廷枏今年刚编成三十卷本《粤海关志》,详述广东海关沿革及中外通商情形,这令林则徐深感佩服,他特地选住于此,既可就近处理夷务,也可早晚向梁先生请教。为此,林则徐还在院内专门辟设院落用作"译馆",让招揽来的译员入住,以了解最新夷情。

在译馆院内的回廊之下,蹲坐了一名少年,他个子不高,肤色黝黑,一头深栗色鬈发,长相颇为奇特,似有番族血统。少年左手捧着水杯,右手捏了一支奇怪的"木棍",伸进口里,不停搅动,嘴边围了一圈白沫。

林则徐上前,好奇地问道:"你……这是在干什么?"

少年似嫌这不知哪来的老头子多管闲事:"没见我在刷牙嘛!"

跟在大人身后的林福急了:"你是什么人!怎么这么没大没……"话还没说完,被林则徐摆手制止了。

听见动静,屋内有人撩起门帘出来,那人一眼就认出了林则徐,慌忙行礼:"钦差大人!"少年听了,大吃一惊,慌忙起身,一时来不及漱口,白色浆沫沿嘴角流了一下巴,状甚狼狈:"我……我……"

林则徐笑了,问道:"你叫什么名字?"

"小人名叫亚坤。"

林则徐指着他手上的"木棍":"这个,可以给我看看吗?"

少年扭头看看身边的青年男子,那人对他点点头。于是少年,将那支"木棍"用水冲净,递给钦差大人。

"这个叫牙刷,配合洁牙粉,能用来清洁牙齿。"那男子走上前来,向钦差大人详细介绍,"在美利坚国和欧罗巴,有很多人用的。"

林则徐接过来仔细研究:那支"木棍"上有两排棕色细毛,看上去十分齐整,有点像中国的揩齿工具。"嗯,做工确实颇为精致。还有,刚才你说的那个什么洁牙粉?"

男子向少年示意,后者转身回屋,片刻后又跑回来,手中多了一个灰黑色金属小方盒。男子接过,递给林则徐:"这就是洁牙粉,主要是用小苏打加碱粉或瓷粉混合而成,擦拭牙齿表面,就能产生洁牙之效。"

一连串的陌生词汇,令林则徐感觉新奇,他拿起铁盒端详,上面漂亮的纹花图案,印了几行看不懂的洋文。"这东西是何处所产?"

"产自英吉利国,大人。"男子回答。

"英吉利?"林则徐一愣,就是那个贩卖鸦片烟土的国家?原来他们生产的不只是烟土。这东西岂不比鸦片好上百倍?林则徐望向少年,

"那你从何得来？"

"在澳门买的。"少年答道。

林则徐点点头，将东西交还给少年，转身问那男子："进德，他是和你一起从澳门来的？"

"是的，大人。"被唤作"进德"的男子回答，"他负责跑腿运货，外文报刊以澳门最多，我们翻译的报纸，大都是靠他从澳门带来的。"

林则徐点点头，忽然想起了什么："快随我来，有件事正好想和你们商议。"

二人一愣，少年手里还拿着牙刷和牙粉，一时不知如何是好。

身边的管家开口提醒："大人，您自己还没洗漱呢！您看他们也刚起床，不管什么事，还是先用了早膳再说吧？"

林则徐笑了起来："哎呀，对，对。是我太心急了。好，你们先洗漱，吃完了早饭再来找我！"

梁进德凝望林则徐渐渐远去的背影，心中不禁思绪万千：自己从小跟随美国传教士裨治文辗转各地，虔心敬奉上帝，本打算以传教和翻译《圣经》为终生志业。不料，今年三月，新上任的钦差大人竟派人来澳门，招揽自己往其帐前效力，更开出每月十两白银的天价重酬。这令他吃惊不小，要知道，依大清律例，"通夷者罪"。这些年来，为了躲避官府，他和父亲东躲西藏，平日在路上见到差人也要绕道而走，但林大人贵为钦差，竟主动上门招揽。他在惊讶之余，也颇为感动。

以前听闻林大人为官秉直公正，做事喜欢亲力亲为，而且没有架子，这段时日相处下来，才知一点不假。而且，林大人和他以前见过的那些官老爷最不一样的地方是，他对没见过的新事物，总是充满好奇心，喜欢钻研一番，探其究竟。自己大概也受了林大人的影响，这段日子内心充满了干劲，一吃完早饭，梁进德便立刻带了亚坤去找林则徐。

林则徐所住的小院,是梁廷枏专门为他腾出来的:宽阔的二进院落,中庭种了一棵桂花树,眼下正值花季,满溢一院幽香。二人随林福走进钦差的书房,上前行礼,正在案前读书的林则徐站起身来,"虚礼可免,快快请坐"。

梁进德尚未入座,先递上一个小纸包。林则徐疑惑地揭开包在外面的油纸,发现里面竟是一支牙刷和一盒牙粉。"大人,这是我们的小小心意,送给您试试看。"

林则徐笑了。"来而不往非礼也。"他吩咐一旁的老仆,"我昨天新到的那罐茶,拿出来请他们尝尝。"

管家应声而去。很快,仆人端来了沏好的茶水。梁进德拿起热气蒸腾的茶杯,啜饮一啖,立时满口茶香:"大人,好香呀,这是什么茶?"

"'枫亭丹荔幔亭茶',本督家乡好山好水出好茶,这武夷幔亭茶,可是好东西呀……"林则徐站起身,踱至书桌前,拿起一沓译稿,那是译馆昨天刚完成交来的。他手指其中一段,念了起来:"……总而计之,中国每年出口之茶叶七千余万磅,与鸦片贸易可以相抵。"他望向二人:"看了你们译的文稿,我才知道,原来英吉利、美利坚两国,销用我大清茶叶是为最多,且英吉利国所购,都是上等好茶。"

"是,大人。"梁进德放下茶杯,起身答道,"英吉利国每年消耗大量茶叶,那些夷商除了在中国,也在印度、新加坡等地大批采买,以应其国内所需。"

"两国贸易,互通有无,本是好事,英吉利商人喜欢我们的茶叶、瓷器和丝绸,只要是正常的贸易往来,我们无不欢迎。"林则徐拿起桌上的牙刷和牙粉,"就好比这些货物,也可以运来贩卖嘛!为何偏要卖那祸国殃民的鸦片呢?"

梁进德摇头叹息:"鸦片暴利太甚,卖什么都不如卖它赚钱啊!"

林则徐猛地放下手中的牙粉盒子，金属敲击在桌上，发出铿锵的声响，把梁进德和亚坤吓了一跳。"本督此次受圣命南下，正是为了禁烟而来。"他望向二人的眼神变得严肃起来，"素闻广东海口鸦片买卖猖獗，本督现更知晓，除了英吉利国，还有荷兰、西班牙等国，而葡萄牙人所在的澳门，也是鸦片囤积转运之地。我本想这段日子亲赴澳门巡查，想不到那个义律又生事端——"林则徐叹了一口气，望向二人，"但澳门还是要去的，所以眼下有件事，还希望请你们想办法帮忙，如何？"

　　"谨听大人吩咐。"梁进德连忙起身行礼，一旁的亚坤也有样学样。

　　"坐，坐。"林则徐招手让他们坐下，"本督日前谕令澳门西洋夷目委黎多查治境内鸦片，亦饬令澳门同知及香山县丞密查中外烟贩行踪。但我看一来夷人未必真心照办，二来我们的地方官吏又不通夷文，所以我想先派人去暗访澳门当地情况。你们可否协办此事？"

　　"大人。"梁进德应声而道，"我与亚坤即日便可起程回澳。"

　　林则徐却又担心起来："但译馆的翻译任务也很繁重，若你走了，怕进度亦会有所耽误啊！"

　　梁进德想想也是，他看了看身边的亚坤，说道："要不这样吧，反正澳门我俩都熟，就让亚坤来回再频密些，回澳门采购书报之余，也去收集消息带来给我。待我分类整理后，再呈大人过目，您看如何？"

　　"这样也好。"林则徐点点头，望向两人，"若查访澳门仍有贩烟情事，捉拿到不法烟贩，功劳嘉奖也少不了你们俩的那一份！"

六

不管什么时候，老水手酒馆里总是人满为患。

一脸醉意的安东尼奥，沮丧地瑟缩于酒馆一角。这段日子，广东水师的巡逻船在江面日夜盘查，澳门城内已没人敢再走私鸦片，他想尽了办法，也找不到进广州的门路，那批堆在货仓里的鸦片令他心急如焚。近日听说，有些在伶仃洋面被封舱的鸦片船，正在千方百计低价出清烟土，广州城内的烟价正在一天天往下跌……明明已被自己抓在手中的财富，此刻却从指缝间不断流走，一想到这里，安东尼奥就揪心般地疼痛，可现在除了买醉消愁，他也没有别的法子了。

"亚东！"酒桌旁，有人认出了安东尼奥，和他打招呼。

安东尼奥愣了一下，自己这个小名，知道的人并不多，会是谁呢？他好奇地抬头去看，很快认出了来人。"亚坤？"他俩曾是儿时好友，但已很久没见面了。"难得在这里遇见你呀，来，一起喝一杯。"安东尼奥一边说着一边挪挪屁股，空出身边的位置，"你来这里干什么？"

"这些日子澳门市面萧条，去广州的船少了很多，我也是闲着没事做。"亚坤这番话，又勾起了安东尼奥的烦心事，他长叹了一口气，没有应答,把一大口酒灌进嘴里。亚坤继续道:"听说这次广东大力禁烟,城里的鸦片走私船都停了。你好像也是在跑广州谋生,这事你清不清楚?"

"你问这个干什么?"安东尼奥警觉地睁开醉眼,望向对方。

"就是问问,没别的意思,"亚坤伸出手,大力拍拍老友的肩膀,以示对方放心,"我在学着跑货上广州,但最近船少了很多,实在是不方便。"

安东尼奥和亚坤识于微时,他们这些身世复杂的混血儿,在澳门葡华两族的夹缝之间,常常会有一种与生俱来的共鸣与亲近感。安东尼奥记得,小时候,有次姐姐玛丽亚被华人邻居的小孩们嘲笑,他为维护姐姐,和对方打起架来,那几个孩子吃了亏,后来跑去搬了一大群救兵来报复,他被那伙童党堵在了巷子里,眼看就要挨一顿暴打,不料,亚坤不知从哪里钻了出来,他那不明来由的异族样貌,居然成功吓退了人数占优的那群华人小孩。自从那次之后,他和亚坤就结成浪迹街头的伙伴,从雀仔园到水坑尾,都是他们调皮捣蛋的乐园。不过,这些年大家各有各忙,已经好久没见了。

"你也在跑货上广州?"安东尼奥睁大了眼睛,"跑什么货?"

"杂七杂八的,什么货都跑,"亚坤回答,"什么赚钱带什么,除了鸦片。"

安东尼奥笑了:"但鸦片才最赚钱呀!"

亚坤拿起酒杯,喝了一口。他知道,安东尼奥长年奔波于澳门至广州的鸦片走私路线,这些年下来,已小有名气。这条线上的鸦片走私情况,他肯定最为熟悉,自己这次奉命回澳打探消息,居然第一个就撞到了他,实在是好运气。"现在广东禁烟风声这么紧,所有鸦片船都不去广州了,"他偷瞥了一眼安东尼奥,"澳门的鸦片走私生意,看来也没得做了吧?"

"生意有没有得做,要看能不能赚钱,"安东尼奥也举起酒杯,灌了一口,"只要能赚钱,不管什么生意,肯定有得做!"

"你的意思是说,澳门还有鸦片船在跑买卖?"

"现在已经没有去广州的鸦片船了,"安东尼奥又想起了自己的那批货,沮丧地低下头,"大家都在等这一阵风声过了,再看看情况。"

亚坤看了一眼安东尼奥,对方不像是在骗自己,他寻思着,如何尽快把这消息报告给梁进德,再请他转告钦差大人。

"如果你想找船上广州,"安东尼奥擦了擦嘴边的酒迹,"或许我能替你想想办法。当然,费用肯定不便宜。"他瞥了一眼亚坤,"你到底要带什么货?"

"这你不用管,反正费用不是问题,但一定要快。"

"快?"安东尼奥皱起眉头,"那要看运气了,中途若碰上清军水师,如果被他们为难,拖个几天也是常有的事。"

"这我倒不怕,"亚坤嘿嘿一笑,得意地从口袋里翻出一块巴掌大的腰牌来,"我有这个,除非碰上盗匪,若是清国军兵,只要他们看见这个,没人敢查我的。"

安东尼奥眼睛一亮,醉意消退了大半。他凑上前来,仔细研究了一番亚坤拿在手上的那块免检通行腰牌,确定了不是假的之后,压低了声音问:"这东西你是怎么得来的?"

亚坤犹豫了一下,决定据实以告:"其实,我是在替清国的官府带货。"

"清国官府?"安东尼奥愣了,望向亚坤,不知他说的是真是假。

"新来的钦差你听说了吗?钦差在广州的行辕不时会发出采办清单,让我从澳门这里买了运上去,所以费用不是问题,但一定要快。"

钦差?这小子不但搭上了清国官府,而且还是身为皇帝代表的钦差,如果能借用钦差的名号来走私鸦片,那必定万无一失!安东尼奥一下子来了精神,一个大胆的念头从他脑海中浮现,"现在我刚好有单大买卖,拉你一起做。只要你肯借这块腰牌给我,事成之后,利润三七开,你在澳门这里坐等收钱就行了,怎么样?"

亚坤脸上的表情僵住了:"运鸦片?"

"哎,如果你嫌少,四六开如何?"安东尼奥急了,伸手向对方比出四根手指头。

亚坤想摇头拒绝,但突然想起了自己这次回澳门的任务,还有钦差大人许下的诺言。

"咦?这不是亚坤吗?"不知不觉,已到酒馆打烊的时候,准备收拾打扫的玛丽亚走了过来,"都这么晚了,你俩在聊什么?"

"没什么,"安东尼奥有些心虚起来,"好久没见,随便聊聊。"

玛丽亚觉察到有些不对劲:"不会是在谈鸦片的事吧?"

亚坤尴尬地站起身来:"啊,我差不多该回去了,这酒钱……"他伸手去掏口袋。

"酒钱算我的,这事咱们就算说定了啊!"安东尼奥一把拽住他,"你是不是还住在以前那里?明天我去找你。"

酒馆的客人早已散去,亚坤离开之后,空荡荡的房间里就只剩下姐弟两人,玛丽亚紧盯着弟弟:"刚才我看你俩鬼鬼祟祟的,是不是在谈走私鸦片的事?"

安东尼奥没出声。

"太危险了,别干了吧!"玛丽亚努力苦劝,希望弟弟能悬崖勒马。

"我答应你,干完这最后一票,我就收手!"安东尼奥望向姐姐。他坚信,谋事在人,成事在天,人生不就是一场又一场的赌博?如果在该下注的时候退缩,只会输掉大好的赌局。他更觉得,上天在冥冥之中对自己眷顾有加,就像意外掉进口袋里的那批鸦片,还有那块突然出现的免检腰牌,大概都是上天在暗中出手相助,这时候要自己选择放弃,他无论如何也做不到。

"姐姐放心,肯定没事,上帝一定会保佑我们的。"

七

利马怔怔地盯着面前的办公桌发呆，桌子上，正摊着副官罗伦佐递来的一沓报告——果然不出他所料，在司打口码头一带，仍发现有零星鸦片走私。他推测附近可能还有买卖窑口，甚至囤藏烟土存货，但若没有军队配合，贸然闯入搜查，恐怕很容易激起民变。利马叹了一口气。要求边度派兵支持的文书，几天前就送入了总督府，但至今仍音信全无。

澳门议事会与总督之间的摩擦角力已持续了数百年。作为王权代表的总督，一直将本地势力盘根错节的议事会视作眼中钉——1783年4月4日，海事暨海外部部长卡斯特罗以女王玛丽亚一世的名义向葡印总督发布《王室制诰》，指派澳门总督取代议事会，将一直自以为"天高皇帝远"的澳门重归于里斯本掌控之下。而深受女王玛丽亚二世宠信的边度总督，在几年前到任之后，更是不遗余力地继续推进此一目标。

在这场延绵了数个世代的权力争夺战中，议事会节节败退，此刻想扭转败局，恐怕已是无力回天。

利马的思绪,不禁又飞回十七年前与老法官贝路秉烛长谈的那一晚……

前来委托利马代立宪派执笔上书葡王若昂六世的贝路法官,见对方一口应承,心情大好,与利马连番举杯畅饮。

"其实我不太明白,这事为何找我来做?"利马问,"你才是上书葡王的执笔者的最佳人选啊!"

老法官摇摇头。"这场期待已久的君主立宪改革,也将给澳门带来翻天覆地的变化。作为一名法官,目前我实在有太多工作要做——不但要准备将葡萄牙的各项法典沿用至澳门,还有一系列澳门自己的新法典也要从头起草……千头万绪,就算马上开始,也担心做不完哪!"他举杯呷了一口红酒,"更何况,我老了,也离开葡萄牙太久了,对王权的威仪和荣耀,我早已心如止水,身为一名法官,如何贯彻平等和公正,才是令我心潮澎湃的正事!"

利马点点头,贝路老法官和他亦师亦友,每次和他聊天畅谈,自己都有新的感悟。

"我们的祖国真是命运多舛!先被西班牙吞并,后遭法国入侵,以致国力衰微,荣光褪色。"贝路感叹道,"这将是葡萄牙有史以来的首部宪法!你明不明白,这对我们意味着什么?"老法官紧盯利马的眼睛,"也就是说,你、我和这片土地上的公民,远在欧洲的葡萄牙公民,大家都是一样的,人人平等,尽同样的义务,享同样的权利!"老人长吐了一口气,"我们能看见这一天,你知道多么不容易吗?"

澳门葡人的管治权力由三大板块组成——代表王权的总督、代表教廷的教会,以及代表居澳葡人的议事会,但一直以来,本地葡人受尽歧视,而来自葡国的权贵则享有各种特权,"平等"成了遥不可及的奢望。1822 年,从里斯本抵澳的"德梅拉尼奥号"军舰,带来葡王返国和制定新宪的好消息,也重新点燃了人们对这场君主立宪改革的希望。

1822 年 8 月 19 日,那天发生的事情,深深烙刻在利马的记忆中。

就在两天前,澳门近百葡人向议事会提交了一份联署抗议书,心知大势已去的理事官亚利鸦架匆忙请辞,于是议事会决定在两天之后(也就是 8 月 19 日)重新进行投票选举。当天的投票选举,也变成了一场立宪派和保守派的终极对决:一边是以航海学校巴波沙少校为首、强烈呼求变革的本土立宪派;另一边则是以葡国贵族官员为主、力图维持原政体的保守派。

"各位!请安静!现在,先公布本议事会选出的两位法官。"忙乱的投票程序已完成,选票清点刚出了结果,负责主持会议的欧布基总督拼命提高声量,才勉强令闹哄哄的会场略为安静下来。"先公布普通法官选举结果,获最高票数的两位是:贝路法官,三十二票——"老法官贝路民望极高,他的当选毫无悬念,"利马法官,二十六票。"利马兴奋地望向对面的贝路,老法官也给他送来了祝贺的眼神。

接下来是今天的重头戏:议事会的市政议员选举。市政议员由市民投票选举产生,也就是说,当选者的得票多寡,也代表了他在人们心中受欢迎的程度。此刻,众人的关注焦点都集中在巴波沙少校身上——是否顺利当选?又能掌卜多少选票?

"下面宣布,市政议员的选举结果——"总督欧布基舔了舔发干的嘴唇,也不禁有些紧张起来,"高美士,六十二票;晏多尼,三十五票;巴波沙——"他停了下来,仔细核对纸上的数字,生怕自己不小心读错,"八十九票。"

总督话音刚落,会场便爆发出一阵热烈的掌声和欢呼声,立宪派成员们群起互拥,庆祝来之不易的胜利。

利马觉得自己仿佛正置身于一场不期而至的狂欢嘉年华,他望向会议大厅对面。老法官贝路的身边围满了人,满脸笑容的老法官也看见了利马,举起手兴奋地挥了挥。"演讲! 演讲! 演讲……"不知是谁先带头喊起来,很快,零星的呼喊汇聚成巨大的声浪,几乎要将议事大厅的屋顶掀翻。

眼见众意难违,总督只好无奈地向座位上的巴波沙少校发出邀请手势。少校点点头,站起身,向拥护者们致意,人群爆发出一阵热烈的欢呼。

"等一等!"突然,一声尖锐的叫喊声,打断了热闹欢庆的场面,"总督阁下,我也要发言!"

大家停下来,定睛望去,说话者是巴波沙在军官航海学校的同僚、身为保守派主要成员之一的卡瓦尔坎特少校。未待总督答话,他已一跃飞身上台:"我必须提醒大家,尤其是新当选的巴波沙议员! 日后议事会的任何决议,都不应超越法律赋予它的权限,也就是说,无权对澳门的政体做出任何更改。"

"一派胡言!"老法官贝路站起身,大声驳斥,"依照新宪法赋予的权利,本议事会完全有权作出任何大家认为必要的修改,只要投票通过就行。不过,现在你既然提到了有关法律赋权的问题,那我倒要来反问你:卡瓦尔坎特少校,你又是凭哪一条法律,来对本议事会的权力作出限制呢?"

台上的卡瓦尔坎特少校哑口无言。

"下去!""滚下去!"人群怒吼起来,旁边有几个少壮葡人上前,七手八脚地把少校从台上拉下来,卡瓦尔坎特被四仰八叉地架在人们头顶,像葬礼上的棺椁一般,被传送到巨大的落地窗边,竟被从二楼扔了下去。

总督欧布基的脸色变得更加惨白,他自知已无力控制场面,干脆识趣地退下讲台。人群又开始呼唤"巴波沙"的名字。"各位!静一静,请静一静——"巴波沙少校迅速冲上台,伸出手,掌心向下,压了一压,偌大的议事厅安静了下来,"感谢大家对本人的支持,我必定竭尽所能,忠实地履行市政议员的光荣职责。"

"众所周知,我们的祖国正在制定有史以来的第一部宪法,伟大的君主立宪改革,已经来到葡萄牙这个既古老又年轻的国家,这是历史赋予我们这一代人的使命,我们应毫不犹豫地一力承担!"巴波沙望向台下聚精会神的人群,"刚才贝路法官说了,新宪法赋予澳门议事会权力,我们有权作出必要的修改,至于应该改什么?怎么改?应由大家共同投票决定。而我认为,最重要的,是尊重人民的意愿!如果大家都希望建立一个与新宪法相符的政体,那么,本议事会的职责就是:依从人民的意愿将之实现。"

人群再次爆发出热烈的欢呼和掌声。

"我认为,本议事会的运作,应该更加公开、民主;我也认为,本议事会应尽最大努力来鼓励民众参政、议政,欢迎市民就澳门社会的重大问题,自由地发表意见。因此,我提议,尽快成立临时政府,着手恢复1784年以前的政体——重建本议事会的民主制度,而总督对此无权插手。"他转身望了一眼台下的欧布基总督,"总督的职权,恰如当年设立的初衷,应仅限于军事防务方面。"

巴波沙环顾议事大厅,台下的市民鸦雀无声,但大家都不难感受到:一股兴奋和激动之情,正在大厅里不断流淌和传递,充盈着每一个人的心胸。

少校深深地吸了一口气,似乎打算将胸中压抑多年的愤懑全部倾吐出来："各位，我们的国家正在进行一场前所未有的变革，我们该怎么做？是畏缩不前。和国家前进的方向背道而驰？还是拥抱变化，和国家一起奋勇向前？你们会如何选择？向后，还是向前？"

"向前！""向前！""向前！"……

当年议事大厅里震耳欲聋的欢呼，此刻似乎仍然回荡在利马的耳畔，突然，"砰！砰！砰！"一串急促的敲门声，打断了理事官的回忆，他还没来得及站起身，大门就被骤然推开，几个人冲了进来——英国军官托马斯和葡人女子玛丽亚冲在前面，追在他俩身后的那人，则是副官罗伦佐。

"怎么了？"利马吃了一惊。

"理事官……"玛丽亚漂亮的脸庞因过度担心而变得毫无血色，好像随时可能晕倒，"帮帮忙，请救救我弟弟，他又被中国人抓走了！"

八

　　海面上,夜雾不知何时涌起,弥漫四周,远观一团混沌迷蒙,近看却又飘逸无物。漆黑的夜色中,一艘小船正穿行其间,自澳门东岸出发,向东北行约十一海里,便可来到珠江口西侧的淇澳岛与唐家湾之间,此海面距香山最近,四通八达,船可朝发夕至。自从英国东印度公司长达 233 年之久的对华贸易垄断被打破之后,鸦片走私再度活跃起来,一度沉寂的洋面挤满了各种鸦片走私船,快蟹、扒龙、飞剪,还有独桅帆船,甚至连大商船上的小艇也频繁穿梭于澳门、伶仃洋和广州之间,它们忙着运烟入口、运银出洋,简直到了疯狂的地步。不过,随着钦差大人抵达之后,空前严厉的禁烟巡查,让这片平时来往不绝的洋面变得帆稀舟疏。

　　出发之前,安东尼奥已花了不少工夫,他先将仓库里那批鸦片逐箱拆开,再剥去填塞其间的草席、木屑及软木,从椰壳色的粗瓷罐中取出一个个外涂沥青、内裹厚布的鸦片球,将之分成七八个一批,装入特制的防水袋内。安东尼奥满意地看着自己忙了几天的"战果"——那些密密麻麻的灰黑色鸦片袋子,在他眼里看起来就像一堆又一堆白花花的银圆。

孤注一掷的安东尼奥这次几乎押上了一切。以往他只是负责跑腿带货，从澳门替因义斯将货送至广州，通常等船抵达黄埔附近约定的地点之后，便将鸦片交给前来接应的小艇。广州城里大小窖口的那些坐庄和行脚商，他素来很少打交道，至于写书、交银之类的琐事更是少理，不过这次和以往大不相同了。

但现在最关键的，是要先将货运进广州。亚坤那块免检腰牌，无疑令他顺利完成这个任务胜算大增，但途中亦难说是否会发生意外，因此行船速度就是关键。他用从玛丽亚那里借的钱租了一艘快船，又雇了一队富有经验的本地快桨手。从澳门走私鸦片进入内地的路线众多，既有水路，也有陆路，还有水陆混合路线，不过，现在既然手上有了这块腰牌，安东尼奥便选了最便捷的水路，但求速战速决。傍晚出发，全速行船，路上若不耽搁的话，大约天亮前就可抵达黄埔了。

"出发！"安东尼奥站在船头，一边向舱内的桨手们挥手施令，一边从身上摸出亚坤给他的那块腰牌，紧攥手心，仿佛那是自己全部的身家性命。

夜色昏沉，海浪轰鸣，安东尼奥死盯着前方的海面，雾气和夜色混杂在一起，晦暗不明。

突然，前方有艘木船从迷雾中钻了出来。

安东尼奥一眼认出了桅杆上的广东水师旗，于是下令小船稍稍减速，但却并不完全停下，与对面来船保持一定的距离。

"前方来船，停下受检。"水师船上打出了旗号。

安东尼奥踏上船头，高举腰牌在手："我有免检腰牌！"

"钦差大人有令，所有船只都要检查！"缓缓逼近的水师船头，一个看起来大概是军官的人高声喝道，其实他们已收到钦差行辕的命令，专门在此埋伏等候猎物。

什么？安东尼奥仿如五雷轰顶，这是怎么回事？他来不及深究，迅速作出反应："快，转向，加速！"他指挥船上的桨手们，小船速度陡然加快，和那艘水师巡逻船的距离迅速拉开。以往安东尼奥也在这条线路上跑过货，不是没有遇到类似的情形，他摸准了广东水师那些巡逻木船笨重缓慢，抵挡敌船攻击或许有用，但要在茫茫海面追击这些灵巧机动的鸦片快船，恐怕就力不从心了。

小船高速逃离水师船的射程，看起来很快就能脱险，但说时迟，那时快，又有两艘体型较小的缉捕船从前方的迷雾中钻了出来，一左一右，掐断了前路，加上从后赶至的水师大木船，三艘船形成一个"品"字形，将安东尼奥的小船包围在中间。

"停船！"缉捕船上的兵勇们纷纷呼喝，杂乱的声音从四方八面传来，在浓雾不散的海面，听起来令人心慌意乱。

安东尼奥顾不上那么多了，他的目光迅速在海面寻找突围的空隙："那里，快！"他终于找到了左方来船侧翼的一处空当，指挥桨手们调整前进角度。若趁对方包围圈尚未封死，加速冲过去的话，仍有机会逃脱险境。

"砰——"突然，洋面上传来一声火枪鸣响。

安东尼奥一愣。"砰——"又一声枪响。船舱里的那些桨手们吓得停下了手中的动作，小船一下子失去了动力，很快便慢了下来，随着海面颠簸起伏。

"不要停，快划！"安东尼奥大声呼喝起来，"所有人的工钱，我再加倍！"

"算了吧！"离安东尼奥最近的那个桨手开口，"给他们抓了，最多关押几天,但要是被火枪打了,可就连命都没有啦!"平常水师缉私多为领功邀赏,最关心缴获走私货品的数量,至于走私船上的船员水手,通常关押训斥一番也就算了。这次碰上的水师官兵,看起来志在必得,自己又何必拿命去搏呢?

安东尼奥急得连连顿足,三艘船越驶越近,刚才昙花一现的时机已逝,想逃脱看来是不可能了。突然,他又想到了办法。他猛扑向船舱内,将那些鸦片袋子抛入大海。那些都是防水皮袋,丢进海里,说不定迟些还有机会寻回,但最重要的是,只要水师船搜不出鸦片,也就拿自己没办法了。

三艘水师船的包围圈越收越紧,最近的那艘小船上,船头兵勇的样貌已清晰可见,安东尼奥知道,再不快点行动的话,就真来不及了。于是,他更加快了手中动作,一个个鸦片袋被抛落大海,很快消失在漆黑的洋面。"住手!"大概来船上有人看见安东尼奥销毁赃物的举动,大声发出警告。

"砰——砰——"枪声又在海面上响起。船里的桨手们不知是担心安东尼奥还是担心自己的安危,纷纷劝阻他停手。但安东尼奥完全听不入耳,他虽不甘心,但已无计可施,看着堆满舱内的鸦片袋子,心中的绝望掩盖了一切,他徒劳地抓起几个袋子再次冲向船侧,突然感到肩头传来一阵剧痛,像被谁突然猛捶了一拳。

安东尼奥有些茫然地抬头张望,不知是因为海上的雾气,还是火药的烟雾,他的视线变得模糊起来,就连身体也失去了平衡。

"扑通——"

有人落水的声响,引发了水师船上的兵勇呼喊。两艘先期赶至的缉捕船,循着安东尼奥落水之处驶去,船头及侧舷的兵勇,有的张弓搭箭,有的举枪瞄准,纷纷向落水点射击。

"嗖——嗖——"几支羽箭凌空飞起,钻进那片混乱的海面。火枪手也胡乱开起枪来。伴随着急促的枪响声,缉捕船上升腾起一大团烟雾。

清军将领所在的主船上,旗手打出旗号,各船的枪手们都停了下来。

"人呢?"那个将领从船上探出头来,望向空无一人的颠簸海面。

只有数支羽箭漂浮在海面,随着海浪上下起伏,洋面已不见安东尼奥的身影。暗黑的大海,就像一头庞然怪兽,无情地吞噬了一切。

九

"你弟弟又被中国人抓走了？"利马皱起眉头，"你怎么知道？"

"这几天没见到他，我很担心。问他平日来往的朋友，有人说他几天前运货上广州，之后就再也没他的消息了。"

"运货上广州？"利马明白了，"是贩运鸦片吧？"

玛丽亚无言以对。

"我们已经警告过他了，"一旁的罗伦佐开口，"清国钦差可不是好惹的，若再查获鸦片走私，货尽没官，人即正法。"

"正法？"玛丽亚听了，更是忧心如焚，"他们不会真的将我弟弟砍头吧？"

利马瞪了罗伦佐一眼："如果他是因为贩卖鸦片被清国官府抓了，我们也没有办法。"

玛丽亚抬头望向理事官："我求求你们，帮忙救救他吧！"

利马爱莫能助地看着对面的女子。

"尊敬的理事官阁下。"在旁边的英国军官开口了，"如果你们有需要的话，我们英国皇家海军可以提供协助。"

"托马斯上尉，对吧？"利马不客气地打断了对方，每次见到这个把澳门议事会当成自家后院的英国人，都令他气不打一处来，"澳门的事情我们自己会处理，你们不如先管好自己的事情吧！"

"理事官阁下，请恕在下多言。"托马斯彬彬有礼的英式礼貌中暗藏机锋，"不过，或许此事并非如你们所想的那么简单。"

利马压下怒火，死死盯住对方："你这话是什么意思？"

"你们真的认为，安东尼奥这次被抓，只是意外？"

"难道不是吗？"

托马斯摇摇头："那个清国钦差办事不留余地，在虎门销烟之后，似乎并没打算停手，还想进一步借题发挥。就好比那'林维喜案'，本属普通打斗的一件小事，他却借机穷追猛打。现在看起来，好像还不只是想赶绝我们英国人。"

利马"哼"了一声。英国人这些年靠鸦片贸易，抢走葡萄牙人不少利益，他们素来自以为是、飞扬跋扈，这次在清国钦差面前碰了钉子，也是应有此报，有什么好抱怨的？

托马斯似乎看穿了利马的心思。"您可别以为，澳门的葡萄牙人就能置身事外。毕竟，在清国政府眼里，我们都是夷人番邦，非其族类，我听玛丽亚说——"托马斯瞥了一眼身边的女伴，"这次安东尼奥之所以会被中国人抓住，是因为受了一个帮清国官府做事的人怂恿。我猜，他大概是中了那个清国钦差设下的诱捕圈套。"

"什么?!"利马和罗伦佐不约而同地惊呼起来。

"但清国钦差为什么要这么做？"利马问。

"听说虎门销烟之后，林钦差在皇帝面前气势大涨，难免想再乘胜追击，把葡萄牙人也拖下水。你们有没有想过，澳门的葡萄牙人既已具结，如果被抓住还在走私鸦片，人证物证俱在，钦差大人完全可以凭此将你们赶出澳门。如果钦差大人这次能一举将英国人、葡萄牙人通通赶走,岂不是在皇帝面前立了大功?"

利马与罗伦佐对望了一眼,这个英国人的推测并非全无道理。

利马转身问玛丽亚:"他刚才说,安东尼奥是受了帮钦差做事的人的恩惠,可是真的?"

玛丽亚点点头。

"那个帮钦差做事的人是谁?"利马追问。

"那人叫亚坤,曾是我们小时候的玩伴。"玛丽亚说。

"但你是怎么知道的?"罗伦佐忍不住发问。

"他有一块清国官府的免检通行腰牌,"玛丽亚回答,"我弟弟就是因为这个才相信他的。"

利马和副手再次互相对望了一眼:常年穿梭于广州和澳门的安东尼奥,应该没那么容易上当受骗,若英国军官的推测属实,澳门的葡萄牙人确实不能对此掉以轻心。

利马转身对玛丽亚和托马斯说:"这样吧,你们先回去,让我们再想办法去打探一下情况,若有消息,会尽快通知你们的。"

两人听了理事官的话,对视了一眼,无奈地点了点头——既然事已至此,恐怕急也急不来,只好走一步看一步了。

等玛丽亚和托马斯离开房间,理事官立刻把副官叫至跟前:"香山方面,我们可有相熟的人?"不少广东地方官兵参与鸦片走私,这早已是公开的秘密,其中有些军官和葡人关系一向不错,不论在公在私,行事都有不少方便。罗伦佐努力回想,总算想起了几个名字:"在香山水师营里,我好像还有几个老朋友,我马上派人去打探消息。"

傍晚的南湾,夕阳渐沉,为这座海滨小城抹上了一层绚丽色彩,令它焕发出一股醉人迷魂的气息，仿佛是想抢在坠入黑夜之前，努力绽放出它最美丽的一面。

托马斯和玛丽亚沿着海岸并肩而行，从两人所在位置向城市回望。在不远处的西望洋山脚，散布于翠绿山林中的一栋栋小屋，粉黄、浅绿、奶白，混合了欧式和亚式风格造型的宅邸，像是点缀于美丽少妇发间的精致珠宝，映射着落日的金黄余晖，比起日间的城市风景，犹多了几分难以描述的天地灵气，也难怪澳门城常被那些远来此地的欧洲水手们喻为"东方那不勒斯"了。

海滨的蜿蜒大街上，三三两两的行人不时走过，有匆忙赶着出城的华人村民，也有刚出海归来的渔民，还有肤色各异正准备去城里寻找消遣孤夜的乐子的外国水手。"我看你也该肚子饿了，一起吃顿晚饭吧，我请客。"看着一路心慌意乱的玛丽亚，托马斯开口提议，"附近有没有好餐馆介绍？"

玛丽亚想起了寓所楼下那家土生菜餐厅，每次心情不好的时候，去那里大吃一顿总能令自己心情愉快起来。

"我带你去一个地方——"玛丽亚说，"那里有全澳门最好吃的美食。"

推开厚实的木门，这家小餐馆里早已人满为患。玛丽亚显然是常客，伙计一眼就认出了她。"男朋友？"那个混合了亚非血统的矮个侍应咧嘴一笑，"今天客人太多了，我给你们找 张里面的小桌吧，地方是脏乱了些，但东西一样好吃。"

玛丽亚回过头来对托马斯招手："来。"

侍应领着两人穿过一条暗黑的走廊，尽头处有一张小木桌，大概是员工平日休息喝咖啡的地方。"先来一份澳门杂烩。"玛丽亚还没坐下就轻车熟路地开始点菜，她朝托马斯一笑，"是这里最好吃的，保证让你一试难忘。"

托马斯望向玛丽亚，也笑了起来。

"怎么啦？"她问。

"没什么，又见到你笑了，真好。"

玛丽亚脸颊泛起绯红："你想喝什么？可惜这里没有航海酒。"

"什么都行。"托马斯耸耸肩，"澳门应该不缺好酒吧！"

很快，侍应把菜端了进来，扑鼻的香气令托马斯食欲大开，迫不及待地舀了一勺送进口里："天呀，这是什么？太好吃了！"

"这道澳门杂烩，可是这里的招牌菜！"玛丽亚得意地瞥了他一眼，"据说是当初发明它的厨师用大户人家摆筵席的剩菜做的，鸡肉、香肠、熏肉、猪皮、火腿、猪蹄、咸肉，加青菜、蘑菇和萝卜放在一起，再炖上个把小时就成了。"

"天呀！"托马斯惊叹，"那家伙真是个天才！"他望了一眼对面的美丽女子，"你是怎么知道这些的？"

"爸爸告诉我的。"

托马斯看着她："好像还从没听你提起过你父亲呢。"

"小时候，华人邻居的孩子讥笑我们，说我和弟弟都是杂种。我气哭了。后来不知怎的，这事让爸爸知道了，他就带我来了这里。"玛丽亚沉浸在尘封已久的回忆中，"那是我第一次吃这道菜，就像发现了全天下最好吃的东西。爸爸对我说，其实人也像这道菜一样——不同的种族混在一起，没什么好羞耻的。他对我说：'你看，不同种类的食物混起来，是不是更好吃？不同族的人混合起来，也是一样。'"玛丽亚抬起手，抹去不知何时流出来的眼泪，"那次以后，我就再也不怕那些小孩子笑我了。"

"你一定很想念父亲吧？"话刚出口，托马斯就后悔了，不该去触碰人家的伤口。

玛丽亚抬起头来,那个从自己记忆里消失已久的、高大宽厚的身影,此刻又隐隐约约地在脑海里浮现出模糊的轮廓。她努力回想,试图再次看清那张曾令自己温暖不已的脸庞,但始终无法如愿。"我都忘了他长什么样子了。"

回想爸爸离家那年,自己好像不过七八岁的样子吧,那个夜晚看起来和以往并没什么特别不同,她还以为,父亲只是像往常一样出门,去去就回,以至于她后来总也记不清当时的许多细节了,但她记得的,是父亲身上熟悉的气息——混合了烟草、酒精和汗水的气息,那股气味,一直盘旋在玛丽亚的记忆里,久久不散。

"玛丽亚,我走了。"高大的男人蹲下身,抱紧了女儿,在她耳边低语,免得被她发现自己眼里的泪光,"你现在是大姐姐了,要好好照顾自己,还要好好保护弟弟。知道吗?"

小玛丽亚似懂非懂地点了点头,却没有留意到父亲这次拥抱自己的时间比以往任何一次都要久。当年的她未曾知晓,这将是自己最后一次看见那张熟悉的脸庞、最后一次听到那熟悉的声音、最后一次闻到那熟悉的气味,多年后回想起来,她常为此感到懊悔不已。

不过,也许自己算是幸运的吧。玛丽亚心想,和爸爸妈妈一起的时光,虽然短暂,但仍有不少细碎片段留存记忆,弟弟却什么都不记得了。可是,她转念又想,说不定这样更好——与其不断痛苦地怀念那些曾经拥有却永远不再回来的幸福快乐,也许从未拥有过那些记忆的日子,会来得更简单而平静?

人各有命,福祸悲喜,皆难预料。究竟什么是好,什么是不好,谁又说得准呢?

她又想起了那支命签,那支外婆替她占的命签,还有外婆说过的那番话：人活在世上，一切都是命，一命二运三风水，"命"是最重要的，一切都在"命"里。这也是当初外婆为何如此反对父母的婚姻：不合母亲的命。外婆总是这么说，但现在也无所谓了吧，玛丽亚心想，母亲早已魂归天国，不管她的命是好是坏，此刻都已烟消云散，静待下一场轮回。

不知何时，托马斯递来一杯红酒。"来，"年轻的英国上尉举起酒杯，香醇的红酒在杯中回旋出晶亮的光芒，"让我们来干一杯吧！敬你父亲，也祈祷你弟弟能平安归来。"

两人相碰手中酒杯，一饮而尽。

玛丽亚已很久没吃过这么开心的一顿饭了：她告诉托马斯身为姐姐的酸甜苦辣，也听他讲当年如何管教两个顽皮弟弟的痛苦和烦恼；托马斯告诉她自己怎样从英国辗转来到澳门，又如何喜欢上了这座美丽的小岛，而玛丽亚则告诉他自己多么想离开这里，希望有机会能让一切重新开始……直到那矮个儿侍应再次跑过来，他们才知道餐馆已经快要打烊了。

托马斯付了钱，侍应道了谢，转身走了。

玛丽亚站起身，这才发现自己酒意浓重，身子一晃，趔趄了两步，要不是托马斯伸手扶住，就差点跌倒了。

"我送你回家吧。"托马斯说。

玛丽亚点点头："我就住在楼上。"

女孩挽着托马斯的臂弯，走进这栋老房子幽深的过道，两人依偎渐紧，托马斯能闻到她发丝传来的阵阵香气，于是将对方挽得更紧，享受这一刻静谧的亲密时光，心里暗自希望这条楼道永无尽头。

但玛丽亚的寓所很快就到了，打开房门，玛丽亚却停了下来，转身回望托马斯。

"晚……晚安,我,该回去了……"托马斯嗫嚅起来,就连自己也觉得言不由衷。

"晚安,托马斯。谢谢你!今晚我很开心。"玛丽亚莞尔一笑,凑上前,在他脸颊轻吻了一记。

她秀发的气味、身上微汗的脂粉香,还有芬芳的酒气,混合在一起,向托马斯迎面扑来,英国军官几乎下意识地伸出手,一把揽住对方,而她也像早已料到一般,顺势倒进他的怀里。

原本的一个告别轻吻,很快燃烧成熊熊的爱之烈焰,两人紧紧抱在一起,深情地拥吻交缠,就像今生今世再也不会分开……

十

昨晚托马斯的那番话,一直在利马心头盘旋,令他一整天都忐忑不安。

"鸦片"这个烫手山芋,本来只是英国人与中国人之间的争端,想不到,澳门最后还是无可避免地被卷了进去。托马斯的推测绝非危言耸听:在庞大的清帝国南方一角借居数百年的葡萄牙人,就算再安分守己,毕竟非其族类。想不到这次以皇帝名义南下的钦差作风竟如此强硬,这不免令利马当初的寄望落空了。钦差趁着与英人纷争的机会,想顺势也把葡萄牙人赶走,并非没有可能。安东尼奥离奇的失踪,或许是一个不容忽视的警号。

利马觉得,是时候该去找总督大人了。虽然两人在很多方面都不太咬弦,但来到这危急关头,大家必须放下分歧,齐心合力,才能确保澳门这艘小艇不至于在这场将要来临的大风暴里被掀翻。

对于利马的突然造访,边度总督感到有些意外。"总督阁下,现在看来形势对我们非常不利……"利马没有转弯抹角,直接说明来意。听利马讲完对安东尼奥失踪一事的推测,边度总督却显得有些不以为然："我还以为是什么大事，一个鸦片走私贩子被抓，也值得如此大惊小怪？"

"总督阁下，这绝非小事。"利马锲而不舍，又提起发生在尖沙咀村的"林维喜案"。

"这事我也有所听闻。"边度点点头，"英国人是莽撞了些，但他们一直都这么自以为是的，不是吗？"总督拿起桌上的水晶酒杯，呷了一口上好的雪利酒。"无论如何，那是中国人和英国人之间的事。"

"虎门销烟后，中英关系日趋恶劣，现在'林维喜案'又令情势更糟，中英的和解，看来已无可能，这场冲突最后会恶化成什么样子，实在难以预料。"边度瞟了一眼利马，"听说伦敦有意出兵，若从英印总督那里调动海军和陆战队，爆发战事说不定就是这几个月的事了。"

利马没料到局势竟恶化得如此迅速，更加心忧如焚："若战事一起，清国方面对我们这些夷人必定戒心更甚，所以要更加小心应对才是啊！"

"所以，你的意思是……"总督皱起眉头。

"和英国人划清界限，免得钦差以为我们站在英国人那边。"

总督笑了起来："还真没看出来，理事官，你就那么惧怕那个清国钦差？"

"不，我只是希望最大程度地维护澳门的利益而已。"利马压下心头的怒气，"一直以来，葡萄牙人在澳门这座小岛上的生存之道，就是安于其位，顺势而为，不去挑战身边那个庞大的中华帝国。数百年来，不管他们宫廷龙椅上坐的是哪个皇帝，我们都能维持现状，相安无事。现在英国人想冒险去赌一把，凭坚船利炮去挑战这条东方巨龙，但那是他们的事，我们何必跟在他们屁股后面去凑热闹？"

总督感受到了利马强忍的怒火，语气放缓了一些："理事官，你讲的很有道理,但战争是不讲道理的,讲的是实力。你觉得,清国水师那些破旧木船,能打得赢英国的皇家海军?"

面对这个冥顽不灵的总督,利马就快要失去耐心了——这个边度根本就是想要拿"澳门"来赌一把!万一他押错了宝,大不了收拾东西回里斯本,但自己还有那些土生土长的葡萄牙人该怎么办?大家世代安居于此,早已视之为家,倘若战火燃起,仓促间又能逃去哪里?

"总督阁下,虽然英国拥有强大的海军,但清国幅员辽阔、人口众多,若倾举国之力相搏,英军也不一定稳操胜券吧?"

"英国人不会输的。"边度放下酒杯,盯着利马,"要论和中国人做生意打交道,我不如你;但若说军事方面的判断力,恐怕你不如我。经过这几年观察,我敢肯定,清国水师那些老旧炮台根本挡不住英国人,更何况他们满汉分化,犹如一盘散沙。我不知那钦差的自信从何而来,但中英如果开战,清军必败无疑。"

"但是……"

利马的话还没说完,就被边度打断。"理事官,我当然明白你的一片苦心,但要知道,我们不可能一直两边讨好的,一旦时候到了,我们终归还是要选边站。作为总督我要做的,就是确保到时候澳门站在取胜的那方。"

边度喝光杯中酒,举起杯子向利马示意:"理事官,真的不要来一杯?"利马摇摇头。边度站起身,走到酒柜旁边,又给自己满上了一杯。"总之,你就放心吧,清国钦差交给你应付,英国人那边就交给我好了。"

总督大人又灌了一口酒。"既然现在局势还没那么糟,会不会真的打起来,还是未知之数,我们看看事态发展再说吧!"他没有转身,只是举手对着身后的理事官挥了一挥。

利马识趣地站起身,他知道,自己该是时候告辞了。

"……凡经营正当贸易,无涉夹带鸦片恶行之船只,应给予特别优待,不受任何连累……"坐在办公桌前的利马,读了几行手上那份《中国丛报》刊登的文章,从纸页后面抬起头,询问对面的副官,"这就是那个亚坤带给钦差的东西?"

"是。除了这份,还有《广州周报》和《广州纪事报》等报纸,以及在澳门搜罗到的一些外文书籍。"罗伦佐回答,"那个亚坤会按照开列的清单,在澳门定期采买,再送往广州的钦差行辕。"

傍晚已至,华灯初上,利马从总督府回到议事会之后,便一直待在办公室里,继续跟进调查安东尼奥失踪一事:罗伦佐昨天已派出两队人马,一队去香山军营打探消息,另一队则去查探玛丽亚口中那个"亚坤"的底细,很快查明,他确实是在替清国钦差办事。

"所以,钦差到了广州之后,首先做的事情,居然是组建了一家译馆,还招聘了一批译员,来翻译外文报纸?"利马越来越感到好奇——这个林则徐,真是和自己以前见过的清国官员大不一样啊!

"据说钦差手下的首席翻译官,就是这份报纸的主编裨治文的中国学生。"罗伦佐指了指桌面那份《中国丛报》,这份报纸是美国首位来华传教士裨治文数年前在广州创办的。

"你应该也听过,中国人有句话怎么说来着?知己知彼,百战百胜。"利马合上手中的报纸,看来这个林钦差确实是个认真做事的官员,而且通情达理,思想开明,未必会用那些下三烂手段来对付澳门城里的葡萄牙人,"那你有没有查到,这个亚坤是否在帮钦差设圈套诱捕安东尼奥?"

罗伦佐摇摇头:"这个还没查清楚。"

"如果那钦差真有意为难我们，清国方面一定很快会有正式公函发来。"利马沉思了片刻，"你派去香山的人，有没有打探到安东尼奥的消息？"

罗伦佐摇摇头："问了好几个人，都说不知内情。说是自从钦差到任之后，很多查禁鸦片走私的行动都绕过了地方官员，不过，倒是有人听说最近抓了一艘走私鸦片上广州的澳门船，但未听说有葡人参与其中。我已再派人上广州打探，若有消息，会尽快向您报告。"

利马点点头，向书桌对面的副官挥了挥手："那就再辛苦你一趟了。时候不早了，你也早些回去休息吧。"

待副官离去后，利马重新展开手中的报纸，继续读完刚才那篇文章——那是受邀前往虎门观看销烟的裨治文抄录的林则徐现场讲话稿：

> ……凡经营正当贸易，无涉夹带鸦片恶行之船只，应给予特别优待，不受任何连累。凡从事私售鸦片之船只，必严加查究，从重处罚，决不宽容。总而言之，善有善报，恶有恶报。善者不必挂虑，如常互市，必无阻挠，至于恶者，唯有及早离恶从善，不存痴想。

看起来，林则徐并非如外界所说的那般野蛮和不讲道理，安东尼奥的失踪，未必是钦差想把居澳葡人拖进这场中英纠纷的诡计。利马对未来的局势又乐观起来，也许，澳门面临的这场危机，最后有机会和气收场？

利马略舒了一口气，放下报纸，不禁又想起十七年前的那一幕。

葡萄牙革命议会通过的新宪法,将多项人民期盼已久的变革被带进了这个古老国度:废除封建特权、撤销宗教裁判所,废除禁止海外出版书报的法令……

　　"从美国独立到法国大革命,自由精神的火炬,如今终于照亮了葡萄牙,也照进了我们这座小岛。"巴波沙少校在众人面前兴奋地踱来踱去,"此时此刻,贯彻并落实这种自由精神,不正是我们这一代人不可推卸的历史责任吗?"

　　"凭良知,自由讨论、抒发己见,是一切自由中最重要的自由……"一旁的阿美达医生难掩激动之情,大声背诵起约翰·弥尔顿名作内的段落,"我提议,我们尽快创办一份能发出自由之声的报纸吧!"

　　老法官贝路站起身。"上个月议事会已完成改选,现在临时政府也成立了,接下来的工作,是如何进一步争取民众的理解和舆论的支持。我同意医生的提议,应该尽快办一份报纸。"他转头望向坐在身旁、不发一语的贡沙路·阿马兰特神父。"神父,我看您最适合担任未来这份报纸的主编一职了,怎么样?"

　　多明我会的阿马兰特神父站起身,向各位点头致意:"谢谢您的邀请。新政府推崇的民主执政方式,是市民期待已久的。我认为,这也应该是我们未来的办报方向:针对这场立宪运动,进行充分的说明和引导,告诉民众应该做什么、怎么去做,以及最重要的——为什么要做。"

　　"如果各位有留意到的话,君主立宪改革的消息传至澳门后,那些保守派们日夜坐立不安,现在一定在全力寻找机会反扑。我们还要考虑的是,这次接受君主立宪制度,也有可能是葡萄牙王室方面的权宜之计,意在敷衍拖延。所以现在最关键的,就是争取人心!奉上主的意志,我们如果真的打算创办一份报纸,除了要驳斥保守派的荒谬言论,指出君主专制的过时与落后之外,最重要的工作,就是透过这份报纸汇聚人心。"神父环视房内众人，"改革成败，首在人心。一直以来，澳门市民对政事漠不关心，要想改变这状况，就先要唤醒大家的政治热情。立一部新宪法，也许一年半载就能完成，但人心观念的转变，所花费的时间恐怕要长久得多。所以，我们一定要让澳门市民有机会充分、自由地发表他们的政治观点和意见。日后，凡是市民提出来的疑问和意见，我们这份报纸要做到有问必答，和民众站在一起、心连成一线。诸位，要知道，任何改革，如果没有人民的支持，最后只会以失败告终。"

阿美达医生按捺不住激动，带头用力鼓起掌来，引发房内其他人亦相继跟随，房间里，热烈的掌声响成一片。

"等一下。"法官利马提出一个大家似乎都忽略了的问题，"这份报纸，叫什么名字？"

大家听了，先是一愣，然后一起大笑起来。是呀！这么重要的事，怎么居然给忘了。那这份报纸该叫什么名字好呢？

"就叫《蜜蜂报》吧！"是巴波沙少校的声音。

"蜜蜂？"阿美达医生复念了一次。

"听起来倒很有趣，"阿马兰特神父问，"这名字有何涵义？"

"把报纸喻为蜜蜂，是采集百花齐放的知识与观点之蜜？"老法官贝路猜测。

"不，"巴波沙少校纵声而笑，"是像蜜蜂那样，狠狠地痛蜇那些保守派，让他们鼻青脸肿、没脸见人！"

房间里，又爆发出一片大笑声……

利马放下手中的《中国丛报》，林则徐的讲话稿读完了，他轻轻合起报纸。纸张发出新鲜的油墨香气，不禁又令他回想起当年《蜜蜂华报》创刊号第一次捧上手的感觉：细小的报纸，双面印刷，左右两栏，凝聚了立宪派的心血,虽然只有四页,但捧在手上,感觉却沉甸甸的。

创刊号所登的那篇社论,是阿马兰特神父亲自撰写的,令他至今仍记忆犹新:

……这次选举结束了专制统治,明确了公民的权利和义务,并在大众欢呼声中成立了临时政府。这个政府成立的时间虽不长,却已表明,它是符合全体澳门市民意愿的,它所做的一切都是符合国家利益的。公众对旧政府缺乏信任,而政府却一无所知,并且极力美化自己,这就是人民为什么采取如此不寻常的行动的原因,人民对祖国的热爱和对美好事物的向往,通过这一事件充分体现。那一天(8 月 19 日),澳门人民的斗争将永载史册,我们为之讴歌不已。

—— 1822 年 9 月 12 日《蜜蜂华报》社论

理事官放下报纸,站起身,缓缓走出办公室。

阿马兰特神父所说的话是对的。任何改革,如果没有人民的支持,最后只会以失败告终,而若不是后来因为立宪派内斗撕裂人心的话,若不是因为大家各打内心小算盘而犹豫退缩的话,当年的那场改革,最后是否有机会取得成功呢?

十一

 　　玛丽亚从睡梦中悠悠醒转，昨夜的一切，此刻就像遥远陌生而又虚实难辨的梦境。残存的记忆，仿如一只摔成无数碎片的青花瓷碗，用尽全力也难拼凑起原本的模样：愉快的聊天、醉人的红酒，还有缠绵的热吻……记忆片段逐渐重现，一帧帧在她脑海不断闪回。

 　　玛丽亚扭过头去，清早的阳光洒进房间，倾泻于自己和躺在身边的托马斯身上。阳光为他镀了一层淡淡的金色，看上去好像精致的希腊神话雕像。她怔怔地发起呆来，眼前场景，如此熟悉，却又那么遥远……在自己的记忆里，也有过像这样的美好时光。

 　　玛丽亚记得，小时候最喜欢的就是早上醒来之后，跑进父母房间，挤到爸妈的床上。妈妈每次都会抱一抱、亲一亲她，然后起身准备早餐。爸爸则佯作生气的样子，抓紧了女儿，用刺人的胡子扎她，她则咯咯笑着叫救命……

 　　可惜，美好的时光总是太过短暂，留在幼年玛丽亚记忆里的，更多是不停歇的争吵、无止境的沉默。外婆不喜欢父亲，"番鬼"，她总是这么叫他。外婆很少和爸爸说话，却常和妈妈争吵，而争吵的焦点永远只有一个:离开那个"番鬼",他不合你的命。

父亲打算搬走,但母亲不愿意,她不想离开这从小到大、熟悉无比的家,以及把自己辛苦拉扯大的母亲。关于这一点,玛丽亚一直无法理解——若要忍受这种无止境的争吵和沉默,换作是自己,她宁愿彼此永不相见。

没多久,母亲又怀上了弟弟,但新生的婴儿并没有为这个小家庭带来希望,却永远带走了母亲。既然母亲不在了,父亲也没必要继续留在这里。自从父亲走后,外婆将所有心思都放在她那只算命灵雀上。玛丽亚记得,那只可爱的小鸟,浅粉细脚爪,全身白羽毛,她喜欢趁外婆不在时逗弄它,但那白雀却异常安静,偶尔转动细小的黑眼珠,盯着玛丽亚瞧,似乎对这个不懂事的顽皮孩子充满了理解和宽容。

外婆在雀仔园的算命档口,每天都有客人光顾。她会先问来者姓名和生辰八字,再问所求何事,然后就到了那只灵雀大显身手的时候了——外婆掀起笼盖,小鸟便从竹笼口冒出头来,一蹦一跳地,伸出浅褐色尖啄,从古旧签盒里的一堆签牌中,衔起一张,掉落在旁边的小竹盘里,然后头也不回地跳回竹笼里。

灵雀取签,从不失准,来算命问卦者,亲眼见此奇景,都啧啧称奇,以至于有时连玛丽亚也分不清:究竟那些人是来求问迷津,还只是想一睹那灵雀的神奇表演。说起来,这灵雀占卜法,从太公"盲公陈"的时候已是如此。天生羽视的太公过世后,外婆顺理成章地继承了他的衣钵,而大家也顺理成章地唤她"盲婆陈"——其实外婆眼并不瞎,只是人们似乎都觉得:只有在俗世看不见的盲者,才会在别的事情上看得更清楚,比如,无常人生的扑朔命运。

那盒签牌从"盲公陈"年代沿用至今,古旧泛黄,塞满了一大盒。六十四张签牌,外婆不用辨识,每张都熟记于心。求签算命的客人来了,外婆负责告诉太公灵雀抽中了哪张签牌。起初她不认字,于是就认牌上的图画。慢慢地,看得多了,听得熟了,她开始认得出那些签牌上的不同故事:桃园三结义、狸猫换太子、包公审郭槐……她认识的文字故事、学来的人生道理,都从那六十四张签牌而来,它们既是她的玩伴,也是她的老师。

一晃几十年过去了,当年的年轻女孩,如今已成皓首老妇,但那六十四张签牌却仍旧一样,浸透岁月流淌的痕迹,映照人生命运的流转,仿佛它们也具有了某种穿越时空的魔力。但玛丽亚并不喜欢它们,那些晦涩的文字、怪异的图案,尤其是那股老旧古怪的气味,总是让她有多远躲多远。

在那一大沓签牌中,有一张玛丽亚记得很清楚。那是一个大雨倾盆的早上,母亲头七刚过,父亲已远走不回,弟弟安东尼奥尚在襁褓之中,安静的屋子里,只有雨水不停敲打屋顶和窗户,发出"噼里啪啦"的声响。刚睡醒的小玛丽亚,一脸惺忪地坐起身,却发现不知什么时候,外婆坐到了自己身边,她转过头去看,却吓了一跳——面如死灰的外婆,拿着一张签牌的手正微微发抖。

小玛丽亚不知发生了什么事,自然也不敢问。坐在床边的外婆,发现外孙女醒了,于是伸出手,轻抚她的脸庞和头发,那只柔软的、温暖的手,让玛丽亚想起了妈妈。突然,她感觉到,有几滴水珠落在自己的手臂,热热暖暖的,她仰起小脸,发现竟是外婆的眼泪。一不小心,那张签牌从外婆手中滑落,玛丽亚爬下地去拾起,但上面的字她看不懂,那幅图画倒是颇有趣:那应该是座城吧? 城墙高耸,旌旗飘摇,有个军官骑了一匹白马,旁边还有辆马车,车里坐了一位端庄的仕女,一脸愁容,好像不知前路将去向何方……

外婆抹去眼泪,从玛丽亚的小手里取回签牌,叹了一声:"这都是命啊。"

玛丽亚身边的托马斯,翻了个身,也醒来了。看见身边的爱人,他的嘴角浮起笑意:"亲爱的,早安。"

玛丽亚伸出手臂,紧紧抱住了对方。

"怎么了?"英国人被她突如其来的举动弄得有些不知所措。

"没什么,"玛丽亚把头埋进他的胸膛,"就是想抱抱你,趁你还在我的身边。"

他笑了起来,在她紧抱自己的手臂上轻吻了一下。"等这些麻烦事处理完之后,我们一起走吧!去印度,要不回英国,如果你愿意的话。"

"真的?"玛丽亚惊讶地瞪大眼睛,"可你不是说,你很喜欢澳门吗?"

托马斯在她额头狠亲了一下:"我喜欢澳门,那是因为你啊!"

玛丽亚再度扑进托马斯怀里,紧抱住他,仿佛怕他会随时消失,她几乎用尽了所有力气,想要抓住这得之不易的幸福。

"砰砰砰"一串急促的敲门声,打断了两人的温馨世界。

"玛丽亚?你在家吗?"门外是房东太太,一个友善和气的帝汶土生妇人。

"出什么事了?"玛丽亚冲托马斯做了个鬼脸,翻身起床,抓过衣服匆匆穿上,跑去应门。

门外,房东太太的声音听起来很焦急:"是理事官派人来找你,让你马上去议事会,好像说是有急事!"

十二

在理事官的办公室里，利马和罗伦佐正在激烈地争论着什么，看见玛丽亚和托马斯推门而入，二人便停了下来。

在玛丽亚心头掠过一丝不祥的预感。

"请坐，恐怕有个坏消息。"利马指了指面前的椅子，示意玛丽亚先坐下。"我们前些日子派人去广州打探消息，从那里听说——"利马停了下来，似在努力搜索最恰当的措辞，"前段时间，有次缉捕走私鸦片的行动中，水师提督衙门抓获了一艘从澳门至广州的鸦片走私船，据船上水手说，这艘船的船主，是一个样子长得像华人的葡萄牙人。"

"安东尼奥？他怎么了？现在人在哪里？"心急的玛丽亚按捺不住，连连追问理事官。

利马望了一眼身旁的罗伦佐，欲言又止。

"我弟弟从小到大常惹麻烦，我早就习惯了，不管发生了什么事，你们就直说吧！"

利马叹了一口气："他恐怕已经死了，女士。"

"死了？"玛丽亚整个人僵住了，她望了望罗伦佐，又转过头来看利马,"怎么死的?"

"据说他在那晚的缉捕行动中被击落大海,恐怕凶多吉少。"

六神无主的玛丽亚,听闻噩耗,掩面抽泣,令对面两个葡国男人也手足无措起来。

"那他的尸体呢?"陪伴在玛丽亚身旁的托马斯问。

"茫茫大海,又是深夜,哪里还找得到尸体?"罗伦佐摇摇头。

"既然死不见尸,那如何确定安东尼奥真的死了?"托马斯再度追问。

利马和罗伦佐对望了一眼,似早已料到对方有此疑问。理事官向副官示意,罗伦佐拿起放在桌上的一个小布包,揭开层层包布,露出里面的东西——那是一顶葡式帽子,上面布满了弹痕与血迹。玛丽亚一眼便认出那顶帽子是弟弟的,放声大哭起来。

托马斯上前,轻抚玛丽亚的肩膀表示安慰,然后转头去问两个葡人:"你们是否查出了,安东尼奥是被那清国钦差派来的人所陷害?"

"我认为有这个可能。"罗伦佐迈前两步,指向挂在墙上的一张地图,刚才他和理事官似乎就是在争论此事,"据我们了解,从澳门走私鸦片进入内地的路线很多,本地人一般都走西线——在沙梨头将熟膏装船,运到湾仔岛,上岸后运至南屏、沙尾,也有沿前山西面的小河,装船运全香山深湾,或从石岐带到新宁,然后再运至广州。"他抬眼望向托马斯:"这些路线虽然转折,但胜在够隐秘安全。但安东尼奥却选择走东线,从澳门东岸取道珠江口西侧,这条路虽然更便利,但自从新来的钦差大力禁烟后,几乎已没有走私船会选这条路线,安东尼奥愿意这么走,除非……"

"除非他确信在半路上不会有水师船来盘查自己。"托马斯点头表示同意。

"他必是相信那块免检通行腰牌，才敢走那条虽然更快捷但却也更危险的东线，"罗伦佐继续分析，"可问题是，如果那块腰牌真的有用的话，他又怎么会在路上被清国水师截查，甚至中枪落海呢？"

托马斯听懂了对方话里的意思。"所以腰牌只是引蛇出洞的幌子，是为了诱捕安东尼奥和他的鸦片走私船？"他抬头去看利马和罗伦佐，两个葡萄牙官员满脸都是忧心和无奈的神色。他继续道："所以这完全可能是清国钦差设的圈套，那个亚坤，不是一直在替钦差办事吗？"

"亚坤？"玛丽亚止住了抽泣声，"可他为什么要害安东尼奥？"

"为了赏钱，或是邀功，谁知道。"罗伦佐耸耸肩。

"不管怎样，我们还是先别急着下结论，"理事官摇摇头，"要不再等几天，看看广东官府方面有何反应再说。"

利马示意副官先送两人离去，他的目光，又重新落于挂在墙上的那幅地图——这片风云诡谲的海面，究竟正酝酿着一场怎样的大风暴？

十三

　　查理·义律盯着前方的漆黑洋面,双手紧扶舰桥栏杆,任凭夜晚的海风吹拂脸庞。他微闭起双眼,仿佛和座舰"露易莎号"合为一体,随着海浪不停上下起伏。恍惚之间,他觉得自己就像一位骑着战马的远征将军,正孤独地穿行于一片荒芜的敌军战场……

　　犹记得五年前,差不多也是这个时候,当时他还是首任驻华商务监督律劳卑勋爵的贸易秘书。他们抵达清国的前一年,国会通过了《1833 年特许状法案》,废除了一直由东印度公司垄断的对华贸易权,并增设了作为帝国政府代表的"驻华商务监督"这个新职位。

　　年近半百的律劳卑勋爵出身于苏格兰名门世族,是律劳卑家族的第八代继承人,年轻时曾服役于英国皇家海军,更有幸追随纳尔逊将军,参与了那次奠定大英帝国海疆霸业的"特拉法加海战",这令义律一直对他恭敬有加。说起来,那场大海战发生之年,义律还只是个五岁孩童,虽无缘躬逢其盛,但在少年义律充满热血的梦想里,纳尔逊将军是他最为崇拜的偶像:远赴战场,运筹帷幄,亲手缔造大英帝国的荣光! 义律也希望有朝一日,自己能像这位传奇英雄一样,开创一番属于自己的荣耀,名垂帝国史册! 正是这股信念,令他义无反顾地奔赴海洋。十四岁,义律加入皇家海军,在摇晃不定的战船桅杆上攀爬跳跃、在高低跌宕的船舱甲板上摸爬滚打。十几年来,义律随着皇家海军的战舰跑遍了大半个地球,印度,牙买加,圭亚那……直至随律劳卑来到这个既遥远又陌生的东方国度。

律劳卑勋爵是那种典型的北方贵族,桀骜不驯,目中无人,在英国的时候,别说提名他出任"驻华商务监督"的外交大臣巴麦尊,就算贵为首相的格雷伯爵,他也不放在眼内,更何况来到这个还挥舞着大刀长矛的未开化之国? 因此,抵达澳门之后,律劳卑不屑于等待清国官方的准许,不等官府发出允许进入广州的"红牌"部票,他就亲自率领船队前往广州。

两天后的清晨,他们的舰船进入了广州水面。"看吧,整个中国,都将是我的。"身形高大的驻华商务监督大人站在船头,遥指前方初显的城市轮廓。初早的阳光,照耀着他的黄棕色头发,勾勒出了一圈金色光环,仿若一尊不可侵犯的神像。

但世事难料,律劳卑贸然进入广州城,很快便引发一场轩然大波。义律记得,两广总督卢坤得知此事后,立即下令终止与英国的贸易。于是,商务监督大人派他前往珠江口,指挥驻泊在那里的英舰前往广州增援。

1834 年 9 月 9 日的那场虎门炮战,是西方国家首次和这个古老东方帝国对战,但出乎义律的意料,清军虽看似炮多兵众,但却不堪一击。三艘英舰不过只用了半个小时左右,就以轻微代价摧毁了清军在海岛和沿岸布置的火炮防御体系,成功突破防线,开进了黄埔港。无可奈何的两广总督,只好使出惯常的"撒手锏":封锁包围商馆、撤出华人仆役、断绝日常供应……一如既往,这些行动很快奏效,颠地、查顿、马地臣那群唯利是图的鸦片贩子为求自保,立刻就抛弃了他们这位初到贵境还没搞清楚状况的苏格兰同乡。

英国鸦片商们率先恢复了以"禀"的形式上呈公文,恳请官府重开贸易,其他外商见状纷纷跟随,广州城内的局面顿时逆转,律劳卑突然发觉自己陷入了孤立无援的绝境。而刚随英船撤回澳门的义律,得知消息后亦无法北上驰援。为防敌舰再度进犯,两广总督令广州军民在珠江河口凿沉了十几艘大木船,又封锁黄埔至广州一带江面,还抽调了二十多艘舰艇、逾千士兵固守河道。听说,被困广州城的律劳卑,最后不得不低声下气地认错,乞求两广总督允许他和随员撤回澳门。

义律实在无法想象,骄傲的勋爵大人如何能忍受这般奇耻大辱?因此,一听说律劳卑大人回到澳门,义律便立刻赶去他在南湾的寓所。在广州受挫兼受辱的勋爵大人气火攻心,途中又染疟疾,据说在回程的路上,广东方面还故意拖延,令本来两日一夜的航程,足足花了一周;而且特意沿途日夜击鼓敲锣,一路上嘈杂骚扰,令本已染病的律劳卑,身体迅速垮了下来。形销骨立的勋爵大人,和刚到澳门时的意气风发相比,就像换了个人似的。

义律难以置信地瞪着此刻在床上像一摊烂泥般全无生气的病人:"勋爵大人,您……要振作起来!等康复之后,我们再去广州。"

"没用的,查理。"律劳卑抬起手,招他近前,"对付这个落后、野蛮的民族,能让他们听懂的,只有枪炮声……"

"可清国毕竟地广人多,就像一块巨大的石头,想要搬动它并不容易啊!"

"不,你需要的,只是一个支点。"律劳卑勉强撑起虚弱的身体,灰茫的双眼似乎努力在空气中寻找着什么。"还记得我提过的香港吗?"他伸出手,用食指戳向空气中似乎只有他才能看见的一个小点,"去占领它,以那里为支点,就可以撬动……"话未说完,病人爆发出一连串剧烈的咳嗽。

义律赶紧上前,扶他躺好:"勋爵大人,您别急,先休养好身体,香港的事以后再说。"

可惜没有"以后"了,那是义律和上司的最后一次见面:1834年10月11日,赴华仅三个多月的律劳卑勋爵,便在澳门撒手人寰。而他死后,英国在广州的贸易很快恢复如常,这位来去匆匆的苏格兰贵族爵爷,仿佛是在清帝国这片偌大海面投进的一颗小石子,尚未泛起一丝涟漪,就已消失不见。

律劳卑的离世悄无声息,却在义律内心烙下深刻印记:从马戛尔尼、阿美士德到律劳卑,和这个东方古国打交道,拿捏平衡实在不易,虽说一味恭顺退让只会无功而还,但单凭骄傲勇武亦难维持长久。

两年后,义律也坐上了驻华商务监督这个位子,他以当年上司的覆辙为鉴,小心翼翼地寻找那份难以捉摸的微妙平衡——上任伊始,他并未完全遵照伦敦的指示,采用代表平等地位的"公函",而是沿用了以往的"禀帖"形式,通过行商恭顺地向两广总督邓廷桢申请进驻广州商馆办公,他的谨慎很快得到了回报:申请不但顺利获批,还得到"随时驾舢板往来广州"的宽容特许。

虽然一切看似顺利,但伦敦方面却并不买账——义律就任不到一年,外交大臣巴麦尊就开始对他的"软弱"表示不满,越洋发来训令:不许再以"禀帖"形式向广东呈文。更要求作为帝国代表的义律,无须再经华人行商传话,直接与清国官员接触。

一直以来,义律和巴麦尊就不太咬弦,他觉得这位外交大臣根本不懂"外交",从伦敦发来那些自相矛盾的指令,根本无法执行:不许恭顺退让，又要扩大帝国利益；既要他负责中英贸易，但又不准插手鸦片买卖……不知是不是大英帝国称霸海上的军事实力，冲昏了这位外交大臣的头脑，总之，每次听他得意地炫耀自己那套"舰炮外交"理论的时候，义律就忍不住想起死不瞑目的律劳卑勋爵——对付这条庞然的东方巨龙，如果真有那么简单就好了。

"听说这个新任钦差林则徐，是严禁派的领头人物，现在清国皇帝既然派他前来广东，说明他这派已占了上风，清国的禁烟政策日后肯定只会变得更加严厉！"副商务监督庄士敦收到北京宫廷的消息，立刻跑来义律在南湾的寓所。

其实不用庄士敦告诉自己，义律也早已猜到了。钦差大人的谕帖，今早刚送到澳门。钦差命令广州洋商清缴鸦片，具结担保，日后如再有违反，"货尽没官，人即正法"。其要求之严、语气之重，实属近年罕见。而且，令义律更没想到的是，钦差没跑来澳门找麻烦，却先在广州动手了。

为慎重起见，义律也召来了托马斯和约翰共商对策。"中国人禁烟，向来雷声大雨点小——"约翰上尉指着义律手上的谕帖译本，语带不屑，"我看这是新钦差想索要贿赂的借口吧？"

"广州的鸦片商早就送过钱了，没有用。"庄士敦摇头，"我起初也觉得，是不是钦差新官上任，想弄点成绩讨皇帝欢心，所以让广州的英商们交点货给他交差。你猜怎么着？那钦差居然拒绝了！还派人传讯颠地，大概是要拿那家伙来开刀。"

"广东海关已暂停发放通航'红牌'，据说清国的水师战船也开进了广州内河，钦差的用意已经很明显了。"不知怎的，义律心里竟对林则徐涌出一丝敬意——一种棋逢对手的敬意。也许，这次终于碰上了一个像自己一样愿为国家利益和荣誉而战的对手了。

"大人,请下令吧! 我们马上杀进广州,把人救回来,也给那些清国佬一点颜色瞧瞧!"约翰高声向义律请战。

"我们眼下最大的'路易莎号'也不过只有十四门火炮,虽然在伶仃洋面对付清国水师那些笨重的木船绰绰有余,但要想进攻广州这样的内河大城,恐怕不一定能稳操胜券。"托马斯开口表示反对。

义律听了,表示赞同地点了点头。托马斯和约翰这两位军官,是义律十分倚重的左右手,出身苏格兰高地的约翰虽然作战勇猛,来自曼彻斯特的托马斯却更加心思缜密,这一点很对义律的胃口。

"那怎么办?"约翰一脸困惑,"难道我们就待在澳门袖手旁观?"

众人的目光,又聚回义律身上。

不得不承认,此刻义律的心里还真有点幸灾乐祸——他本就憎恶"鸦片"这种毒害身心的毒品,更讨厌那群唯利是图的鸦片贩子。当年律劳卑的惨痛教训,让他早就看清了这帮小人的嘴脸:马地臣、颠地……既没有道德原则亦无视帝国荣誉,而自己这个商务监督居然要去保护这群无耻的家伙。每想到这里,他就气不打一处来。如今得知他们被困广州,生死难料,义律的内心不免一阵暗爽,但转念一想:这些鸦片商纵有千般不是,但会连累其他那些同样身在广州的无辜英国人,被清国政府不问情由地一道禁锢惩罚,一想到这里,义律内心又忍不住愤慨起来。

危局当前,中英两国的关系已势如水火,但不管远在伦敦的巴麦尊,还是身困广州的鸦片商,义律都信不过。他知道,自己现在必须保持冷静,在开展任何行动之前,必须先推敲出一个滴水不漏的方案。当年律劳卑的悲惨遭遇仍历历在目,他可不想自己也落得同样下场。

"离开伦敦之前,我收到外交部的明确指示,要尽量以和平的方式维系中英的贸易关系。所以，如果要发动战争，就必须让外交大臣明白，我们实在是迫不得已。"义律扫视众人，似在发表个人看法，又像在征询大家的意见。

"现在明明是清国违法挑衅在先，无理禁锢我大英帝国的商人及家眷。"约翰不满地说道，"这难道还不算是迫不得已吗？"

"清国政府关注的焦点是鸦片。话说回来，那些鸦片商的走私买卖，近年确实越来越猖獗，也难怪清国政府派来钦差大力严禁，但问题是，这些鸦片商以及他们和清国政府之间的矛盾，纯属私人商业纠纷，和女王政府并无直接关系。"义律转向约翰，"你刚才说，钦差无理禁锢在广州的大英臣民，这倒是可以借题发挥，但要因为这个理由而调动军队来开战，好像又有些小题大做了吧？"

义律停下来，轻叹了一口气："其实，要是当初颠地他们那帮鸦片商肯停止鸦片贸易的话，现在也不至于……"

"停止鸦片贸易？"庄士敦却笑了，"就算那些鸦片商同意，伦敦也不会答应吧？"

义律又叹了一口气，这一点，其实他自己最清楚——赴澳门上任之前，他曾在伦敦尝试说服巴麦尊，堂堂大英帝国，将贸易命脉系于"鸦片"这种毒品，绝非长远之策。可外交大臣的回复却令他彻底失望。法国大革命后，拿破仑横扫欧洲，战争连年不断，各地市场需求大幅萎缩；其后拿破仑入侵西班牙和葡萄牙，更引发拉丁美洲趁乱而起的独立浪潮，各殖民地纷纷起义。拉丁美洲及南美洲一些主要产银地的政治动荡，导致全球银矿大幅减产。白银紧缺引发了全球经济大萧条，英国更是首当其冲。身为托利党要员的巴麦尊，自 1830 年加入首相格雷勋爵的政府出任外交大臣以来，迫切需要一场胜利来证明自己的实力。

"查理,"巴麦尊对即将上任的驻华商务监督说,"现在国内大批工人失业,社会动荡不安,愤怒民众的矛头之一,便是指向垄断对华贸易的东印度公司。你看辉格党气焰日盛,这次在国会大选中,更是轻松夺取多数议席。我们必须动用一切手段,避免让他们的势力越坐越大。"

义律当然非常清楚国内的政治形势:下议院的选情日益严峻,以小商人和工厂主为主的辉格党近年趁势崛起,高举"自由贸易"大旗,令以传统贵族为主的托利党完全陷入被动局面。

巴麦尊继续说:"这次派你前往清国,是去保护我国商人,你要尽最大努力,为他们争取最大利益!英国需要贸易、需要海外市场,只有掌握这些,那些该死的选票才不会流失到辉格党人的手里去。在这个时候,你却跑来跟我说什么停止鸦片贸易?"

义律将思绪从遥远的伦敦拉回澳门,从律劳卑、德庇时到罗便臣,历任驻华商务监督既要努力维持行商贸易,又不得不对鸦片走私睁一只眼、闭一只眼,不也正是出于同样的考虑吗?每年西南季风一起,那些装满了公班土、白皮土的英国商船,纷纷从印度加尔各答、孟买等地络绎而来,密布于伶仃洋一带。百船竞渡,千帆并举,仿佛一场鸦片商的狂欢嘉年华。以这里为中心,那些鸦片再被运进广东内地,或由商船、渔舟转运至福建、浙江、江苏、山东、天津等海口,一箱又一箱的鸦片烟土,为大英帝国换来一箱又一箱的白银。义律知道,在巨额利益面前,他那些微不足道的道德和荣誉感根本连屁也算不上。

义律将目光投向托马斯:"告诉我,孩子,你对此事有何看法?"

"我们现在孤身远在亚洲,开战时机仍未成熟。"其实上尉自己心里也没底,"除非迫不得已,否则,现阶段最好还是努力试试谈判解决。"

"谈判?"约翰摇摇头,"那个野蛮的钦差,现在就连皇帝也站在他那边,还怎么谈?"

"不,"托马斯摇头,"他们的皇帝闭居于皇宫,根本搞不清状况,还以为自己统治的仍是马戛尔尼时代的那个天朝上国,如果让他们见识一下大英帝国无坚不摧的军事实力,等他们认清现实,就愿意坐到谈判桌前来了。"

庄士敦连连点头。"若要批准和清国开战,必要先过外交大臣还有议会那关,但程序繁杂,需时亦久,而且最后还不一定会通过。若没有战争拨款,我们贸然挑起战火,恐怕最后难以收场。但若向英印总督借兵,吓唬一下清国那个自大的皇帝,还有他派来的这个钦差,或许更容易奏效,而且——"他扭头望了一眼义律,"奥克兰勋爵是你表兄,这点小忙,他应该肯帮吧?"

听了几个人七嘴八舌的意见,义律内心也激烈交战起来。他知道,巴麦尊为了在国内立威,其实也想和清国打一仗,这次清国钦差出兵包围商馆,禁锢英国商民,不正是外交大臣梦寐以求的借口吗?或许正如托马斯和庄士敦所言,发动一场猛烈、快速的小规模战事,让那些清国官员和他们的皇帝明白大英帝国的军事实力,愿意面对现实,坐下来和自己谈判,这才是最佳的策略。

义律又想起了律劳卑勋爵临终前念念不忘的那个地方——香港,虽然巴麦尊和女王更倾心于在舟山群岛或福建沿岸建立英国人的贸易基地,但也许香港才是更务实的目标。毕竟,既然已有了澳门这个先例,再去说服清政府,就像当初容许葡萄牙人入居澳门那样,也容许英国人入居香港会顺理成章得多吧?

一个大胆的计划,在义律脑海中慢慢成形。好,明早便去广州,他要在那里导演一出好戏。刚想到这里,他忍不住苦笑起来:真是做梦也想不到,他这个反对鸦片贸易、讨厌鸦片商的驻华商务监督,现在却要去广州拯救那群他最讨厌的家伙,甚至还有可能为了鸦片去发动一场战争,这是何等的讽刺?

洋面漆黑的夜色,被远处的灯光刺穿了无数个窟窿,一艘舰船的轮廓渐渐从夜色中显现,越来越清晰。义律感觉到脚下的"露易莎号"正在减速,他这位孤身穿越敌军阵地的将军,终于就要和自己的队伍会合了。

"噔——噔——噔——"甲板远处,跑来一名水兵。

水兵来到义律身边,立正,恭敬地敬了一个军礼:"报告!'威廉堡号'已经到达。"

十四

时值午夜，暗黑的海面被船舷灯光照亮，在庞然的三桅武装商船"威廉堡号"侧旁，那艘独桅风帆船"露易莎号"显得特别细小。两艘船上的星点灯火，在海面碎成无数光点，映照着水手们划桨的吆喊、海浪撞击船身的喧哗，以及指挥官和船员此起彼伏的喝令……在一片嘈杂声中，义律的船缓缓驶近了。

"威廉堡号"的船名源自东印度公司 1696 年在孟加拉湾建立的首个独立营区——威廉堡。经过二十多年努力，英国人终于夺得孟加拉湾的贸易特权，征服了这个人口两千多万的古老王国。如今，英国人又瞄准了另一个人口逾四亿的东方古国。

自从葡萄牙帝国于十六世纪开辟经好望角前往亚洲的贸易航线之后，这条利润丰厚的欧亚贸易航道就成了各个帝国争相抢夺的肥肉。英国与法国于 1763 年爆发"七年战争"，最终，英国凭借强大的海上力量，击败了法国，并以东印度公司为支点，不断攻城略地，拓展殖民势力范围。

自十九世纪中期占领印度之后，英国再将势力扩展到波斯湾和东南亚,对华贸易更逐渐成为举足轻重的业务重心。地大物博、人口众多的中华帝国,瓷器、丝绸、茶叶等物产,为公司和帝国带来源源不绝的收入。然而,随着国内的工业革命不断发展,崇尚"自由贸易"的民间呼声越来越高,东印度公司的对华贸易垄断专权终于被《1833年特许状法案》打破。一时间,大批英国公司抢滩至这片东方土地。广州的英国商行数量遽然倍增,怡和、颠地等洋行乘势崛起。随着东印度公司逐步撤离,大量权力真空需要帝国政府前来填补——外交部取代了东印度公司董事会,驻华商务监督则取代了原本在这里的大班。随律劳卑东来的义律,如今终于坐上了当年上司的位子,而他所担负的任务,也比当年的律劳卑更为急迫。

大时代板块交替的摩擦和碰撞,为刚好置身于时代里的人们带来了累积财富和获取荣耀的机会,但每个人的不同选择,也将决定他们会在历史中留下怎样的位置。义律想起了律劳卑勋爵,也想起了纳尔逊将军,然后又想到了自己——千载难逢的良机当前,成败也许就在一念之间,而这一次,大英帝国的光荣旗帜,能否像以往一样如愿插上这片东方土地呢?

义律一手抓起佩剑,一手拽紧绳梯,跃上了"威廉堡号"的甲板。

上个月发生的"林维喜案",令中英两国的关系又陡然紧张起来——7月7日,英国商船"卡纳蒂克号"和"曼格洛尔号"的几名水手在尖沙咀醉酒斗殴,在一片混战中,一个叫林维喜的村民身受重伤,次日更不治身亡。此案很快便成为中英拉锯的风眼。禁不住清国钦差一再追问,义律决定,在这场司法管辖纠纷酿出更大风波之前,抢先在"威廉堡号"开庭审结此案,免得那钦差再拿此事来做文章。

鸦片纠纷愈演愈烈,也引爆了清国对外洋夷人累积多年的敌意和不信任,看起来,中英之间的战事越来越不可避免,但回想这场战火的源头，却始于几个月前的广州。

自那天晚上在澳门府邸内和众人商议之后，义律便于次日穿戴上全套正式海军军服，乘船前往广州。船尚未靠岸，义律就感受到了商馆区的诡异气氛：周围街道已设下多处关卡，商馆大门竟已被砖块砌死，城南水道也开进了不少水师战船。在岸边码头等候他的，是鸦片商马地臣。"商务监督阁下。"马地臣才开口，半空便突然响起高高低低的一片吆喝声。喊的是什么，义律一句也听不懂，但寻声望去，他才发现，在黄昏的暗色下，商馆周围的建筑屋顶上蹲伏了不少监视者。一看见有新来的洋人上岸，那些中国人就大声吆喝起来，似在互传消息。此起彼伏的叫喊声，在无人的街道间回荡，令人背脊陡然升起一股寒意。

默不作响的马地臣做了个手势，示意义律随他而行。一行人匆匆走进英国商馆，一进屋，义律就看见两个中国人瑟缩于偏厅一角——一位老者，还有一个中年人，两人都愁容满面。

"这位是怡和行的伍绍荣，这位是广利行的卢继光，两位都是十三行的总商。"马地臣向义律介绍。

伍绍荣？义律内心一震，就是传说中堪比欧洲罗斯柴尔德家族的亚洲巨富？他想上前与老者伸手相握，但对方苦笑着展示手腕上的镣铐，拱手作了个揖。

"是钦差派人把他们押来的。"马地臣叹了一口气，向义律解释，"钦差的用意就是杀鸡儆猴。这是在警告我们，如果不依其指令尽快缴烟具结，下场就会像他一样。你刚才见到外面那些监视我们的人，也都是清国钦差派来的。"

义律心头一沉，看来情况比自己预计的更糟。

"颠地呢？"他问。

"他也到了，正和其他人一起，在里面等您呢！"

义律向那两个可怜的清国富翁充满歉意地点了点头，转身走进大厅。从门口向大厅内望去，在广州的鸦片商们几乎都到了，黑压压聚成一堆，将原本偌大的厅堂挤得密不透风。嘈杂的人群，令平日肃穆庄严的大厅像市集一样。

义律迈步向台上走去，响亮的军靴声，令躁动的人群安静了下来。大家紧张地盯着他，不知这位英国政府的代表将带来什么消息。从人群之中，义律一眼就认出了颠地，这个被钦差点名传讯的大鸦片商，平日总是一副趾高气扬的样子，此刻却满脸愁容，仿佛看到了世界末日。义律环顾四周，这里除了英国鸦片商人数最多，还有美国、荷兰和西班牙的鸦片商混杂其间。这令他颇为满意——眼下这个场面，正是自己想要的。

义律取出早已预备好的大英帝国旗帜，交给身旁的约翰："去，充满敬意地把它升起来。"

一身戎装的约翰领命，大踏步而去。巨大的落地窗前，义律向外恭敬肃立。受了他的影响，室内的一众鸦片商们也不约而同地面向外面那支旗杆，挺直了身躯。

黄昏将尽，在夕阳微光之下，那面崭新的帝国旗帜，在晚风中徐徐升起——曾经飘扬在无数城堡、港口、舰船甚至战场上，代表帝国无尽荣光的那面旗帜，在几名帝国军人的护卫下，随风飘扬，总算给提心吊胆了多日的商人们带来了一线生机。

大厅内的人群恢复了不少生气，大家都窃窃私语起来。

"诸位，"见自己精心设计的场面取得了理想效果，义律感到非常满意，"请放心！本商务监督这次前来广州，就是来和你们一起对抗这个野蛮无理的清政府的。对于清国钦差严重违反《国际法》的行为，我表示强烈的不满和抗议,并在此保证,将会和你们在此一起坚守。感谢上帝!这次和我一起前来的,还有我们的战舰,此刻就停泊在外面——"他挥手指向江岸边隐约可见的"露易莎号",继续道,"船上满载尽忠职守的帝国军人,我们将竭尽全力,保护这里每一个人的安危。"

房间内,爆发出一阵热烈的掌声和欢呼声。

义律觉得,自己要感谢当年律劳卑的牺牲——有了上次的经验,即便这次清国再使出撤离仆役、断绝供给、围封商馆的"老三招",英国人也已早有准备。好在饮食供应尚未完全断绝,三百多外国商人及家眷的人身安全,亦暂无大碍。他知道,这是一场拼耐性的心理战,自己要静得下心,沉得住气,等待最佳时机的到来。

几天过去了,当初被义律鼓舞起来的士气,渐渐低落了不少。这天,就连庄士敦也按捺不住,和约翰、托马斯一起跑来敲开驻华商务监督大人的房门,"义律阁下,我们这么耗下去也不是办法,接下来您有何打算?"

义律看了一眼焦灼的副商务监督,还有他身后的上尉们,觉得时机大概成熟了——如果连他们也心急得忍不住,那些鸦片商们大概也快熬不下去了。

"我打算,依照清国钦差的命令,向钦差缴出所有鸦片。"

"什么?"众人大惊,怀疑是不是自己听错了。

"没错,"义律十分认真地望向他们,"只有缴清鸦片,钦差才肯放人嘛。"

"可是——"约翰急了,"我们千辛万苦赶进广州,就是为了向中国人认输投降?这口气你咽得下,我可咽不下。"

"两国相争,可不是为了你和我的一口气。"义律却不动声色。

"缴清鸦片,损失太大,那些鸦片商未必肯答应。"听了义律的提议,庄士敦也不无忧虑。

"鸦片商那边由我来处理。"义律说。

"那大英帝国的颜面又将何存?"约翰急了。

义律先看了一眼约翰,然后望了望庄士敦和托马斯。"现在海外英商遭难,帝国政府出手相救,不正体现了女王陛下政府护商爱民的仁爱之心吗?而且——"义律停了下来,再将目光投向约翰,"这和大英帝国的颜面有何关系?一直以来,清国政府所要求的,只是勒令各国鸦片商交出鸦片,从来没向大英帝国政府提出过任何要求啊!"

性急的约翰没有听出商务监督的弦外之音,倒是细心的托马斯觉察到了一丝端倪。"你刚才说,依照清国钦差的命令,我们将向钦差缴出所有鸦片?"他特别在"我们"上加重了语气。

义律点点头,笑了。

一脸怒气的约翰,此刻如堕云雾,一脸迷惘,一时搞不清到底这两个人在说些什么,倒是一旁的庄士敦听明白了。"哦!商务监督的意思是,我们现在介入此事,用大英帝国政府的名义和清国钦差交涉。这样原本属于清政府和外商的商业纠纷,就变成中英两国的外交事件了。"

义律笑了起来:"没错。"这正是他在澳门草拟的全盘计划的关键:利用这次"缴烟事件",撕开大英帝国官方介入的突破口。这次清国不分青红皂白,封锁围困广州的各国商人侨民,一旦消息传回各国国内,势必引起民情激愤。此时帝国政府介入,全力维护海外英商的利益,不正是巴麦尊期待已久争取民意的大好良机吗?

当日下午,义律再次召集所有鸦片商前来议事,早已心急如焚的各国商人迅速赶来英国商馆。众人已在商馆内被困了三天,有的百无聊赖,有的提心吊胆,有的烦躁不安,有的心力交瘁……大家都想快些了结此事,但上缴鸦片可不是小事。缴不缴?怎么缴?缴多少?背后都牵涉庞大的利益。最大的鸦片商渣甸和查顿已回伦敦去了,此时留在广州的只有颠地和马地臣。现在颠地也自身难保,马地臣倒能沉得住气,但只凭他一人,也难以服众。因此,在大家眼中,此刻最有号召力的救世主,非义律莫属了。

"诸位,虽然清国钦差多次要求缴烟,但因涉及金额太大。我相信,在座很多人的身家财产都押在这些货里。"听了义律的话,鸦片商们纷纷点起头来,"我知道,大家也希望此事尽快解决。毕竟夜长梦多,再这么困下去,如果钦差大人失去耐性,很难说还会再推出什么其他的激进举动。"义律的话引发人群一阵恐慌的骚动。他伸出手,示意大家安静:"因此,经过这几天的认真考虑,本人现以大不列颠女王陛下政府的名义,建议英国鸦片商将手头的鸦片全部缴出。"

人群爆发出一片难以置信的惊呼,那些英国鸦片商们面面相觑,一时不知如何是好。义律继续宣布:"请各位速将手头的鸦片存货开具清单,签章核实。所缴鸦片总价,将由女王陛下的政府一力承担。"

刚才的惊呼,突然变成了欢呼。人群沸腾起来,那些英国鸦片商们个个一脸狂喜。

"等一等!义律阁下……"一位美国鸦片商冲上前来,一脸焦急,"那我们呢?我们这些其他国家的商人,怎么办?"

"这个嘛……"义律装出为难的样子,"其他各国鸦片商们,要不你们试试各自上禀清国钦差,就说既然英国人已缴鸦片,可否暂且对你们网开一面……"

"可是……"

"这有什么用……"

"那钦差肯定不会答应……"

外国鸦片商们个个心急如焚,若按义律说的去做,不但希望渺茫,而且恐怕不知还要再拖多久,他们可是一天也不想困在这里了。

"各位也不必太担心。"义律早料到他国鸦片商们会有此反应,于是说出早已排演好的台词,"我大英帝国历来主张贸易自由,大家既然远渡重洋来华商贸,我们必定尽力相挺。只要你们愿意依我刚才所说去做。"他指了指身边的庄士敦:"大家也可以去副商务监督那里登记,把手头鸦片开列详尽清单,日后赔偿少不了你们的那份。"

外国商人们听了,个个转忧为喜,笑逐颜开地散去。

就在广州商馆的各国鸦片商忙着点算存货的时候,义律则留在房间里专心撰写报告,向外交大臣阐述自己的全盘构想。巴麦尊一心想倚仗英国强大的海军建功立业,怎会放弃这个千载难逢的大好机会?

义律知道,接下来,自己精心部署的计划将来到最后也是最关键的一环:林则徐。

和以往的做法不同,义律特意跳过了两广总督,将答应上缴鸦片的禀文直接呈送给钦差大人。他的如意算盘是:只要清国政府方面不像往常那样以"不合规矩"的理由退回,他就不但突破了以往外商只能透过广州行商与广东地方官员往来的惯例,更能直接与身为皇帝代表的钦差文书往来,达成了中英两国政府代表直接沟通的既定事实。

果不其然,钦差大人收到禀文之后,似乎非常高兴,不但没有计较这种以往被视作"越矩"之举,甚至还专程派人将新鲜的肉菜食品送进商馆区,来人还转达了钦差的意思——只要尽快缴清鸦片,义律和商人们便可自由离开广州。

经过这段时日殚精竭虑的努力,事情终于按照义律当初在澳门构思的剧本上演:他不但成功建立起两国政府代表的直接沟通渠道,更将中英交涉纳入了外交层级的框架。身为帝国政府在中国的代表和主导者,一场新的博弈棋局正摆在义律面前,建功立业的机会终于到来了！兴奋不已的义律,几乎想冲上商馆屋顶去亲吻上帝的脚尖。

　　登上"威廉堡号"的义律,匆匆行走在船面宽大的甲板上。昨天他接到报告,"林维喜案"六个涉案水手已羁押于此船,陪审团成员也全部到齐,一切准备就绪,只等开庭审理。不过,今晚他想先和大陪审团主席见一面。

　　"义律阁下,"前面走来一人,拦住了他的去路,是"威廉堡号"的船长,"昨晚我的船员从海里救起来一个人,我觉得,那人应该交给您来处理。"

十五

想不到,波涛汹涌的海面底下,竟然如此安静。

弹箭横飞的嘈杂声,舱板压浪的咯吱声,火枪猛发的轰响声,以及羽箭破空的鸣声……此刻通通消失不见,只剩下令人窒息的死一般的寂静。安东尼奥想转过身来,却发现身体并不受自己控制;他努力睁大双眼,但除了一片无尽的虚空与黑暗,什么也看不见。

我到底在哪里?安东尼奥害怕起来,我已经死了吗?

稍微退减的混乱与惊恐,此刻又像海潮般猛然翻涌而起,几乎将安东尼奥整个吞没。他觉得呼吸困难,肢体麻木,身体和意识都不再属于自己,就像一株随波逐流的海草,被纵横交错的乱流拉扯着、推搡着,左右旋转,上下起伏,仿佛进入了一个不知名的异度世界。安东尼奥虽然心慌意乱,却无计可施。

怎么办?自己现在该怎么办?

眼前的一片虚空黑暗,慢慢浓缩成两个细小的黑点,那双亮晶晶的黑眸正望向自己,充满了呵护与怜爱。那可是姐姐玛丽亚?这念头刚一闪过,安东尼奥便懊恼地叹了一口气——这次失手,连累姐姐也赔了大半身家，别说让她发财离开澳门，就连以后自己的生活怕也很艰难了。这批鸦片已是安东尼奥最后的赌本，这次一次输清，恐怕人生赌局很难再翻盘了。安东尼奥自问并非是懂得长远打算的人，从小到大，他习惯了随遇而安，反正见路便行，有钱就赚，在只顾眼前、不管将来的澳门城里，他乐得随波逐流，听从命运的摆弄。

数年前，姐姐逃离雀仔园之后，家里便只剩下安东尼奥和外婆。不知是否出于华人重男轻女的传统，外婆对他并不像对姐姐那样严苛，加上小安东尼奥广东话说得地道，这个浓眉大眼的壮实男孩，很快就得到了外婆的宠爱甚至溺爱。要说她有什么不满，大概只是这个脾性顽劣的孙儿经常从外面惹回来各种麻烦，通常都是打架斗殴。他闲来无事喜欢四处游荡，经常和附近街童发生口角甚至动手。结识亚坤之后，两人结伴闯荡，慢慢在这一带打出了小小名气，这对不中不西的"混血孖宝"，竟令附近的童党避之不及。

当然也会偶尔发生意外，尤其是当他们其中一个落单的时候。就像有一次，不知怎的，安东尼奥和一群恶形恶相的本地华童起了冲突，对方七八个人包抄上来。为首的两人比他高出一头，他们各执一根杯口粗细的木棒，一左一右向他夹攻而来。自知凶多吉少的安东尼奥眼看无路可逃，情急之下，居然从随身携带的囊袋中摸出一把黄铜匕首——那是父亲留给自己的唯一的东西，他平日总带在身边，想不到此刻竟派上了救命用场，也不知是不是父亲在冥冥之中庇佑自己。

第一波攻击来到的时候，那两个身高体壮的野孩子将手中木棒舞得虎虎生风，其余几个同党则从旁策应，封了安东尼奥的退路。但他无暇多想，毫不理会其他人针对自己的攻击，拔出匕首，认准了那个距离自己最近、貌似那群街童头目的家伙，向他猛扑过去。

"啊——"那个遭到安东尼奥攻击的男孩,发出一声令人毛骨悚然的惨叫。周围忙着挥舞木棒的人都停下手来。

攻击者们从未见过这种场面:那童党首领跌倒在地,鲜血汩汩地从他大腿上流出来,令那条粗布裤濡湿了一片,滴滴答答地流淌,很快地上鲜血流了一片,腿上的血还在不停地流,毫无停下来的迹象。众人再看安东尼奥,只见他单腿跪地,一手压制对手,另一手则高举那柄匕首,刀尖还在往下不停滴着血。

这班街童虽然平日惯了在街上虾虾霸霸,但毕竟还只是一帮孩子,何曾见过这样的惨烈场面?刚才还气势汹汹的街童,此刻纷纷抛下手中的棍棒石块,一哄而散,只剩下那个倒地号哭的男孩,以及骑在他身上不知所措的安东尼奥。

后来安东尼奥逃到姐姐家里躲了几天,生怕那群街童来找自己报复,虽然他已记不起此事最后如何收场,但却从中领悟到了一个十分简单却非常有用的人生道理:不管碰上什么事,与其左思右想,瞻前顾后,不如盯准一个眼前目标干了再说,该出手时就出手。其实人生不也是像这样的赌局?押宝落注,举手无回,至于是非成败,很多时也只有听天由命了。

所以现在自己是气数已尽了吗?安东尼奥的魂魄又回到了那个不知名的异度世界:我现在究竟在哪里?我死了吗?这就是人死之后的世界吗?

突然,他发现自己的记忆——那些平时深藏于隐蔽处的记忆,像大海退潮后露出的礁石,从纷乱思绪的最深处,一点一点,逐渐显现了出来。

那可是他最初的人生记忆?

安东尼奥一团混乱的脑袋，像一颗洋葱般，慢慢地，一片一片被剥开，自己人生经历的画面场景，迅速向后飞退而去，直至再也退无可退——那大概就是自己最初的记忆了吧？

刚才那两个细小的黑点，那双亮晶晶的黑眸，又在眼前出现。

安东尼奥仔细辨认，发现那还是一张女人的脸庞。等一等，这次不是玛丽亚，好像是另一个女人，另一张看起来虽然有些陌生、却感觉无比熟悉和亲切的脸庞。

妈妈？

安东尼奥猛然一震，再度努力辨认。是的，那是自己生命中见到的第一张脸孔，妈妈温暖的怀抱、温柔的触摸，还有身上好闻的气息和嘴里轻哼的旋律……那些遥远而模糊的记忆片段，终于在时隔许多年之后，又一点一滴地重新回到了他的脑海中。

小安东尼奥的出生，曾给这个濒临分崩离析的小家庭带来一线生机。父母自然很高兴这个小生命的降临，他天生的华人样貌也令外婆感到满意。"阿东"，外婆总是喜欢这么唤他。但初期的新鲜和兴奋感过去后，关于养育孩子的各种琐碎小事，又演变成大大小小的争吵，华人外婆和葡人父亲之间那道永远无法填平的沟壑，令母亲筋疲力尽。刚生产完之后的母亲很快病倒了。关于如何医治母亲的病，又成了外婆和父亲之间新的拉锯战，只是这次没有母亲居中周旋，局面很快就变得一发不可收。

母亲的病，慢慢陷入无可挽救的绝境，似乎她也知道自己时日无多，每次都会趁着为儿子哺乳的片刻宁静时光，和他念叨几句心里话。"阿东，"母亲也喜欢这么唤他，"就算以后妈妈不在了，你也要好好努力长大啊！"母亲的泪水从眼眶里涌出，滚落在安东尼奥的小脸上。她伸手小心地拂拭干净："你看，妈妈真没用，除了哭，什么也不会。但你是个男子汉,以后这个家,就要靠你撑起来了,你要照顾外婆和爸爸,还要保护姐姐,知道吗?"

妈妈的谆谆叮嘱,小安东尼奥当然听不懂,只晓得咿咿呀呀地,将那张脸孔、那些声音印在小脑袋里那片尚未成形的记忆滩涂,但很快被不断冲刷的岁月海浪抹得一干二净。此时此刻,那些岁月留痕又奇迹般地在滩涂上再次显现,安东尼奥如饥似渴地注视着眼前的画面,仿佛终于寻回了一笔原本属于自己却遗失已久的无价财宝。

"妈妈!"他高喊起来,希望引起那个女人的注意,再停留多一会儿,让自己瞧仔细。也许有机会和她说几句话,也许能再次听到曾让自己倍感温暖的声音,甚至再次握住那双温暖的手,再给自己一个拥抱,重拾那份久违的幸福。"妈妈,妈妈!"安东尼奥的呼喊越发急切,但对方好像完全听不见,只是渐行渐远。

安东尼奥用尽了所有气力,伸出手去,想抓住那个越来越遥远、越来越模糊的影像,想挽救那些随时可能再次消失的记忆碎片。

突然,像是有人在黑暗的房间里扭亮了一盏灯,四周光亮了起来,一双亮晶晶的眼眸再次出现,那双既充满关切、也满是疑惑的眼眸。

"妈妈!"他喊了起来,那双眼眸似近还远,却怎么也无法触及。他急了,再次高声喊叫:"妈妈,别走!"一连串葡文从他嘴里蹦出:"妈妈,别走,妈妈……"

那双眼眸凑近前来,随之响起的却是一个陌生男人的声音,而且说的是英语:"他醒了,二副。"另一个男人开口说话,是浓厚的英伦北方口音:"我的上帝! 还以为他是个中国人,怎么会说葡萄牙语?"

十六

自从收到弟弟突如其来的死讯之后，这些天玛丽亚总是愁眉苦脸、心神恍惚。托马斯实在看不下去，于是趁着这个周日做完礼拜，硬拉着她出门去城里走走，希望她重新振作起来。

清国自乾隆年间实施"一口通商"政策以来，获允只能在广州经商的外国商人们，在贸易季结束后（九月或十月）就必须离开广州，其中有些人会在这段时日迁居澳门，等下个贸易季（五月或六月）再回广州，所以这段日子，澳门城里特别热闹。

所谓的"澳门城"，其实并不大，葡萄牙航海商人数百年前在妈阁庙附近登岸之后，终于在嘉靖三十六年（1557）获准在这小岛居停，其主要活动范围便是在妈阁至南湾一带。那道沿着东、西望洋山而建的城墙，大略划分出了华夷之界。城内最热闹之处，当数那条贯穿东西的澳门大街——自明政府起允许葡人在此居住营商，故在这条街两端建造了两道门：红窗门和石闸门，以便勒关征税。久而久之，这条华洋杂处、店铺林立的大街，也成了葡华之间的一道主要分界线。

时近中午，这条大街更是热闹，除了人数占多的华人和葡萄牙人之外，还有来自欧美大陆的西班牙人、英国人、美国人、荷兰人、法国人和意大利人，以及不时出现的巴斯人、马来人及印度人……这些来自世界各地的海员、水手、商人、传教士、探险家及艺术家们，挤满了这条大街，摩肩接踵，川流不息。玛丽亚挽着托马斯穿行其间，心情也慢慢放松下来："这里是澳门最热闹的地方了，但我平时很少自己一个人来。"

"以后我可以陪你常来。"托马斯说。

"但很快你又会回到海上去了。"玛丽亚转过头来看着他，"是不是？"

托马斯沉默了。这些年随军漂荡于海上，皇家海军战舰早已成了他最熟悉也最理所当然的家，但在茫茫大海中，哪怕再习惯于孤独和寂寞，他仍会不时梦想能找到一个令自己平静生活的港湾。虽然在颠沛流离的枯燥航程里，他将之视为海市蜃楼的幻梦，但现在他突然觉得：那个梦想，也许离自己并不遥远。

托马斯望向玛丽亚，眼神中充满炽热爱意："相信我，从今天开始，不管我去了哪里，最后一定会回到你身边。"

玛丽亚笑了，这番情话，总算令她稍稍摆脱了这几天一直缠绕心头的阴霾——弟弟的突然死亡也提醒了自己，既然人生无常，那就好好把握当下；既然有机会和心爱的人在一起，就好好享受这刻难得的时光吧！想到这里，玛丽亚将托马斯挽得更紧，这对沉浸于爱意中的情侣，虽然置身于人山人海的大街，但在此刻属于两人的世界里，只有彼此。

慢慢走过大街上那些气派的丝绸行、茶叶行，还有沿街的餐厅、酒馆、花店、衣帽店和瓷器店，以及零落分布其间的神香铺、修鞋摊和剃头挑子，一家店铺吸引了玛丽亚的眼光。那是一家经营服饰的小店，在门口挂了一件雪白的软绸披风。这类斗篷配搭裙装的"多"式服装,是从东南亚的"萨拉瑟"演变而来,这种服饰穿着清爽便利,最适合在亚洲的炎热夏季穿着,是城内土生妇女外出必备的传统服装,不管是做弥撒还是探亲访友,几乎每人都有一件。不过,平日常见的大多是黑色或棕灰色款式,像这件全白的款式还是第一次见到,所以一下就吸引了玛丽亚的目光。她二话不说,拉着托马斯走了进去。

"这件我能试试吗?"店内尚未有顾客,玛丽亚看见老板正在柜台后面闲坐乘凉。

"小姐你真有眼光呀!"店老板大概是个有印度血统的土生,他瞥了一眼跟在玛丽亚身后的英国人,意识到有大客上门,殷勤地笑着凑近前来,"这件是今年果阿最流行的款式,昨天刚到。我上午才挂出来,就被你慧眼看中了!"

老板取下那件披风,递给玛丽亚。

玛丽亚接过来,仔细察看:这件披风由上好的斜纹软绸制成,表面密织了一片凹凸有致的花草暗纹,一块小小的长方形浆纸板托,将斗篷的头顶部分轻轻托起,拱出一个好看的弧度,在两侧还各有一条丝带,可以系在发髻后面。在老板帮忙下,玛丽亚把它试披上身,在托马斯面前转了一圈。"好看吗?"

"美丽绝伦,公主殿下。"托马斯故作夸张地鞠了一躬,逗得玛丽亚咯咯地笑了起来。

"多少钱?"托马斯问。

"不贵,不贵,才五十元。"老板满脸堆笑。

"五十元?"玛丽亚倒吸了一口气,尚未开口,却被托马斯截住了,"我们就要这件。"

"那老板见你不是本地人才乱开价,五十元也太贵了。"虽然得到了心头好,但离开那家服装店之后,玛丽亚还是忍不住埋怨起托马斯来。

"比起在伦敦,这个价算便宜很多了。"托马斯无所谓地耸了耸肩,"而且,重点是你穿上它很好看嘛!"

玛丽亚拉了拉刚穿上的那件披风,心思却飘向爱人口中那座遥远的城市:"你说说,伦敦是怎么样的?"

"伦敦?"托马斯皱起眉头,"又冷又湿,东西又贵,那里的人更糟糕,你不会喜欢的。"

玛丽亚听了,心里有些失望。

"但我的家乡就不同了,那个小镇离曼彻斯特不远,风光秀丽,而且人都很好。特别是我的家人和朋友,他们一定会喜欢你的。如果你愿意的话,我带你去看看吧?"

"真的?"玛丽亚眼睛一亮,"什么时候?"

"等我们对付完了那个清国钦差吧!"托马斯放眼望去,这条大街上新布置了不少横幅彩旗,写了各种字句,有中文也有葡文,他略能看懂一些,都是欢迎清国钦差的标语。"等这场风波平息之后,我应该有机会调回国轮休一段时间,不如——"托马斯犹豫起来,不太确定现在是否是提出这个请求的最佳时刻,"不如,到那时候,我们回英国结婚吧?"

他这是在向自己求婚?玛丽亚害羞起来,她偷眼瞟去,身边的托马斯在忐忑地等待答案,这更令她心慌意乱,一时不知该如何回答才好,于是更用力地挽紧了对方,英国军人大概也感受到了从臂弯传来的爱意,会心地微笑起来。

幸福来得太突然,一时令玛丽亚有种难以置信的晕眩感,她想找个地方小坐片刻,喘口气。"那家酒馆不错,我们去吃点东西吧!"玛丽亚指向前面不远处的一家小酒馆。托马斯点了点头，挽着她走了过去。

刚一进门，女侍应就认出了玛丽亚——这类小酒馆在城里并不算多，大家之间也颇为熟稔。"真是稀客呀，欢迎！怎样，要不要试试我们店里新推出的日式卡斯特拉糕？"对方瞥了一眼玛丽亚身边的英国人，"还是来一份马穆内糕？保证是绝对正宗的英国口味。"

旁边的侍应和几个食客哄笑起来，看来他们平时都和玛丽亚颇为相熟。"两种糕点都要，"玛丽亚没好气地瞪了他们几个一眼，"还有两杯咖啡。"

很快，香气扑鼻的甜点和咖啡端上来了。离去的时候，女侍应冲玛丽亚身后的角落努了努嘴："他又喝醉了。"玛丽亚转身去看，酒馆远处角落的那张小桌，一个烂醉如泥的老男人倚墙而靠，陷入沉沉昏睡。

玛丽亚叹了一口气。

托马斯也认出了老水手酒馆的老板。"法兰度？还这么早，他就醉成这样？"

"他这样已经很多年了，"玛丽亚又叹了一口气，用小勺轻轻搅动杯里的咖啡，"每次做完主日礼拜，他都会去找间酒馆灌醉自己。"

"为什么？"托马斯问。

"我也问过，但他不肯说，我也就不再问了。"玛丽亚摇了摇头，"不过，他从不赖账，每次酒醒之后就会回家。城里所有酒馆都知道，时日一长，大家也就见怪不怪了。"

"他结过婚吗？没有家人？"

玛丽亚摇摇头："如果有的话，我应该会见过吧？"这些年，她听过不少关于这个神秘男人的传闻，据说他曾结过婚，有一个女儿，也有说法是个儿子，但那些传闻是真是假，她无从得知。

"看得出，你和他的感情不错。"托马斯望向玛丽亚。

"如果不是他，我可能早就死了。"一直以来，玛丽亚都将法兰度视作父亲一般——当年自己离家出走，是法兰度收留了她，让她在酒馆做工，教她计数认字，带她上教堂。他那高大的身形、浑厚的声音，以及常挂在脸上的微笑，常常让玛丽亚想起父亲，甚至有时候她也觉得，对方大概也同样视自己如女儿一样吧？

听玛丽亚说完她与法兰度的故事，托马斯转过头去看，那烂醉如泥的高大身躯正蜷伏于幽暗角落，呼呼酣睡。突然，法兰度剧烈地咳嗽起来，大概是不当的睡姿压住了呼吸道，他的咳嗽越来越剧烈，混合了浓烈的醉意，终于支撑不住，大口地呕吐起来。

远处几个侍应嫌恶地皱起眉头，玛丽亚从咖啡桌旁站起身，走上前去。她扶起法兰度，掏出手帕，先帮他擦干净弄污的脸和嘴角，再转身收拾身边的烂摊子。看着手脚麻利、驾轻就熟的玛丽亚，托马斯猜想，大概她已处理过无数的类似场面，他也走上前，看看有什么地方能帮忙。刚才那女侍应也走了过来，几个人很快将这摊污秽收拾干净。

"他有你在身边真是好运气。"托马斯伴随玛丽亚返回座位。

玛丽亚又想起弟弟安东尼奥，心中泛起难以抑制的苦楚："现在我也只剩下他了。"

"还有我呢。"托马斯说。

玛丽亚莞尔一笑，轻轻地将手挽住爱人的手臂。

"你不是还有个外婆吗？"托马斯记得，玛丽亚曾提过的那个和安东尼奥同住的老妇人，"我觉得，关于安东尼奥的消息，你也应该尽快通知她。"

玛丽亚沉默不语。

"要不要我陪你一起去？"

"不，我不想见到她。"

托马斯诧异地睁大双眼："为什么？"

依然一片沉默。

"但她是你的外婆——"

"不，她不是。她是安东尼奥的外婆，不是我的。"就像那支命签一样，那是她的，不是我的，玛丽亚心想，祈愿将那老妇的身影从自己记忆中永远驱离。

困惑的托马斯决定停止追问，算了，家家有本难念的经，今天好不容易带玛丽亚出来走走，一切看起来正渐入佳境，他可不想最后落得白费工夫。

托马斯喝了一口面前有些变凉的咖啡，再咬了一口据说是按正宗英国风味制作的马穆内糕，一颗葡萄干从嘴里散发出一丝甜味，和咖啡的苦涩相得益彰。但这令他想起了眼下甘苦莫测的时局——已远赴外海十几日的义律大人，此刻不知是否也在"露易莎号"上享用下午茶呢？

关于"林维喜案"，这些日子清国钦差步步紧逼，令驻华商务监督大人决定走这招险棋，但若万一不慎，也很可能将中英之间原本紧张的那根弦线绷得更紧，甚或不小心拉断。到那时，澳门也难免受到波及，自己和玛丽亚之间，又会不会出现难以预测的变数？

十七

"什么事？"义律停下脚步，定睛望向半路截停自己的"威廉堡号"船长。

"昨天我们派人去附近补给物资，在半路上，从海里救起一个葡萄牙人。他说是来自澳门，在去广州的半路遇上了海盗。"船长掏出那柄铸有葡式徽章的匕首，递给义律，"这是在他身上找到的，虽然我觉得他说的未必全是实话，但既然涉及澳门的葡萄牙人，我看，还是交给您来处理比较妥当。"

义律伸手接过匕首，梨花木镶黄铜的刀鞘上镌刻了海船图案和葡国十字纹章。他微皱起眉头，"林维喜案"明早就要开庭，此刻他并不想为了这种琐碎小事分心。商务监督转身将刀递给身边的约翰，"我正赶去见明日开庭的陪审团主席。不如这样吧，我先派约翰上尉和你一起去，看看那人究竟是什么情况。"

狭小的舱房内，安东尼奥正忙着将食物塞进嘴里。虽然身上的伤口仍在隐隐作痛，但幸好子弹只是擦伤皮肉，经过包扎处理，已经好多

111

了。现在,他的心神总算安定下来一些,而放松之后涌现的强烈饥饿感,令他对这些粗糙简单的航船食物也食欲大开,狼吞虎咽起来。

"砰、砰、砰"舱门外,传来几下重重的敲击声。舱门被推开,走进来一高一矮两个英国人,安东尼奥认出了较矮的那位是船长。

"这位是英国驻华商务监督派来的代表,接下来就由他负责处理你的情况。"船长匆匆介绍完身边的军官,便转身离去。

房间里,只剩下约翰和安东尼奥两人。

约翰看了看桌上狼藉的杯盘。"葡萄牙人?"他狐疑地盯着对面那张华人脸孔,"澳门来的?"

安东尼奥点点头。

"听船长说,你遇上了海盗?"约翰继续问,"一个葡萄牙人,在这个时候,去广州干什么?"

安东尼奥没有答话,打量着对面高大的红脸苏格兰人,这个家伙看起来不太好对付。

约翰冷笑了一声,将手中那柄小刀丢在桌上。黄铜撞击木桌,发出沉闷的声响。"我们别浪费时间兜圈子了。老实讲,我才不管你是去走私还是打劫,"约翰耸耸肩,"但我不要听你编故事,只想知道到底发生了什么事。"他紧盯安东尼奥的眼睛:"如果你想我们送你回澳门的话。"

"走私鸦片。"安东尼奥打破沉默,决定说实话,"在去广州的半路上,遇到了广东水师。"

约翰爆发出一阵大笑,吓了安东尼奥一跳。

"可怜的家伙,船和货,都没了?"

安东尼奥点点头,一脸沮丧。

"损失了多少?"

"全部。"安东尼奥拿起桌上的匕首,揣进怀里,"所有一切。"

"再耐心等等吧!"约翰说,"等我们大英帝国的海军把清国那帮废物打趴下之后,你想运多少鸦片去广州都行。"

安东尼奥惊讶地望向约翰:"英国和清国真要开战吗?"

约翰摆了摆手:"迟早的事。"

"明天就辛苦你了!"义律向坐在对面的大陪审团主席阿士提举起酒杯。

"现在最重要的,查理,是讨论设立这法庭的合法性。如果女王政府不承认这个法庭,那不管明天的判决结果如何,都没有法律效力。关于这一点,你想过没有?"阿士提和义律差不多年纪,两人早在律劳卑时代就曾一起共事,互相已相当熟络。

义律当然清楚,根据目前通用的《国际法》,领事裁判权只适用于在驻外使领馆或军事基地发生的案件,但"林维喜案"发生在广东尖沙咀,而且死的又是中国人,不论从哪个角度来看都不适用。但这几天,义律挖空心思,居然找到了理据。"根据1833年的枢密院令,驻华商务监督有权在距中国海岸线一百海里以外的公海上设立法庭。"驻华商务监督狡黠地一笑。阿士提这才明白,对方为何要选在这片前后无着的海面上和自己会合了。义律继续道:"所以,法庭的合法性,我看不成问题,伦敦应该会接受我的解释。"

驻华多年的阿士提,曾在律劳卑手下专司法律事务,堪称这方面的专家,对各种法案法规了然于胸,虽然佩服义律的小聪明,但他还是必须提出自己的忧虑。"你是商务监督,怎么说都行,但最后还是要外交大臣愿意授权给你。"阿士提清楚,在这个复杂的政治游戏里,自己和义律都只是台上的线偶,真正的操控者远在伦敦,"你觉得,巴麦尊会这么做吗?"

听到这番话，义律立时像个泄了气的皮球。又是巴麦尊这家伙！

"砰、砰"舱门外，传来几下敲击声。

义律起身去开门，门外是匆忙赶回来的约翰。

"这么快？"义律感到有些意外。

高大的约翰钻进舱房，令狭小的舱房更显拥挤。"只是个葡萄牙鸦片走私贩而已。"他看了一眼义律，又瞥了一眼对面的阿士提，"明天开庭的事怎样？"

义律摇头："阿士提主席认为，重点不在明天的庭审结果，而在于外交大臣的表态。"

大陪审团主席拿起桌上的酒杯，呷了一口："其实，我是百分之百支持你的，那些野蛮又不讲理的清国官员，居然要我们交个英国人给他们砍脑袋。"

"想要我们英国人的脑袋？叫他们拿自己的脑袋来换！"怒火中烧的约翰猛地站起身，差点连小桌掀翻。

"那些清国官员，只求向他们的皇帝交差，哪有什么法律观念。"义律看了一眼陪审团主席，"还记得当年的'休斯女士号事情'吗？"

1784 年 11 月 24 日，英国商船"休斯女士号"在鸣放礼炮时误杀了附近小船上两名中国船夫。清国官员扣押了商船大班史密斯，并威胁断绝商馆饮食、封锁贸易，以及禁止所有英国船离开广州。最后，英国人只好交出肇事的炮手迪些华。不承想，本属误杀的罪行，迪些华最后却被清国官府不问情由地绞死了。而最令英国人感到惊讶的是，领教了清国的"连坐"刑律——为了抓捕罪犯，竟然不问情由地羁押其他毫无关系的无辜者，甚至将所有在华外国人扣作人质。几个月前，新任钦差在广州商馆的所作所为，又再次勾起了这些英国人的可怕回忆。

"没有陪审团，也不讲证据，更没有法庭辩护，如此草菅人命，这个国家的司法制度野蛮落后,是该让他们学学何谓法律和文明了!"阿士提说。

"但巴麦尊那边呢?"

"作为商务监督,你依法行使职权。至于外交部怎么做,那是外交大臣的事。反正,只要一切依足司法程序就行了。"

"你说得是呀!"义律猛地一拍大腿,"我怎么就没想到呢!"

阿士提与义律互视一眼,齐声大笑了起来。

"哎!你们在说什么,"一旁的约翰急了,"我怎么听不懂啊?"

义律看着这个勇武有余、谋略不足的北方佬,不知好气还是好笑,"明天我们将案件审结后,便将审判结果送去伦敦的外交部,巴麦尊同不同意都好,反正按程序走的话,等到下一步的时候,已经是大半年后的事了。"

"哦——"约翰恍然大悟,"到那时,奥克兰总督派来增援的军舰,大概已开进虎门了。"

其实大家都明白,找个借口向清国动手,也是巴麦尊一直期盼的,等事情真的发展到了那一步,这宗发生在遥远亚洲的殴斗命案,在外交大臣眼里恐怕已微不足道了。

阿士提坐直了身子,"但那个清国钦差,恐怕不会就这么轻易算了吧?"

义律点点头,"出于礼貌,几天前我派了人去邀请钦差来出席庭审,但他一口回绝了。"

"那该死的钦差。"约翰嘟囔着骂起来,"等我找个机会去把他干掉。"

"上尉!"义律呵斥起来,"少在这里胡言乱语。"

阿士提开口打圆场:"说不定,最后也只能靠战争来解决这场纷争了。"

义律虽然知道，阿士提说的也许没错，但如今局势的发展变得越来越复杂，他必须加倍小心，否则，走错一步，很可能会为自己带来意想不到的麻烦。

谈完了公事，阿士提先行告辞回舱休息。约翰见只剩下自己和义律，又凑上前来："现在我们眼前的最大麻烦，就是那个该死的钦差，只要找机会把他除掉，我们行事不就顺利得多了吗？"约翰说得兴起，越凑越近，一股浓烈的酒气直喷向义律。

义律连连摇头。

"为什么？"约翰觉得无法理解。

"你醉了。"义律拍拍约翰的肩膀，"早点回去休息吧！"

"可是——"没等约翰把话说完，义律已将他推出门去。醉意未消的上尉，不满地嘟囔着，慢慢走远了。

舱房内，此刻只剩下义律一人。从狭小的舷窗望出去，附近几艘舰船的点点灯火，正不停地飘摇闪烁，仿佛随时会被浓暗的夜色吞没。心烦意乱的义律站起身来，将面前酒杯斟满，饮了一大口，但心中的忧虑却丝毫未减。突如其来的"林维喜案"打乱了自己的精心部署，咄咄逼人的林则徐看来不会轻易放过此事，明天的庭审究竟有多大作用？他心里其实也没底，但事已至此，也只好见步行步了。

这些日子的奔波忙碌，已令义律感到筋疲力尽，挡在面前的这个古老东方帝国，究竟会给自己带来荣耀还是屈辱？原本信心满满的驻华商务监督大人竟心虚不已。他想起自己的偶像纳尔逊将军，当年他在茫茫大海上，面对那支看起来难以抗衡的西班牙"无敌舰队"，内心又在想些什么呢？虽然将军为那场海战付出了生命的代价，但却为帝国也为他自己缔造了百年荣光。如今同样的抉择来到自己面前，这次能否顺利撬开这个东方古国的大门,为自己缔造能媲美纳尔逊将军的无上荣光呢?

　　义律又想起了那个该死的清国钦差,就像一块搬不动、绕不过的顽石挡在自己的面前,成为前进的最大障碍。他叹了一口气,又举起酒杯,咕嘟灌了一大口。酒精带来的冲动和亢奋,在他体内四处游走,令他的心神也激动起来,约翰虽是一介武夫,但他的主意听起来倒也不坏,或许,拔掉林则徐这"眼中钉",也是万不得已的解决办法?

　　不,义律又摇起头来。

　　律劳卑的悲惨结局,仍深深烙刻在自己记忆里——作为驻华商务监督,他的首要任务是推动贸易,让英国的货品源源不断地输入这人口众多、市场庞大的国家。正因如此,他更希望来一次光明正大的对决,身为帝国荣誉和利益的捍卫者,他这次打算一劳永逸地解决中英之间多年的商贸纠纷,让这个自以为不可撼动的东方大国,以及自己的对手们——钦差大臣、广东地方官员,还有远在京城的皇帝,见识一下大英帝国的真正实力,然后乖乖坐下来谈判。

　　那才是他想要的胜利。

十八

收到"露易莎号"在南湾码头靠岸的消息,托马斯知道,这几天的逍遥日子也该要结束了。

"玛丽亚。"他换上整齐的军服,将要出门之前,看见了在厨房里忙碌的玛丽亚,她今天穿了一袭白色的丝裙,衣服应该刚浆洗过,散发出阳光的气息。托马斯上前在她白皙的后颈吻了一下:"义律已回澳门了,我要马上赶去见他。"女人没有说话,像是早已料到了这个时刻的到来。"你听我劝吧,趁今天有时间,去找你外婆。"玛丽亚的背脊仍然纹丝不动,托马斯继续道,"你迟早要去见她的,安东尼奥的死讯,你不能一直瞒着她,这样对她不公平。"

"对她不公平?"玛丽亚回过头来,眼神像冰一样冷,"那对我呢?对我公不公平?"

"好吧,好吧。"托马斯立刻举手投降,每次话题一牵涉到她外婆,玛丽亚就像变了个人一样。"我该走了,听说那清国钦差又想玩新花招——"托马斯赶紧转换话题,"等我处理完手头公务,就马上赶回来。"

118

听到托马斯提起外婆,玛丽亚好像又回到了那段自己想努力逃离的日子,那些该死的记忆,总是阴魂不散地缠绕自己——所有和外婆有关的记忆,她都想忘掉,可她做不到,不知为何,它们总是顽强地藏匿在记忆的角落,仿佛一群会随时出现的幽灵。

玛丽亚记得,从父亲离家那天开始,她的生活就发生了天翻地覆的转变:早午晚餐全是华人的口味,衣帽鞋袜也换成了东方的打扮,玛丽亚试过哭闹,甚至以沉默和绝食来表示抗议,但一点用处也没有。

外婆似乎下定了决心要把两个孙儿变成清国人——就连两姐弟的名字也改成了"阿妹"和"阿东"。那时弟弟还小,什么都不知道,但身为姐姐的玛丽亚,常在夜深人静的时候,偷偷钻进弟弟的被窝,悄声唤他:"António,eu sou Maria."

你是安东尼奥,我叫玛丽亚。

别忘了我们自己真正的名字。

在许多个不眠之夜里,玛丽亚会从记忆中挖出还记得的葡文字句,和弟弟说话聊天,虽然爸爸不会再回来了,但她不想连他的痕迹也一并消失。

可是,她每天晚上偷偷摸摸的举动,还是被外婆发现了。先是训斥,然后是打罚,可倔强的玛丽亚依然如故。终于,某天晚上,怒火中烧的外婆,狠狠揍了玛丽亚一顿,把她赶到屋外去。玛丽亚永远记得那个充满了惊恐孤寂的夜晚——虽然心软的外婆为她悄悄留了一道门缝,只要小玛丽亚愿意认错,随时都可以回到温暖的房间里来,但倔强的她硬是在又湿又冷的室外待坐了一晚。

但就是在那个寒冷潮湿的夜晚,她想出了一个报复计划:次日清晨,天刚亮,折腾了一晚的外婆还在里屋熟睡,厅堂里没人,玛丽亚蹑手蹑脚地来到神龛旁,屏住呼吸,轻轻抽开鸟笼门口那块小板。机灵的白雀露出头来,一跳一跳地来到笼口,但它很快感觉到了异样——笼子外面,既没有占卜者,也没有签牌盒,困惑的小鸟偏头侧望,那两颗黑芝麻般的眼睛,和玛丽亚的眼神撞了个正着。

"快飞吧!你自由了。"玛丽亚小声对它说。

白雀蹦了几下,挥动翅膀。有那么一刻,玛丽亚几乎以为它要飞起来了,但最后却并没有。

"快飞呀!"玛丽亚有些着急,四下张望,担心外婆会随时出现,于是她跑去推开大门,清晨的微光透进室内,夹杂外面清新的空气,那只白雀似乎明白了什么,用力拍了拍翅膀。

突然,一声尖锐的呼叫,刺痛了玛丽亚的耳膜。

不知何时,外婆出现在门口,她惊呼着跑去关门。那白雀被吓得扑啦啦飞了起来,先在屋内转了几圈,发现无处可逃,又停在了神龛顶上。外婆凑上前,想去抓它,但白雀似乎开始喜欢上了这种自由自在的感觉,居然在神龛顶上神气地散起步来,身材矮小的外婆,急得在下面直跺脚。

玛丽亚心里一股复仇的快感油然而生。

但外婆顾不上罚骂淘气的孙女,她不知从哪里搬来一张垫脚的木凳,颤颤巍巍地爬了上去。那白雀刚想逃走,就被外婆一把抓在手里,但不知是否用力过猛,老人脚下一晃,失去了平衡,连人带雀摔倒在地,那只抓着小鸟的手心,被压在了身子下面。等她爬起身,松开手去察看,才发现那只白雀已是奄奄一息。

一旁的玛丽亚看呆了,等她意识到自己闯下了大祸,不等外婆兴师问罪,就已夺门而逃,把怒火中烧的外婆和她那句"你走吧,永远别回来了"的咆哮甩在了身后……

玛丽亚叹了一口气。

过了这么多年,当初对外婆究竟是怨还是恨,现在她也说不清了,但她非常确定,自己永远不想再回那间老屋去了。

可静下心来再想想,托马斯的话倒也不无道理——也是该将安东尼奥的死讯告诉外婆了。她们两祖孙这些年相依为命,现在安东尼奥死了,她确实有权知道,而且,如果自己真的会和托马斯一起离开这个鬼地方的话,那这一次也许就是和她最后一次见面了。

想到这里,玛丽亚突然松了一口气:也许,这次终于能把这老妇从自己记忆里彻底赶走了吧?

第十九章

钦差大人的官船,缓缓离开了广州天字码头,沿着珠江向南驶去。

林则徐孤身站在船尾,遥想去年年底从京城领命赴粤,亦是在此登岸。抵达广州那天,当地的大小官员们几乎都来齐了:两广总督邓廷桢、广州将军德克金布、广东巡抚怡良、粤海关监督豫堃、水师提督关天培等一大批文武官员,挤满了天字码头旁那座小小的"接官亭"。想不到,才不过半年,这次"接官亭"已冷清了许多。

三月初三,朝廷发往各省督抚的上谕,迅即在广东官场引发了一场震动。林则徐抵粤之后,一方面致力了解夷情,另一方面则依照在湖广的经验,推出了《禁烟章程十条》,虽然英国人——尤其是那个义律——的顽抗有些出乎自己的意料,但几经波折,章程总算顺利推行了下去,夷商的鸦片也被成功收缴,而且数量空前,令他倍感宽慰。真正令林则徐担忧的,是朝中"穆党"在背后不断放冷箭,他们整天围在道光皇帝身边,死咬着自己禁烟期间犯下的一些小瑕疵不放,虽然此刻远在广东,但并不难想象京城那些阴险小人的可恶嘴脸:

"就好比禁酒,即便收尽了酒杯酒盏,想喝酒的人难道不会用碗碟吗？"

"林大人要禁鸦片,收缴烟具又有何用? 他这么做,无非是想做做表面文章,向皇上邀功领赏罢了。"

…………

对于或明或暗的各种攻讦与抨击,起初林则徐并未放在心上,但令他意想不到的是, 日前朝廷突然颁下谕旨:"……嗣后拿获吸烟人犯,不准以呈缴烟膏、烟具入奏"。这道显然是顺应了"穆党"挞伐之声的谕旨尚未送出,消息已走漏至广东,那些嗅觉灵敏的官场老手,感觉到了风向的诡异转变,纷纷退后观望起来。

接官亭在钦差大人视线中越退越远,渐渐模糊成一个难以辨认的小黑点。一阵江风吹来,令人神清气爽,林则徐手扶船栏,长吐了一口闷气。几个月来,他忙于办差,心力交瘁,现在终于能暂时离开广州这个是非之地,不知怎的,心情也随之轻松了不少。

"少穆,你倒还有这份闲情雅致!"不知何时,两广总督邓廷桢也蹀上了甲板,来到林则徐身边。顺着滔滔江水望去,广州城慢慢消失于一片迷蒙雾色中。"我真想不明白,皇上怎么会下一道那样的谕旨——"

林则徐摆了摆手:"雷霆雨露,莫非天恩,此事不必再提了。"虽然道光的左摇右摆也令他颇感忧烦,但为臣之道,忠君事主,无论如何也是不该抱怨的。

但邓廷桢还是忍不住叹了一口气:"如今这道谕旨一下,我们禁烟势必更难,尤其那些地方官员,本来就不太愿意配合,以后肯定会更加放软手脚。咱们这禁烟差事,还怎么接着干下去啊!"

林则徐瞥了一眼忧心忡忡的两广总督,他这番话并非没有道理,近日林则徐收到消息,说是朝中"穆党"以审议《禁烟章程十条》为由,在皇上面前借题发挥、大肆批判,开始他还寄托于道光当初亲口许诺的"断不遥制"，以为皇上肯定会信任自己，由得自己放手做事，但这道谕旨令林则徐的寄望幻灭了，据说朝中还有一些官员受"穆党"指使，正在寻找借口弹劾自己，甚至要求皇上褫夺"钦差"名号。若是以往，这种空穴来风的传闻，林则徐根本不会放在心上，但此时此刻，他也不得不仔细量度一番，预先做好最坏的打算了。

林则徐清楚，自己这段时间在广东的一举一动，都被京城的政敌们看在眼里，随时会被拿来做文章，比如开设译馆、聘用翻译，这些破坏祖制规矩甚至有通夷嫌疑之举，肯定早就被他们记录了下来，说不定还通报到皇上跟前去了。但为办好差，自己必须充分了解夷情，所以林则徐也顾不了那么多，虽说朝廷至今尚未怪罪下来，但日后是否出现变数，此刻他也说不准了。

"林大人，"两广总督小心地打断陷入沉思的钦差大人，"我还听说，皇上有意将你调离广东，该不会是真的吧？"

"眼前禁烟差事还没办好，我无论如何也不会撂挑子的。"林则徐明白两广总督在担心什么，"朝中形势复杂，小道消息满天飞，嶰筠呐，听说也有不少谗言是冲着你去的，说你纳贿贪功、包庇走私……"

邓廷桢苦笑起来："少穆！我——"

"你那些算什么，再来听听弹劾我的：贪污军费、结党敛财，还有勾结外夷、卖国求荣……这些罪状，随便摊上一条，轻则丢职去官，重则满门抄斩哪！"

邓廷桢听了，脸色发白，身子一晃，差点跌倒在官船甲板上。林则徐笑了："当初我既接下了这差事，心里就早有预备，我们身在官场高位，不管怎么做，都会有人在后面嚼舌头的。你我不必受干扰，只管用心办好差事就行。你且放宽心，等我办完差回京复命的时候，定向皇上证你的清白。"

"林大人——"邓廷桢一时感怀，竟哽咽得说不出话来。

"眼下国事多艰，你我个人的生死荣辱，又算得了什么？"林则徐拍了拍年逾六旬、须发俱白的总督大人以表安慰，"所幸这次奉旨南下，总算不负圣望，小有成果。虎门销烟一役更是大快人心，而今源头既堵，清理余下烟害，自然指日可待。"

邓廷桢点了点头，钦差这番话令他安心了不少。自虎门销烟之后，广东鸦片泛滥的局面顿时大为改观，接下来虽然要做的事还有不少，但外夷烟祸症结既除，就算地方官员不若以前那么卖力配合，禁烟大局也不至于受到太大影响，所以情势未必如自己担忧的那么糟。

"大人您说的对，看来还是我过虑了。"

"但'林维喜案'一日未结，我还是一日不能安心啊！"林则徐望向邓廷桢，神色更严肃起来，"我最弄不明白的是，你说这英夷既肯缴烟，为何又不肯具结？现在他们将商船尽撤外洋，难道不知道，真要是断绝了商贸，最后吃亏的不还是他们自己吗？"

邓廷桢摇摇头，其实他也弄不懂，那些洋人行为乖张，不可理喻，平日他总是能避就避，难得钦差大人特别上心。突然，他想起在开船之前，衙门好像送来了一份洋人的禀文。"对了，咱们起锚之前，好像有份英夷的禀文送了上船？"

"对呀！"林则徐一拍脑袋，"你看我，怎么把这事给忘了。走，赶紧看看去。"

钦差舱房的偌大书桌前，坐着两个忙碌的身影：翻译梁进德正在核对义律禀书的原文和译本，再以另纸誊写，以便呈钦差大人过目。署理澳门同知蒋立昂看见钦差和总督大人走进来，立刻低声提醒对面的译员，两人迅速站起身，肃立恭迎。

"不必多礼。大家都坐吧！"林则徐挥了挥手,示意大家照常做事。

邓廷桢看了看桌面凌乱的文件:"英夷的禀书,都说了些什么？"

"二位大人,"蒋立昂起身答话,"这份禀文,是义律通知我们关于'林维喜案'的审讯结果。"

"他怎么说？"

"义律说,涉及'林维喜案'的五名水手,经开庭审讯,已被判处骚乱和殴斗罪,其中两人判三个月监禁,另外三人则判六个月监禁,以及相应的罚金——"

林则徐打断了汇报:"那他有没有说,杀人凶手何时解来？"

"这个——"蒋立昂翻了翻手中案卷,又望了望梁进德,"禀文里好像没说。"

梁进德拿起誊抄好的译件,递给林则徐。"林大人,义律说,此杀人案之疑凶,即'曼格洛尔号'军舰的水手长蒂德尔,因查无实证,陪审团驳回诉状,不予追究——"

"岂有此理！"钦差大人听了,勃然大怒,把手中文件往地上一摔,猛拍了一记桌子,"这些英夷,居然来跟我玩这一套！"

"少穆,先别动气。气坏了身子,那可不值。"一旁的邓廷桢赶紧指使佣人,"快扶林大人坐下,再去沏壶好茶来——"他上前弯腰拾起文件,摊放在桌子上。"船至香山还有段路,咱们可以慢慢商议应对办法嘛！"

很快,一壶清香扑鼻的武夷山茶送了过来,澄明黄亮、色如玛瑙的茶汤倒入杯中,舱房顿时飘满醇厚的茶香。林则徐拿起杯子,喝了一口,味道熟悉的家乡茶,总算令他心情稍为缓和了一些。

当初接到"林维喜案",林则徐便迅速着手查办,这种事其实他早已驾轻就熟——当年出任江苏臬台时,自己上任办的头一件差事就是断讼审案。任上接到的大小案情，林则徐不但亲自审理，还会微服私访、亲自查验。到任不过几个月，便妥善处理了大量积压案件，江苏百姓人人称赞他为"林青天"。这次侦办"林维喜案"，在审理了人证、检验完物证之后，很快查明嫌凶英国水手，于是向义律发出公文，着其交凶。谁料想，英夷不但不理会钦差的要求，现在更自行开设法庭，对那几个水手小惩轻罚，玩了个"查无实据，无罪开释"的花招，是可忍，孰不可忍也！

"此案一定要追究到底。"林则徐放下茶杯，扫视众人，"该案既发生在我大清国境之内，死者又是大清国民，英人根本无权私设法庭审理。试想，若同样事情发生在夷邦，我大清船民远去英吉利国，打死了英国的渔夫，他英国政府又可会允许我大清官员前去审理？"

"大人所言极是。"蒋立昂也开腔附和，"依照从前内地所办命案夷犯，历历有据，各国无不懔遵。"

林则徐点点头。"何况就算依照西洋律例，我们也于法有据——"他从怀中掏出来一卷小册子，这段时间办理夷务，所涉诸事繁杂，新名词又多，所以他也养成了随身携带小抄的习惯，"前些日子，我特地请广州的伯驾医生帮忙翻译了《万国公法》内涉及外国人案件的处理成例。"他低下头，读了起来："一国法制既定，则普天之下，莫不遵守，倘外国有犯者，亦应按犯事国之相应律例治罪。"

"好呀！"两广总督站起身来，"我们于理有凭，于法有据，就来和他争一争，看他英夷如何砌词狡辩！"

"诸位大人，"梁进德站了起来，小心翼翼地开口，"小人有句话，不知当讲不当讲？"

"什么当不当的，这里夷情你最熟，"林则徐冲他一挥手，"快讲！"

"小人总觉得，义律狡猾非常，这次恐怕没那么容易对付。"

林则徐瞥了一眼梁进德:"何以见得?"

"大家想想看,那英吉利国在全世界通商贸易,义律既是商务监督,又是海军官员,林大人所言之《万国公法》他岂会不知?小人以为,义律逃回澳门驻地,必是意在长期拖延,要知道,英吉利国的司法程序十分繁复,拖上数月甚至一年也是常有的事。"

听了梁进德这番话,林则徐沉吟良久:"你说的有理,所以我们不能任他一味搪塞,但如何才能化被动为主动?"

"义律这家伙又敬酒不吃吃罚酒,要不,就像上次在广州那样,一手调兵包围澳门,另一手断绝当地补给,再给那些夷人一点颜色瞧瞧。"邓廷桢提议。

林则徐点点头,这招百试百灵,上次在广州已取得效果,这次在澳门应该同样见效。

"澳门之地虽小,但各国夷商聚集,我们行动起来,未必会像在广州那么得心应手啊!"蒋立昂不禁有些担心。

"英、葡虽然都是夷人,但还是有所不同。"梁进德说,"英、葡之间亦有多年嫌隙,而且,葡人不像英人,葡人对我大清国更加恭顺。"

林则徐突然想起什么,又从怀里摸出那本小抄,低头认真翻查起来。"对了,就是这里,你们看——"找到了想要的资料,钦差大人一脸兴奋,"嘉庆六年和十三年,英夷兵船两次欲强占澳门,当地葡人在两广总督的协力回护之下,最后得以安然保全,也难怪他们对我大清史为感激配合。你们看,那些夷人也非铁板一块,日后在应对方面,还宜善加区分,分而治之。"

钦差大人心念既定,紧皱多时的眉头也略为舒缓了下来,他转身对蒋立昂下令:"等船一到香山,你马上就去按此办理。"

"是。大人。"

二十

"出事了！"罗伦佐慌慌张张地推开门，冲进理事官的办公室，"这下可出大事了。"

办公桌前的利马被吓了一跳："出了什么事？"

"这是今早刚收到的清国告示。"罗伦佐举起手中的誊抄译件，大声念了起来，"广州军民府谕西洋理事官及兵头，转令居澳所有外国人，不准以生活日需品接济英吉利国人，并断绝其食物供给。"

"什么？"利马从椅子上弹起身，一把夺过副官手上那份文件。

这份告示，显然是来自钦差大人的最新指示：澳门自即日起，必须断绝对英国人的一切供应，至于其他外国人所需之日用货品，无论米面蔬菜，还是鸡鸭鱼肉，均须开列清单，禀报广州军民府，核定数量后再予供应；同时，所有英国人雇用的买办、佣人，必须立即撤出澳门……

利马放下手中的抄件，内心一片混乱。

"现在我们怎么办？"罗伦佐问。

利马站起身，将那份文件小心地折叠起来，放进口袋："此事关系重大，我们还是先去通知总督吧！"发生"林维喜案"之后，利马已隐约担心英国与清国终会再起纷争，想不到，局势竟恶化得这么快。

来到总督府的时候，边度正在餐桌前准备享用午餐，接过利马递来的告示，他匆匆看完，顿时胃口全消，转过身来，神情凝重地望向二人。

"还接到消息说，清国钦差和两广总督已到了香山县城，正在调派军队囤守各处关隘，澳门很快就会被重重包围。"罗伦佐开口补充。

总督大人听了，心情变得更糟，他忧心忡忡地望向两人："依你们看，这都是因英国水手打死华人的那单案件而起？"

"义律不肯交凶，听说清国钦差很不满。"利马点了点头，又指向总督手上那张告示，"看来，钦差又要给英国人一点颜色看看了。"

边度抬起头："那我们现在怎么办？"

利马无奈地摇头："只能依从清国的要求照办，难道我们还有其他选择？"

"可是——"总督睁大了眼睛，"如果我们这么做，在澳门的那些英国人不就死路一条？"

"反正英国人有船，可以先撤去海上避一避嘛。"罗伦佐插嘴。

利马点点头："要不，由总督大人您亲自出面，去和英国人谈一谈？听说义律已回澳门了，在这风头火势之际，最重要的，是避免中英之间的矛盾进一步激化。"

总督却盯着他俩打起了心里的小算盘——让英国人撤出澳门？多年觊觎"澳门"这国际商贸港口的英国人，现在和清国的冲突愈演愈烈。面对来势汹汹、寸步不让的钦差，若这次能趁机把英国人"请走"，倒是渔翁得利，出乎意料。说不定日后返回里斯本述职的时候，还能借此向女王邀功。但他不太确定的是，自己能否说服那顽固的驻华商务监督。

就像事先约好似的，"噔、噔、噔"，从门外跑来一人，是总督府的卫兵。他"啪"地行了个礼："报告！义律派人前来拜访。"

这么巧？边度诧异地望了望利马和罗伦佐，向卫兵下令："有请。"

未几，卫兵从外面领进一名英国军官，那个高大魁梧的英国人一进门便向总督敬了一个军礼："午安！总督阁下。本人是约翰上尉，隶属于大英帝国驻华商务监督义律上校麾下。"

"你来得正好。"边度将手中那份清国告示的葡文译本向对方扬了一扬，用英文向他简略解释了一遍。

约翰听完，脸色骤变："此事关系重大，请容我立即回去向义律上校报告。"

边度望向他："他现在人在何处？"

"在刚靠岸的座船上。"

"正好，我也打算找义律上校商议此事，不如顺便和你一起去吧。"

"那最好不过。总督大人，我们赶紧出发吧！"

"等一等！"利马开口，"你来找我们，原本所为何事？"

"哎呀！"约翰转回身，"你看我，一时心急，居然把本来要办的事情忘了。是这样的，前几天，我们的船在海上救起一个澳门人，义律上校想和你们确认一下他的身份。既然总督大人有意一道前往，也正好顺便处理此事。"

边度回过头，向利马和罗伦佐发出邀请："你们也一起来吧？"

二十一

"那个该死的钦差,真是岂有此理!"被气得浑身发抖的义律,将约翰递来的告示揉作一团,狠狠丢在地上。

边度、利马和罗伦佐登上"露易莎号"之后,立刻赶至义律的舱房,众人顾不上寒暄,便迅速切入正题——商讨如何应对清国钦差的这道最新命令。

"海上有句老话:聪明的水手懂得顺风而行。"边度望向怒气未消的商务监督,尝试阐明葡方的立场,"大家既然远来亚洲,和中华帝国进行贸易,双方关系就不宜绷得太紧,都是为了做生意嘛,中国人有句话怎么说来着?"总督扭头望向身边的理事官。

"和气生财。"利马上前,弯腰拾起地上揉成一团的告示,慢慢摊平,放回桌上,"要是打起来的话,生意就没法做了。"

但义律的怒气依然未消:"如果对方欺人太甚,我们一味退让,也不是办法啊。"

"不错,我看,也该给那个搞不清状况的清国钦差一点颜色看看了。"收到消息后立刻赶来的副商务监督庄士敦,望向边度和利马的表情似笑非笑，"我们的葡萄牙盟友，肯定会坚定地站在我们这边的，对不对？"

义律也向边度望了过来。澳门总督知道，这个问题，自己无法再逃避了。"贵我两国是历史悠久的盟友，我们当然会尽力帮忙。不过——"他干咳了几声，掩饰内心的不安，"不过，现在是非常微妙的时期，听说钦差正派兵包围澳门。我看，你们也不希望在广州发生的事情在澳门重演，对不对？和中国人打交道，我们已有几百年的经验，虽然他们大多时看起来官僚迂腐、难以理喻，但若相逼太紧、不留余地的话，还是会惹出不少麻烦的。"

"那么，总督阁下，"义律彬彬有礼地问，"对于现在这个局面，你有什么好建议呢？"

"你们可以先顺从清国钦差的要求，暂时撤离澳门，避一避风头。等那钦差的情绪缓和一些之后，再派代表去和他磋商谈判，事态应该仍有转机的。"

义律和庄士敦交换了一个眼色——葡萄牙人的建议虽然听起来让他们不舒服，但目前似乎也没有其他更好的选择了。

一旁的约翰看起来仍不太服气，正想开口反驳，却被义律打断了："上尉，请你马上去把那个澳门人带到这里来。"

窝了一肚子闷气的约翰，来到安东尼奥的舱房门口，猛地推门而入。百无聊赖的安东尼奥正在把玩那柄黄铜匕首，被吓了一跳，看清来者之后，他起身询问："我可以走了？"

约翰好像没听到安东尼奥的问题，怔怔盯着对方手中的匕首，突然没头没尾地问了一句："你的身手如何？"

"你说什么？"安东尼奥一时被对方的古怪问题给弄糊涂了。

"既然你有本事走私鸦片上广州,还能逃脱清军水师船的围捕,身手想必不错,如果——"约翰瞪着安东尼奥的眼睛,"如果我们让你去杀一个人,事成之后,我们不但会补偿你这次所有损失,而且日后还会特许你进广州卖鸦片,包你赚得盆满钵满。怎么样?"

"杀人?杀谁?"安东尼奥暗自嘀咕,这英国人不是在拿自己寻开心吧?

"杀了那个清国钦差。"约翰看起来一点也不像在说笑,"那个自以为了不起的家伙。"

在澳门的英国人,大多是旅居商人、传教士,以他们的家眷,还有像钱纳利那样的艺术家,这些人没经过这种风浪,若一下子被驱赶至风险莫测的大海,又断了供给,时间一长,必定导致人心惶惶,义律寄望奥克兰勋爵派来的支援舰队不知几时才到,眼下既无本钱和钦差硬碰硬,澳门葡人看来也不愿尽力相挺,边度总督的提议,大概是唯一的可行方案了。

"边度总督。"义律打算再试探一下葡萄牙人的底线,"这次要和清国周旋多久,恐怕一时亦难预料。若我们撤至外海,这段时期的日常用品,可否倚赖你们出手供应?"

"我们一定会努力想办法接济,"边度总督当然明白义律的心思,狡黠地又把球踢回给他,"但要知道,我们在这里也是身不由己,所以最后还是取决于钦差的态度。只要你们尽快想办法和钦差谈妥,局面想必也不至于太糟——"

"我和那钦差已在广州交过手,他不是个容易对付的家伙。"义律摇了摇头。

"依照我们这些年和清国官员打交道的经验,只要给他们留点面

134

子,通常总是能大事化小、小事化了的。"利马看了看边度,又看了看义律,"就像总督刚才所说的:聪明的水手懂得顺风而行。不是吗?"

"也许,你们葡萄牙人有以往习惯的方式,但现在时代已经变了,顺风而行的风帆时代,很快就将成为历史;新的蒸汽机时代,只要装备充足,就能逆风行舟。"庄士敦的话绵里藏针,"我们当然希望和清国进行和平对等的商贸谈判,但若谈判行不通,也就只好用军舰和枪炮来代替了。"

利马瞥了一眼边度,但对方没有说话。

"您的见解恕我不敢苟同。"庄士敦那番充满挑衅意味的言辞,令利马忍不住开口反驳,"发动战争,必定会激发中国人对外国人的敌对和仇恨之心。我毫不怀疑大英帝国的军事实力,但就算你们最后打赢了,以后还怎么和一个充满仇恨和敌意的国家做生意呢?"

义律盯着不卑不亢的理事官,明白这个葡国人说的话其实很有道理——自己何尝不是同作此想?这也是他从律劳卑那里得来的教训,可那行事强硬又无法通融的钦差,就像挡在自己面前的一块巨石,不管用什么方法,也无法挪开或绕过。

"无论如何,感谢葡萄牙盟友的宝贵建议。"义律努力挤出几声干笑,尝试化解此刻的尴尬气氛,"说实话,我们也不愿和清国兵戎相见。"

"砰、砰、砰"舱房外传来敲门声,约翰带着安东尼奥走了进来。

"上帝呀!"利马和罗伦佐不约而同地惊呼起来,"你还活着?!"

"你们认识?"义律惊讶地问,澳门总督也好奇地打量那个长着东方人脸孔、却会说葡语的高大青年。

利马从头到脚打量了一番安东尼奥,对方看起来似乎并无大碍:"回去后赶快找你姐姐报个平安吧,这些日子她可担心的不得了呢。"

135

听到理事官提到姐姐，安东尼奥也哽咽起来："她……还好吗？"

罗伦佐也难以置信地看着安东尼奥："真想不到，真想不到，我们以为你已经……"话到嘴边，他将那个"死"字咽了下去。

"大家认识就好。"一旁的义律开口，"安东尼奥先生，既然你的身份已得到证实，就可以下船回家了。"他转向边度："能略尽绵力救助盟友，是我们义不容辞的责任。我们也期望，日后如果大英帝国臣民有需要，亦能受到同样的关顾。"

边度心虚地避开了对方的目光："这个当然……当然。"平日声如洪钟的澳门总督，此刻的话语声，却微弱得连自己也听不清楚。

二十二

玛丽亚穿行于城里迷宫般曲折的小巷，终于来到了水坑尾门附近的雀仔园。这段并不算长的路，却引领着她穿越了时间的迷障，重返记忆里的时光——那段她想努力逃离的记忆，就像一头黑暗中埋伏良久的庞然巨兽，不知何时从背后悄然现身，将她囫囵吞噬⋯⋯

以往每逢农历七月，都是外婆最忙碌的日子：从"七姐诞"求问姻缘的男女，到"盂兰节"祭拜鬼魂的未亡人，蜂拥而至的客人挤满了狭小的厅堂，等待那只灵雀为自己指点迷津。

玛丽亚沿着石子小路匆匆行走，身上那件宽大的白色暗纹丝绸披风，随着脚步起伏，仿若一朵飘浮于狭窄暗街的轻盈白云。她顾不上理会路边行人偶尔投来的好奇目光，只是小心翼翼地避开地上"烧街衣"残余的灰烬和祭品。不知怎的，双脚一踩上这条石子路，所有那些她以为已经遗忘的记忆又通通涌了回来，尽管岁月已远，却仍清晰无比，就连声音和气味，也不曾有一丝改变。

终于又来到了外婆那座老屋的门前，但令玛丽亚觉得奇怪的是，以往问卜者大排长龙的景象已不复见，只剩那道紧闭的木门。咚咚，玛丽亚等待了片刻,敲门声没有响应,也不知屋内有没有人,她伸手握拳,用力捶打起来。

"外面哪个?"屋内,传来一个老妇人不耐烦的声音,"走啦,走啦,这里不问卦。"

玛丽亚犹豫了片刻,从记忆中搜索出依稀记得的粤语发音,"系我,亚妹啊——"

屋内一片沉寂。

玛丽亚站在门前,正不知如何是好,突然,咯啦——有人拉动门闩,木门缓缓打开。门后探出一张憔悴的老妇面孔,阳光照在那张苍白的脸上,刺得她眯起双眼。老人犹疑的目光仔细辨认眼前这张欧洲脸孔,终于,从那双黑色眸子中,找到了熟悉的亮光——和女儿年轻时候真的是一模一样。

老人的呼吸急促起来,她像是有话想说,但最后还是没有开口,只是叹了一口气。她的苍老身躯十分虚弱,必须扶着身旁的东西,才能站立或行动。玛丽亚终于明白刚才屋内的沉寂为何如此漫长了,她犹豫了一下,上前搀扶,外婆比自己想象中要轻得多。

"你……不占卦了?"玛丽亚扶着老人,来到厅堂中央的八仙桌旁坐下。

外婆摇摇头,有气无力地轻咳了几声。

玛丽亚举目四望,这间老屋内的一切,仍和记忆中相差无几。她将视线转回来,看见老人站在桌旁的神龛前,点起三炷香,恭敬膜拜,嘴里念念有词……

所有一切,就和自己记忆中一模一样。

天呀!在这间老屋里,时间是否停止了?

玛丽亚发现了神龛下放置祭品的小方桌——那鸟笼居然还在!玛

丽亚上前,伸出手,指尖滑过鸟笼周边用作栏杆的细竹条,光滑溜手的竹皮质感,仿佛有种超越时空的魔力,召唤出压抑多年的记忆:白雀振翅的扑啦声响、外婆突如其来的尖叫,还有当年自己报复的快感……一下子全涌了回来,将她整个包围淹没。

玛丽亚定下心神,深吸了一口气,伸手轻拉起鸟笼的竹篾小门。一只白色灵雀,从笼口冒出头来,拍了拍翅膀。小鸟向前跳了几跳,小脑袋上的两粒黑芝麻眼珠,瞪着面前不请而来的访客。

那只鸟真的没死? 安东尼奥说的是真的。

玛丽亚扭头望向外婆:"这还是以前那只……"

外婆点点头:"它好像还认得你喔。"

玛丽亚转回头去,慢慢伸出手。小鸟似乎认出了当年的小伙伴,对她的抚摸并未闪躲。玛丽亚轻轻将小鸟送回笼内,掩上小竹门,回头望向外婆:老妇人比自己想象中更为瘦小,当年令人畏惧厌恶的身影,此刻蜷缩成有气无力的一团。玛丽亚心头一酸,过往的恩怨,此刻已不再重要,眼下她烦恼的是:如何将安东尼奥的死讯告诉如此虚弱不堪的老人?

"安东尼奥他……"玛丽亚犹豫不决地开口。

"咳、咳……"外婆又咳嗽起来,"阿东? ……你是来找阿东的?"

"不,我是来告诉你,安东尼奥他……"玛丽亚决定不再兜圈子,"他死了。"

"死了?"外婆一愣,但脸上的神情惊讶多于悲伤。

"是的,他……"玛丽亚话才说了半句,突然停了下来,总不能告诉外婆,弟弟是在走私鸦片的半路上被打死的吧。"他去广州的时候,出了事。"

"出了什么事?"外婆问。

玛丽亚不知该如何解释："他掉进海里,人……找不到了。"

外婆站起身,步履颤巍地向神龛走去。

玛丽亚愣了一下,但很快明白她想干什么了:老妇取来鸟笼和签盒,熟练地摆放妥当,那只白雀又跳出来了,显然它已熟悉自己的任务——从木签盒叼起一张签牌,放下,又跳回笼子里。外婆在笼口放了几颗粟米,算是奖励,然后拿起那张签牌,从她嘴里念出来一连串艰僻的中文字句。玛丽亚虽然听不懂,但从外婆脸上的神采却猜到了:灵鸟抽中的神谕,与自己带来的坏消息似乎大不相同。

外婆将签牌摊在玛丽亚面前:"你看,是支上签!"

签牌上的文字玛丽亚看不懂,但那幅图画倒是很清楚:一棵开满花的梅树,树下站的大概是父女俩。"这'梅开二度'的故事是说——"刚才还无精打采的外婆,此刻却像换了个人一样,"以前有父女俩种了一棵梅树,开出来的梅花非常漂亮,但有天晚上,突然狂风大雨,把梅花通通打落。"

"安东尼奥已经死了。"玛丽亚忍不住打断说得兴起的老人,突如其来的死讯确实令人难以接受,但靠这些签牌来逃避现实也于事无补,"他真的死了。"

外婆却像完全没听见玛丽亚的话一般,继续自顾自地说下去。"于是父女俩就求老天爷让他们家的梅树再开一次花,结果那棵梅树真的开花了,你懂吗?一切都是上天注定的。"外婆把签牌放回盒里,"阿妹,还记得你那支签吗?"

玛丽亚摇头。不,那是你的签,不是我的。

从岁月久远的签牌盒里,外婆又把那张签牌找了出来,那支决定了这个家族三代女人命运的签文:

东西南北路难认　身陷迷城望太平

城头又换大王旗　身不由己由天命

　　玛丽亚望向那张签牌,泛黄发皱,原本的颜色已模糊不堪,但纸上的图案仍清晰可见:一座旌旗飘展的小城,有辆马车从弯曲小巷中驶出,车内女子正倚窗外望,一位身披铠甲、骑跨战马的将军,手握宝剑,似在努力找寻出城之路。在图画旁边,应该就是刚才外婆念的那首签诗,玛丽亚看不懂弯弯曲曲的汉字,但老人的絮絮叨念,却像咒语般唤醒了模糊遥远的记忆⋯⋯

　　上帝呀!玛丽亚觉得自己就快要崩溃了,她需要做些什么,来安定纷乱不安的心神。

　　"我的天父,愿你的名受显扬,愿你的国来临,愿你的旨意奉行在人间,如同在天上。"那支签,是你的,不是我的。玛丽亚微闭双眼,低诵经文,全心托付上帝的意旨,"求你宽恕我们的罪过,如同我们宽恕别人一样;不要让我们陷于诱惑,救我们免于凶恶。亚孟。"

　　做完祷告的玛丽亚睁开眼:"安东尼奥真的死了!"

　　"不,"外婆听不懂玛丽亚的祷告,只是固执地摇头,"我的签不会错的。"

　　"别装神弄鬼了,没用的!"丽亚终于按捺不住,这个迷信又顽固的老太婆,还是和当年一模一样,"安东尼奥死了!死了!你再也见不到他了!"

　　外婆看着好像疯了一样的玛丽亚,眼里不知是同情还是悲伤。

　　大概是一顿胡乱发泄之后,玛丽亚的心绪倒是平缓下来不少,算了,管他呢!她心里想,瞥了一眼大门:"好吧,信不信随便你,反正我把消息带到了,我也该走了。"

141

外婆叹了口气，颤颤巍巍地站起身，玛丽亚还以为她有话要说，但原来并没有。玛丽亚有些感到茫然——离开，大概是现在唯一可以做的事了。

她转身向门口走去。

一拉开木门，外面的阳光涌入屋内，令这片阴暗的空间突然多了几分生气，而就像事先约好似的，此时从外面走进来一个人。那高大的身影看上去非常熟悉，玛丽亚看清来者面孔，又一次，好像疯了一样大叫起来。

走进门的那个男人，正是安东尼奥。

玛丽亚上上下下地反复打量他，那确实是弟弟安东尼奥。欣喜若狂的姐姐冲上前，紧抱着弟弟，看着他憔悴不堪的脸庞，难以想象这几天到底经历了什么。

"姐姐，"弟弟的声音听起来却沮丧无比，"那些货，全没了。"

"哦——"玛丽亚这才想起那批自己有份投资的鸦片，她摇了摇头，"人没事就好……"

"但那可是一大笔钱啊！"安东尼奥仍不甘心，"如果不想法把那些钱弄回来，我就会破产，你也没法离开澳门了。"

"先别管这些了。"玛丽亚转过身，在神龛前合掌膜拜的外婆，也望了过来，"说了我的签不会错吧？"

"什么签？"安东尼奥一头雾水。

对于老人的揶揄，玛丽亚并无丝毫愠恼——看来外婆那些神神鬼鬼的算命占卦未必全无道理，全能的上帝和东方的神灵，或许正在天上某处一同俯视大地苍生？

"玛丽亚——"

突然，屋外传来熟悉的急切呼唤。

玛丽亚从屋内探头外望,在外面大声喊叫的那个男人,看见她,跑了过来:"感谢上帝! 总算找到你了。"

谁也想不到,局势的变化竟如此快速。清国钦差的禁令不容半点含糊,既然葡萄牙人靠不住,吸取了上次在广州的教训,义律决定尽快将澳门的英国人撤至外海,为此他已调动了手头所有的舰船,但事出紧急,一方面要召集所有在澳门的英国人,另一方面又要安排他们分派去大小不一的商船和战舰。千头万绪,事务繁杂,自己还要忙于和清国钦差沟通,因此他决定委派心思缜密的托马斯来负责此事。

接到上司的命令,托马斯首先想到的,却是玛丽亚。

中英局势不断恶化,前景越来越糟,战争看来已无法避免,目前仍未看得透的,只是这场战争将何时开打、规模会打多大,以及将持续多久。托马斯更是心知肚明,一旦战火燃起,自己还想再回澳门和玛丽亚相聚,就几乎不太可能了。

这些日子相处下来,他已深深爱上了玛丽亚。在这个动荡的时代里,他不知道和她最后会有什么结果,但此刻他不想不辞而别。在受命登船履职之前,他想把握时间,回家找玛丽亚告别。然而想不到他却扑了个空。他猜到对方可能是去雀仔园找外婆了,于是凭印象摸来这里,但到底哪间屋子才是玛丽亚外婆的? 他就无法知晓了。眼看时间越来越紧,心急如焚的托马斯只好出此下策,想不到胡乱叫喊居然起了作用,他不禁在心里感谢上帝的垂怜。

玛丽亚一把将托马斯拉进屋子:"你来这里干什么?"

托马斯抹着脸上的汗水,上前拥抱情人,见到她身后的安东尼奥,蓦然一惊:"你回来了?"

"半路遇上了义律的船,捡回来一条命。"安东尼奥留意到对方和姐姐的亲昵举动,鬼马地笑了起来,"我的运气不错,但看来你的也不差。"

托马斯也笑了,他转过身,向八仙桌旁的老人行了个礼:"你……好。"他的中文发音十分蹩脚,老人大概一个字也听不懂。

"他是个……兵?"外婆打量着素未谋面的这个戎装军人,询问身边的孙儿。

"是军官。"安东尼奥纠正她。

"官?"老人迟疑起来,"多大的官?"

"上尉。"

老人一脸纳闷:"那算是把总,还是提督?"

"上尉是英国的官衔,比把总、提督都大,而且,"安东尼奥凑近外婆耳边,"说不定,他很快就要变成亚妹的老公啦!"

"什么?"外婆脸色突变,转身对玛丽亚说,"不行,阿妹呀,你不能嫁给他。"

玛丽亚没好气地扭过脸去:"你管我嫁给谁。"

老人一边摇头,一边叹气:"亚妹,你听我劝,千万不能嫁给'番鬼'军人啊。"

"军人怎么啦?"安东尼奥在一旁插嘴,"我爸不也是军人嘛。"

外婆的脸色黯淡了下去,口里喃喃地还在说些什么,但玛丽亚已无心再听,她转向托马斯,问道:"你找我干吗?"

"我是来告别的。"托马斯说,"刚接到义律上校的命令,要我立刻上船出发。"

"出发?去哪里?"玛丽亚心头一紧,"什么时候回来?"

托马斯摇摇头:"现在还不知道,只是刚收到命令,所有英国人要马上撤离澳门。"

玛丽亚心里涌出不祥的预感:"但你会回来的,对吧?"

托马斯的沉默,令玛丽亚心里更加慌乱。

"英国和清国……真的就快要开战了?"安东尼奥嗅到了时局变化的气息。

托马斯摇摇头,又点点头——他的内心也是一团混乱。"清国钦差已经颁令,所有英国人必须立刻离开澳门。义律上校命我负责撤离行动。"他望向玛丽亚,"一收到消息,我就赶来找你。幸好找到你了。"他伸出手,紧紧握住玛丽亚。

不知怎的,刚才那张签牌上的图画,又在玛丽亚的脑海浮现:身披铠甲、手握宝剑的骑马战将,还有马车内倚窗外望的大家闺秀,难道那就是托马斯和自己?充满神秘魔力的东方占卜术,莫非真能窥见冥冥天机?一连串没有答案的问号,令玛丽亚的呼吸更加急促起来。

"你怎么啦?"托马斯关切地问。

"我没事,"玛丽亚摇摇头,"你走吧。"

英国军人还想再多留一阵,但他也清楚时间不多了,于是轻吻了一下玛丽亚的脸颊,再向屋内另外两人点头致意,转身匆匆出门而去。

玛丽亚再也忍不住,低声啜泣起来。

"阿妹。"外婆开口了,语调竟出奇的平静,"这都是命呀。"

玛丽亚止住哭泣,抬起头来。有生以来第一次,她觉得自己也想从外婆那堆神秘古怪的东方签文里,寻找人生难题的答案。

外婆望向孙女,眼神变得无比柔软:"我看也该是时候了。"

"时候?什么时候?"玛丽亚疑惑地望去,发现外婆的神情和刚才判若两人。

"是时候该告诉你,我和你妈妈的故事了。"

二十三

钦差的官船慢慢靠岸,才刚放下跳板,久候岸边的水师提督关天培,便三步并作两步地飞登上船。"林大人、邓大人,卑职日盼夜盼,总算把你们二位给盼来了啊!"年近六旬的关天培,见到步出船舱的两广总督和钦差大人,神情竟雀跃得仿佛六岁孩童。

"关提军,别来无恙?"林则徐上前伸手拉住关天培,扫视面前延绵宽阔的海岸,"这虎门炮台,我可是一直想来看看啊!"

扼守珠江咽喉要道的虎门又称"虎头门",得名于此处的虎头山。虎头山又分大、小虎二山,形如虎踞,状若昂啸,据说曾是南宋端宗流亡途中驻跸之所。虎门河道狭窄,在明朝万历年间已是海防重心,各朝历代修葺不断,逐步发展成具规模的炮台要塞集群。

林则徐自从去年接下"钦差"一职后,曾数次与身边幕僚商讨具体的禁烟对策,当时曾有人对他提及"边衅"之危,他还以为那只是杞人忧天——以清国之大,游弋于帝国海滨一角的区区鸦片夷商,能搞出多大的风浪来?但经过这段日子和夷人打交道之后,他突然又觉得,此事并非自己当初想的那么简单。现在看起来,战争更绝非遥不可及,必须提早做好准备。这片位于珠江咽喉的海面,就是守护国门的重要军事屏障,因此心心念念想来实地看看。

"仲因哪!"伴在钦差身边的邓廷桢走上前来,他是关天培的上司,两人已颇熟络,"这次水师秋操,林大人可是百忙之中抽空前来检阅,行程匆忙,你可要抓紧时间。"

"是。"关天培转身引路,"二位大人,请随我来。"

离码头不远处,有一间用帐篷临时搭建的小屋,关天培将林、邓一行人请入屋内,看来提督大人确实为这次巡视花了不少心思:摆成马蹄形的一圈桌椅前方,高挂起一张海防形势图,上面除了岛屿、水道、海岸等详细地形之外,还密密麻麻地绘满了码头、炮台,并标注了火炮座数、驻军人数等数据。

林则徐满意地点点头:"看来关提军是早有准备嘛!"

"军国大事,卑职岂敢掉以轻心!"关天培神情凝重地踏步上前,"二位大人请看,这虎门是外洋通往广州之咽喉,欲保广东,先守虎门,因此,卑职自到任以来,已陆续在此构建了三重门户。"

关天培双手握成拳状,在形势图的右下角,双拳刚好落在大角炮台和沙角炮台上,一左一右,像拱卫内洋的一双犄角:"外靠伶仃洋的沙角和大角是第一重门户,但因这两座炮台相距太远,难以对来犯敌舰形成交叉火力,所以卑职将之改为瞭望讯号台,督率守军昼夜瞭望,一旦发现敌舰,即发信炮,通知上游各炮台准备迎战。"

"而拥有地形之利的上档岛一线,是整个防御体系的重心。二位大人请看。"关天培舒开紧握的双拳,摊平手掌,分东西两路,切进内洋水道,"东面水道,除了武山西侧的威远、镇远两座炮台之外,卑职又新增了一座靖远炮台;在上横档岛西侧,也架起两道直至武山的大型排链阻敌,再加上岛东侧的横档炮台,对该水道形成夹击之势;至于西面水道,亦有上横档岛西侧的永安炮台和卢湾东侧的巩固炮台,互作夹击防守。"

关天培的详细解说,吸引两位大人听得聚精会神。"即便敌舰能侥幸冲破我上横档岛防线,后方仍有大虎山岛上的大虎炮台,以及驻守该处的水师舰船,作为第三重门户。"提督大人停顿了片刻,继续说道,"卑职以为,以此三重门户为屏障,定可保省城无虞。"

林则徐听完,不禁大大松了一口气——值此多事之秋,幸好有经验丰富、谋略深远的老提督在此坐镇,自己总算可以放下心来。

记得五年前,英国驻华商务监督律劳卑抵粤之后,命两艘英国兵舰闯入虎门,时任广东水师提督的李增阶,虽下令开火拒敌,但收效甚微,反倒是清军死伤惨重,结果任由对方长驱直入,直抵广州黄埔。消息传至朝廷,龙颜大怒的道光皇帝立刻将李增阶罢免,并授苏淞镇总兵关天培接任。

武秀才出身的关天培,这些年来,从守备、都司、游击、参将、副将以至总兵,一路稳扎稳打。道光六年,因护押漕运有功,获皇上器重,接任广东水师提督,节制五镇,亲领中、左、右、前、后五营,统辖香山、顺德、大鹏、赤溪四协,兼辖水师营、四会营、新会营,总兵力达两万,拥战船四百余艘,可谓一举攀上戎马生涯的顶峰。

今年三月,林则徐在广州封锁商馆、勒令烟商缴烟之际,关天培也在海面积极策应,率领各营分路扼守,兜截伶仃洋面的英国鸦片趸船,为"虎门销烟"立下大功。自就任以来,关天培慢慢摸清了广东水师的软肋,任内不断加强沿海防务,经过他的大力整顿,虎门防御网已渐成形,坊间甚至有民谣传唱:"虎门六台,金锁铜关,入来不易,出去更难……"这些传言林则徐虽已有耳闻,但这张防御网的实效究竟如何?他还是想来亲自验证一番。

"听说，关提军你还亲自改良了虎门的炮台设施？"

"是的，林大人。经过反复试验，卑职已将各炮台的炮洞、石墙及铺地石块，全部更换为三合土。"

"这是为何？"

"三合土性柔吸力，以柔克刚。以往敌船发出的炮弹，即便没有命中，但只要击中我军炮台的石壁石墙，也很容易造成碎石飞溅，伤人害命，但换成三合土之后，已可杜绝此害。此外，这段时间，卑职还在尖沙咀一带新建炮台两座，安置大炮五十六门；亦陆续为各炮台添建六千斤、八千斤大炮各二十门……"关天培偷瞥了一眼林则徐，钦差大人脸上浮现的赞许神色，令他暗增了不少信心："卑职还计划增添大炮至三百门，以加强虎门炮台及周边防御火力，只是……费用方面，现在还差了不少……"

"你尽管放手去干，钱我来想办法。"林则徐挥挥手，大方地允诺，关天培顿时喜上眉梢。

"关提军……"钦差大人的神色突然变得肃穆起来，听完关天培的介绍，他信心满满地提出了最想知晓答案的那个问题，"倘若中英爆发战事，你可有取胜的把握？"

"大人放心，卑职……"

"仲因！"一旁的两广总督突然开口，打断了神情激昂的老提督，"钦差大人问的话，关系到军国大事，你可要想仔细了再说。"

头发花白的关天培一愣，犹豫了起来："这个嘛，其实……卑职也说不准。"

林则徐扭过头来，责怪地瞪了一眼邓廷桢："嶰筠呀，你这么说话，别人还敢跟你掏心窝子吗？"

"兹事体大，不但关乎将士性命，更涉及社稷危亡，关军门固然义胆忠勇，但亦不可不慎言哪！"邓廷桢满肚委屈地回答。

也难怪邓廷桢如此小心谨慎——道光十六年（1836），关天培刚提拔为广东水师提督没多久，一到任就积极增修炮台、加铸大炮，针对清军落后的火力，试制新炮并亲督火药配造，但或许是推行太过急切，有次试炮时，因炮位失误，炸裂火炮十门，更导致现场兵丁死伤。消息上报至朝廷，不但关天培受到处分，连带上司邓廷桢也被内阁部议降二级留任。事发至今虽已过三年，但个中教训邓廷桢可没敢忘。

林则徐叹了一口气，示意关天培过来身旁坐下："仲因，你看今天也没外人，我们就当闲聊，说说心里的真实想法好了。"

关天培又扭过头去看邓廷桢，两广总督这次没有作声。

老军人望向林则徐。"那卑职就放胆直言了。纵观我广东水师战船种类繁多，制式不齐，主力艇基本都是渔船改装，船型多偏细小，每艘船的火炮数目也十分有限，若赴外海洋面，与体型、速度、火力皆胜我数筹的英夷舰船对战，胜负恐难预料。"关天培长叹一声，"这也是卑职就任以来，一直将精力放在加强沿海炮台方面的原因。出海作战既难取胜，就只好扬长避短，固守海岸。"

钦差点点头："早前关提军送来的防守战略我也看过，御敌策略以守为重，面对远洋来敌，以逸待劳、以静制动的想法，我虽然也认同，但一味防守，恐怕也不是办法。"林则徐还记得：六年前，自己赴江苏上任之前，英国商船"阿美士德号"闯进了上海，那虽只是一艘商船，但自己后来从江南水师不少将军口里，听说了他们对夷船精良装备的惊讶和羡慕。

钦差大人皱起眉头，想了片刻。"若让水师厂赶造一批新式战船和火炮，你看还来得及吗？"

关天培面有难色地望向邓廷桢，欲言又止。刚才一直没出声的两广总督站起身来，看来有些话是非说不可了："林大人，您有所不知，我大清战船的样式，大多定于乾隆年间，好比《工部军器则例》《户部军需则例》等，已严格规定水师战船的样式及造价。所以，要建造新式战船火炮，不是来不来得及的问题，而是要打破朝廷法度的问题。两军对阵，仗还没开打，自己先坏了祖制规矩，只怕新船还没下水，弹劾奏折就送到皇上面前去了。"

林则徐叹了一口气。

"其实，也不只是战船和火炮的问题。"关天培插话。

林则徐瞪着他："此话怎讲？"

关天培转身望向两广总督："邓大人，您是否还记得，三年前连累您受罚的那次炸膛意外？事后我曾仔细检查火炮残件，发现出事的火炮虽属新造，但碎铁渣滓孔眼却极多，炮膛内外高低不平，其中最大的凹洞，居然倒水四碗而不溢……"

"你的意思是说……"钦差大人明白了老提督话里的意思。

关天培点了点头："负责军需购买的各级官员，贪污舞弊、偷工减料，已是多年弊端，即便到现在，仍难根治啊！"

正所谓"树大有枯枝"，但清帝国这棵"大树"的枯枝也未免太多了些：上下营私舞弊，层层盘剥贪污，就连在关乎社稷存亡的军队里，吃空饷、捞外快的也大有人在。林则徐南来时日虽短，但从湖广到北京再到广东，他看得很明白：这鸦片屡禁不止，不仅是因为外夷有利可图，更因不少地方官员亦参与牟利。冰冻三尺，非一日之寒，眼下火烧眉毛，如果战事真的爆发可怎么办？钦差的愁眉，又拧成了难分难解的一团。

"天时不如地利，地利不如人和。打仗，关键还是要靠人心嘛！"两广总督见气氛尴尬，赶紧开口打圆场，"这几年，关提军在训练军兵方面颇见成效,来,你也给林大人讲讲吧。"

"是!"关天培霍地站起身。"卑职已陆续从各营挑选年纪二十至四十岁的勇壮兵丁。水兵以能浮能潜者为最,桅兵则以胆壮能爬高者为最。"在关天培严督整顿下,广东水师一洗以往颓势,近年军容肃整,战力大增,"当然,最关键的,还是枪炮。所以这段时间集中训练士兵操作大炮、施放火器。卑职还针对洋船两旁有炮、鼻头无炮、洋兵皆伏舱内的特点,采用旧洋船作式样,训练士兵进攻首尾及跃中舱之战法。"

"目前各营兵力配备如何?"

关天培无奈地摇头:"经费有限,加上训练需时,整体兵员尚不足。"

清廷一向倚重满人八旗,对汉军绿营颇为猜忌防范,故虽关天培的军事训练大有成效,但始终兵数有限,这些林则徐当然也知道。"之前我们不是已经商量过,可以从民间招募水勇吗,你有没有开展起来?"

关天培点点头:"林大人,卑职已陆续招募渔民、疍户壮丁五千余人,组成水勇民兵。不过,那些毕竟不是正规军兵,目前也只能先教他们驾驶战船之类的基本技巧。"

"仲因——"绕了半天,钦差大人又兜回那个令他困扰不已的问题上来,"如果真的打起仗来,你觉得,我们到底有几成胜算?"

关天培思考良久:"依卑职看,夷人虽擅海战,但在陆地上,我军还是以地利和人数优胜之;而且敌船远洋而来,军需粮草补给皆不容易,权衡利弊,他们亦未必敢轻启战端吧?"

林则徐知道,提督大人巧妙地避开了自己的问题,但其实他内心何尝不也一样?他也不愿整日纠缠于这道复杂无解的难题,希望自己只是杞人忧天——夷人志在通商贸易,丝绸、瓷器、茶叶、大黄等货物,均产自大清,皇上允其互市贸易,已属破格开恩。这些年,鸦片走私虽然搞得乌烟瘴气,但始终贸易通商事大,那些夷人也识得分辨孰轻孰重，就像几个月前在广州，义律最后还不是老老实实上缴了全部烟土吗？

邓廷桢也在一旁附和："日前广州军民府已向澳门葡人发出告示，谕令不准接济英吉利国之夷人，断绝其日常需用。依我看，那些桀骜不驯的英吉利人，就和上次在广州一样，很快就会认错、具结。这事应该很快会顺利了结，毕竟，打起仗来，对大家都没好处嘛！"

两广总督的话倒是提醒了林则徐。"对，我们还要尽快派人去澳门查探清楚。"他望向身旁的梁进德，"你那个番人跟班看起来颇为机灵，上次靠他及时报信，才截获了那艘鸦片走私船，这次再派他去查探澳门驱赶英夷的情况吧！"

二十四

从南湾圣伯多禄小炮台向海面远眺,那支由纵帆船、三桅帆船等拼凑而成的小型船队,载满了最后一批离开澳门的英国人,慢慢消失于边度总督的视线。

"城里的英国人都撤走了?"总督转过头来,面无表情地询问身旁的理事官。

"是的。一共……五十七户。"利马低头看了一眼,把手上的登记册递给总督,"全部登记在这里。"边度接过,飞快扫了一眼,名册内不少都是他熟悉的名字。

"唉,希望这场风波快点平息吧。不然我们夹在中间也很难做啊!"一旁的罗伦佐慨叹。

"平息?"总督从鼻孔里"哼"了一声,"听说英国正从印度和本土调派军舰来华,据说有几十艘之多;还有英国陆军三大精锐军团正在集结,听说印度的孟加拉兵团和马德拉斯兵团已经在路上了。"

利马和罗伦佐不约而同倒抽了一口气。"这么快?"利马难以想象,看似遥不可及的战争,突然变得如此迫在眉睫,"可打起来对大家都没好处呀？"

总督瞥了一眼理事官："那些英国佬凭着坚船利炮，满世界攻城略地，几时吃过亏？"

"即便英国海军所向无敌，清国毕竟还是太大了。"利马摇摇头，"英国人未必吃得下吧？"

"如果真的打起来，清国毫无胜算。"总督摇摇头，"单就吨位而言，英国海军的战舰比广东水师的木船优胜十倍有余，姑不论一、二等的战列舰级大船，即便最小的六等巡洋舰，战力也远胜广东水师的主力战船，而且英舰速度快、火力强，在洋面作战，清军根本毫无胜算。"

"但虎门炮台……"

"算了吧，光靠吹嘘是没用的。清军虎门炮台的那些老旧大炮，既没有准星照门，更无法调整射击角度，所谓'神威将军'的那些万斤大炮，还不如英国军舰上机动灵活的三十二磅标准火炮。"总督的脑袋摇得像拨浪鼓。

1832年，东印度公司的"阿美士德号"进入吴淞口之后，随船的普鲁士传教士郭士立就在日记中写下：在西方战舰的大炮面前，清国的炮台撑不过两个小时。后来者读了，还以为那是西方人的自大狂言，现在看来，或许一点也没有夸张。

"英国人的铸炮技术，不论射程、精确度、威力以及稳定性都远胜清国。就算来到岸上，清国老旧落后的陆军，哪里敌得过英军的野战炮和榴弹炮？你看那些清国兵勇，都什么年代了？还在用大刀弓箭，面对英军先进的滑膛燧发步枪，你说能有多少胜算？"

利马沉默不语。

"这场仗，清国还没打就已经输了，只是他们自己不知道而已。"总督语带不屑地下了结论。

利马听了心里一愣——这场仗，还没打就已经输了，只是他们自己不知道而已？

利马仿佛又回到了十六年前：1823 年 5 月 27 日，葡萄牙王子唐·米格尔在弗朗科斯镇发动政变，解散了议会，恢复了葡王若昂六世的专制君主权力。一个月后，若昂六世谕令 1822 年颁布的宪法无效，成立了御前委员会，重新起草《君主基本大法》。

远在万里之遥的澳门，却对攸关自身命运的突然逆转一无所知，城里的立宪派还在忙着争吵不休——关于新政府的政体，立宪派内部分裂成两派，双方各有拥护者，争来吵去，始终无法妥协：巴波沙提出，新的"议事会"架构无需法官，而以另外一个"司法委员会"来代替，但利马和老法官贝路等人坚决反对。两派人马互不妥协，争吵迅速扩大升级，派系对立，人心撕裂，政局才刚有些新气象，很快又元气大伤。改革初期那种不分你我、团结合作的融洽氛围已不复见了。

十六年后回望，利马依然感到触目惊心：一道哪怕再细小的裂缝，如果不及时修补，再坚厚的城墙也会因此而轰然坍塌。其实，当年澳门的葡人亦身处于一场没有硝烟的战争——一场关于权力、人心和城市未来的战争，但这场仗原来还没开打就已经输掉了，只是当时他们不知道而已。

葡萄牙国内的政局不变，令远在澳门的争吵和撕裂显得毫无意义，所谓的君主立宪改革，最后化作一摊梦幻泡影。这座城市里的人们浑然不知，自己的命运，其实根本不曾掌控在自己的手中。

利马叹了一口气，望向边度总督："可要是英国人赢了，对葡萄牙也没好处呀？"

他和总督都知道，狡猾的英国人觊觎澳门多年，葡萄牙人夹在清国和英国之间，多年来小心谨慎，步步为营，总算相安无事，但这次突然爆发的中英冲突,就连利马一时也看不透是祸是福:若中英开战,最后不管谁胜出,都将打破这里维系了多年的平衡局面,尤其是英国人打赢了的话,势必进一步取代葡人在远东的地位,对澳门绝非好事,所以利马想不通:为何边度总督看起来还是满不在乎的样子?

听了利马的疑虑,总督笑了起来:"英国人一直想在清国海岸开辟贸易港口,如果他们最后打赢了,肯定会择肥而噬。我估计,他们应该会在舟山或福建沿海挑选港口通商。澳门?那时他们肯定看不上眼了。"

利马明白总督的意思了:舟山或福建,那里更接近欧洲人喜欢的茶叶、丝绸、瓷器等货物的产地,英国人最畅销的毛纺织品,在那里也比在闷热的南方更好卖。说起来,那些地方当年葡萄牙也打过主意,但始终无法得手,这次英国人一定不会放过。

"反正那些英国人离我们越远越好,到时如果他们占了华东,我们在华南说不定还可以跟着捞些好处呢,对不对?"总督回过头,对利马狡黠地一笑。

"但我听说,义律打算占领香港。"

"那个荒岛?英国人不会看得上眼的。"边度总督摇摇头,把名册塞回理事官手里,转身向总督府走回去。利马再回头去望茫茫大海,刚才那支英国船队,早已不见了踪影。

二十五

嘉庆十五年(1810)增设的广东水师提督衙署就驻在虎门寨,这里不仅是水师提督府所在,中、右二营游击衙署亦设于此,俨然已成虎门海防体系的指挥中心。今天为给钦差大人和两广总督送行,水师提督关天培早已在衙署内设下酒席。

"仲因,今年是你六十大寿,这段日子公务繁忙,咱们三人也难得像今日这样坐下来喝口酒、吃顿饭。来,先干了此杯。"两广总督邓廷桢端起酒杯。

"对,仲因啊!这杯酒,我们一起敬你。"林则徐也站起身,昨日检阅水师秋操,鼎盛的军容、严谨的军纪,给他留下了深刻印象,"这几年,真是辛苦你了。"

"哎呀,这如何当得?"关天培赶忙端杯起身,一口饮尽,向二位大人行了个礼,"职责所在,何言辛苦。"

林则徐深表赞许:"若我大清的文臣武将个个如你,这鸦片之祸、外夷之害,何足为患哪!"

"对了,林大人,听说皇上有意将你调任两江总督,接替陶大人的位子？"年初陶澍告病请辞，并向皇上推举林则徐接任，这消息在官场流传已有些时日了，关天培自然也听到了风声，"什么时候林大人回京探望陶大人，到时记得替我给他老人家捎点东西。"

钦差大人举起筷子的手停在半空："陶大人月前已经仙游，你还不知道？"

"什么？"关天培手中的酒杯落地，摔得粉碎。

两江总督陶澍和林、关二人，结缘于道光登基后的那场"漕运改革"——道光四年（1824）冬，黄河水倒灌洪泽湖，淮安清江浦高家堰大堤溃决，漕船无法通行，京城供粮告急。时任江苏巡抚的陶澍与江苏按察使林则徐漏夜赶往视察，面对严峻灾情，二人细思苦想应对之策，联名向皇上建议：将漕运从运河改为海路。海运漕粮，风险太大，不少官员怕惹祸上身，纷纷找借口推却，以致督运人选一时难定。刚升补川沙营水师参将的关天培，不畏艰难，主动请缨，道光六年（1826）二月，亲自督押头起海运漕粮船一千二百余艘，率舵工、水手从上海吴淞口起航，行经五千多里汪洋大海，最终平安抵达天津大沽口，不但百万担粮食斛收无缺，三万余名舵工水手更无一人受损。道光闻讯大喜，立刻颁旨，将他提拔为江苏太湖营水师副将，着兵部议加二级。数年前，关天培奉旨进京拜见的时候，道光还在嘴边提起他当年的海运之功，令老提督受宠若惊之余，自然更对陶澍当年的知遇之恩铭感于心，此刻骤闻陶大人的死讯，怎不五内俱焚？

"陶大人——"关天培换了新杯，把酒斟满，转身步出天井，弯腰洒酒于地，向北跪拜祭奠。

天上飘着丝丝微雨，地上的酒水混合了雨水，流淌不止，仿如关老将军的无尽哀思，"恕天培无法为您送行，唯有日后以死报国，以慰您老在天之灵啊！"言犹未毕，已是老泪纵横。林则徐和邓廷桢见状，也从

159

桌旁站起身来,端起酒杯,默默行至关天培身旁,尽洒杯中之酒,以表心意。

"仲因,起来吧!"两广总督低声劝道,"今年是你六十大寿,死呀什么的话,可别乱说,不吉利。"

老提督腾地站起身,花白的发须在细雨微风中飘拂起来:"怕什么?大丈夫终有一死,生当扬威,死当庙食,何惧之有?"

林则徐笑了。"好,好。不惧,不惧。"他拉着关天培回到酒席旁,"不过,能不死最好还是不死,不然,谁来帮我守虎门呀?"

"这……"关天培一时语结。

林则徐又笑起来。邓廷桢看着关天培,也苦笑着摇起头来。关天培这件旧事,不少人都听过:少年时代,曾有星家替关天培算过命盘,得签"生当扬威,死当血食,六十当有大难"。所以,近年不少朋友劝过他,六旬大寿之后,早些退隐归家,照顾老母亲颐养天年。

"关军门打算几时告老还乡啊?"钦差大人还在逗他玩。

关天培却认真起来:"天培低微武夫出身,一生戎马,仰荷天子厚恩,还有诸位大人抬爱,值此多事之秋,何忍归老江湖?当以死报国矣!"

"仲因,你又来了!"邓廷桢说。

"邓大人说得是。"林则徐也出声帮腔,"大丈夫是应当不惧死、不避难,但对关军门来说,比起战死沙场,还有更多重要的事等着你去做呀!"林则徐起身,替关天培把酒斟满。"关军门之前编修的四卷《筹海初集》,就是一件很好的事情,将建设虎门要塞的宝贵经验传于后人,不断总结、不断进步嘛!而且我还听说,军门在提督衙署附近开设了义学堂,让军中子弟能够上学读书?"

"水师军中可造之才不少,但大多不识字、不读书,孤陋寡闻。"关天培说，"虎门地处海边，又离县城太远，没有村馆乡塾，军中子弟外出学习也很困难，所以我才会有此想法。"

"你能这么想、这么做，很好！"林则徐连连点头，"则徐虽是文官出身，亦知兵者国之大事，牵连甚广，所以不但要多读圣贤书、多知身边事，更要多留意外面发生的事。你看，那些夷人的炮舰就是新鲜事物，但我们不但不必惧怕，更应多加了解，甚至学习。知己知彼，百战不殆嘛。"他又想起了赴澳门巡视之事，转身去问邓廷桢："对了，我们去澳门巡视的事情，安排得怎样了？"

"都安排好了，只是这几天阴雨不定，一待天气好转，就可起行。"

"嗯，这事也不能再拖了，越快越好。"钦差转身，向关天培举起酒杯，"仲因，这几天也打扰你了，明日我们便动身回香山，这虎门重地可就交托给你了啊！"

关天培霍地起身。"二位大人放心！卑职定与虎门炮台共存……"话到口边，提督大人突然愣了，他急得一跺脚，"嘻！卑职不会说话，反正，定保虎门固若金汤，你们就放心吧！"

林则徐和邓廷桢也笑了，向关天培举杯，三人一饮而尽。

"等一等，二位大人走之前，天培还有一事相求！"关天培也想起一件紧要事来，起身命人铺开台案，去内室取来一幅卷轴，"家慈八十大寿，此前我向好友南粤名家何翀求了一幅《延龄瑞菊图》，送给她老人家贺寿。想请二位大人题诗赐字，不知可否赏我这个面子？"

林、邓二人自座中起身，移步至案台前，低头仔细欣赏起那幅画来。

关天培跟随在一旁解说："去年秋天，署中所植菊花忽现奇景，于是请丹山绘之，刚好作为母亲大人的贺寿之礼，可谓天赐机缘。"

林则徐细看那幅画卷，上面绘有红、黄、白菊数丛：一株并蒂双花、一茎双头花开四朵，又有一蒂三花形如"品"字，一株花分三层如"重楼"，还见一枝黄菊顶开大菊一朵，又于花瓣中另生六茎，长者二寸，短者寸余，茎端各开小花一朵，共成"七子"之形。

"果然是奇观啊！"钦差大人不禁啧啧称奇，"菊号延龄，此必吴太夫人花甲重周之佳兆也。"他低头沉吟，略加斟酌，一气挥就贺诗一首："一品斑衣捧寿卮，九旬慈母六旬儿。功高靖海长城倚，心切循陔老圃知。袅露美含堂北树，傲霜花艳岭南枝。起居八座君恩问，旌节江东指日移。"

"林大人，你这最后两句是何意呀？"一旁的邓廷桢，从中看出端倪，他扭头望向钦差大人，"'起居八座君恩问，旌节江东指日移。'这是要关军门日后随你移驻江东吗？"

一旁的林则徐，笑而不语。

不服气的两广总督卷起袖子，跟着在画卷上也题了一首："乐奏笙阶进玉卮，翠衣真喜有佳儿。奇花定为修龄发，妙绘封题寿母知。满眼秋香环子舍，介眉春酒托繇枝。南交正倚长城重，未许东篱带露移。"

"'南交正倚长城重，未许东篱带露移。'"林则徐也笑了，转身望向两人，"看来，两广总督是不肯放人喽？"

三人相顾，大笑起来。

"报——"提督署外面传进来的呼喊声，打破了欢声笑语的酒宴，一名水师兵勇快步冲了进来，跪在廊檐之下。

"何事来报？"提督大人问。

"刚接沙角炮台来讯，发现一艘新到夷人兵船，舰炮火器齐备，正迫近虎门。"传讯兵第一次如此近距离面对三位大人，声音因紧张而略为发抖，"陈连升老将军恳请提督大人尽速前往商议对策。"

二十六

暗夜的九洲洋面,一个庞然黑影缓缓现身。

"窝拉疑号"小心翼翼地开进了这片敌我不明的海域,算起来,从朴茨茅斯造船厂码头下水至今近二十年,它也是一名纵横海疆的"老将"了:船上配有舰炮二十八门,其中标准三十二磅火炮二十门,另外还有六门十八磅火炮、两门九磅火炮。在风帆时代的英国皇家海军队伍里,虽说仅属(比等外级战舰略高的)第六级战舰,但却也战绩彪炳——今年一月,作为"亚丁远征队"的指挥旗舰,凭借所向披靡的火力、灵活机动的速度,它替大英帝国攻下阿拉伯半岛西南端的亚丁港,打通了从红海通向印度洋的门户,确保新开辟的"苏伊士—孟买"航线畅通无阻。

此刻,三十六岁的史密斯舰长正从船长室向外远眺,这次急速的海上航程已令他非常疲惫,但仍不敢大意——接到英印总督奥克兰勋爵的指示,他以新任"英国皇家海军驻华司令官"的身份,驰援孤身在此奋战的义律。途中他又收到消息:澳门的英国人居然被清政府全部赶至外海,一时衣食无着,狼狈不堪,就像几个月前派兵包围广州各国商馆那样蛮不讲理,所以全舰官兵水手都憋了一肚子气,决心要给那些骄横野蛮的清国人一点颜色看看。

"有没有看见'露易莎号'?"史密斯问身旁的大副。

大副摇摇头。史密斯拿起舰长帽,决定还是抓紧这空当先回舱房小睡一会儿,"义律的船到了立刻通知我。"

"是。"

"看呀,清国的船。"突然,船舷传来不知哪个水兵的高呼,立刻在甲板引起一片骚乱,"左前方,有三艘!"

史密斯寻声望去,漆黑的洋面上,三艘中式木船正在靠近:领头那艘船稍大一些,船头站了几个人,其中一人扯高嗓门在喊什么,但在海浪的轰鸣声中,根本听不清楚。

"那是清国的引水船吧?"挤在船侧围观的一群水手中,有人猜测。

另一个年纪较长的水手,不耐烦地挥了挥手:"告诉他们,我们是大英帝国皇家海军。"

史密斯船长停下了脚步,依着栏杆,饶有兴趣地旁观这出闹剧:英舰旗手拼命挥动旗号,但清国木船上那几个人,不知是看不明白还是不愿理会,仍继续向着英舰叫喊,局面陷入令人沮丧的胶着状态。突然,不知哪个冲动的英国水兵举枪开火,清脆的枪响穿透了海浪的喧哗声,不远处海面的木船上安静了下来。水兵们似乎受到了鼓舞,又有几个人开了枪,子弹纷纷击中对方船舷的木头,发出一连串闷响。

片刻之后,三艘清国木船调头返航了,战舰甲板上响起一片兴奋的欢呼声。

史密斯笑着摇了摇头。这些海军小伙子虽然冲动莽撞,但对那些愚昧的清国人,大概也只有这样才能和他们沟通了。舰长打了个呵欠,转身打算回舱睡觉,却被迎面而来的大副拦住了。

"舰长，义律的船到了。"

"史密斯舰长，喔，不，司令官。"义律虽满脸疲惫，仍掩不住内心的兴奋，"总算等到你们来了。"

史密斯也向驻华商务监督致意："一接到奥克兰总督的命令，我们就立即出发了。"

义律感激地点点头，想起深陷战事的堂兄，问道："勋爵他还好吗？阿富汗的战事进展如何？"

这段时期，英国在亚洲同时拉开了两条战线——今年三月，也就是钦差大臣林则徐抵达广州的当天，英印总督奥克兰麾下的数万人军团也穿越了波伦山口，挥师直指喀布尔，展开了另一场英、俄争夺中亚通往印度门户的军事较量。待阿富汗战事稍定，奥克兰立刻抽调兵力，前来支持义律在华南针对清国的军事行动。

"多斯特·穆罕默德那些散兵游勇，哪里是大英帝国军队的对手？"史密斯舰长说完，却轻叹了一声——即便气势如虹的"印度河之师"能顺利拿下喀布尔，但大英帝国勉为其难扶持上台的那个傀儡国王沙·苏贾，到底能在巴拉希萨尔城堡的皇宫里撑多久，恐怕仍是未知之数，"攻城容易守土难，拿下喀布尔不是问题，之后如何长治久安，才是真正棘手的事情。"

义律深有同感地点点头："我这里也一样——打败那些清国人容易，但如何和他们共处，才是最难的。"

史密斯笑了起来："感谢上帝，还好我只需负责帮你打败他们，至于怎么和他们共处，那可就是你的事了。"

史密斯领军攻占亚丁港的彪炳战绩，义律当然亦有听闻。"司令官，我认为，这次我们最重要的战略目标，是向清政府，尤其是那个钦差和他背后的皇帝,展示我们压倒性的强大军事实力,让他们认清现实,坐下来乖乖和我们谈判。"说到这里,义律停下来,不无担心地追问,"你觉得,其余战船何时能抵达?"

史密斯瞟了一眼桌上的海图:"最快抵达的下一艘军舰应是'海阿新号'。"

"估计要多久?"

"大概一两个月吧。"

义律叹了一口气。他知道,在伦敦的东印度公司与中国协会已派代表团去游说议会,"铁头老鼠"查顿、马地臣,还有当年"阿美士德号"的胡夏米那帮人,凭他们的如簧之舌,应该能说服托利党内不愿对华开战的议员们,只是远水救不了近火,眼下这里捉襟见肘的军力,开战取胜的把握似仍未足。

"你现在手头有几艘船?"史密斯问。

"我的座船'露易莎号',还有道格拉斯船长的'剑桥号',它有三十六门火炮,是艘改装的武装商船。不过,就算这两艘再加上你这艘,数量方面恐怕还是不够吧?"

"这你不必过虑。"史密斯摆摆手,"数量并不重要,清国那些木船都是老旧古董,如果在海面和他们作战,我一点也不担心。"

"真的?"义律眼睛一亮。

"我们这段时间就先和他们在海上周旋,也可以摸一摸对方的底细,至于下一步的行动方案,等后援军舰到齐了再说。"

义律点点头,他对史密斯还是有信心的。

"不过,"史密斯继续说,"我们眼下先要找一个补给港口,让舰队日后可以停靠补给物资或避风维修,你看澳门怎样?"

义律想起了澳门城内首鼠两端的葡萄牙总督——现在援兵既已

抵达,若向他稍施压力,总督的态度或许会有所转变?

"我马上派人去和澳门总督商议此事。"义律想起,托马斯上尉已被派遣去执行撤侨任务,看来这次只能派约翰上尉去了,但愿这个冲动有余、心思不足的家伙别生出什么事端来才好。

二十七

傍晚的夕阳收起最后几缕余晖,澳门城缓缓沉入了一片混沌的夜色之中。

堂屋内异常安静,安东尼奥还在里屋熟睡,均匀的鼻鼾声依稀可闻,他大概已几天没睡过好觉。厨房里,炉头的中药已经煲好了,玛丽亚走进去,拿起瓦煲,将滚烫的药汤倒进瓷碗,捧起,轻轻吹凉,一股奇异的香气顿时弥漫屋内。

玛丽亚把药碗端到外婆跟前,以前她从没听外婆说过自己的故事。现在才知道,外婆来自粤北一个小镇,嘉庆年间,湖广等地闹"白莲教",清军派兵进剿。在那兵荒马乱的年代,天生弱视的太公虽是当地小有名气的盲眼神算,但也料不到世局有此突变,于是带了女儿一路向南逃避。某夜,在山村小庙寄宿,突然来了一群八旗兵,大概是征调往前线剿乱的部队,夜深人静,有个走错路的八旗兵看见年方十六七岁的外婆,色心顿起,将她掳了出去。

"那个兵有没有把你怎样……"玛丽亚紧张地盯着外婆。

老人不慌不忙地端起碗,吹了吹,试了一口:"还能怎样?那种事,不就是那样呗。"

玛丽亚睁大了眼睛，说不出话来。

"我一个十几岁的女娃，哪敌得过牛高马大的旗兵？但我不甘心。等他睡了，从他身上抽出刀来，对那浑蛋一顿胡劈乱砍，然后扔了刀就跑。回到庙里，身子还在不停发抖，但又不敢说什么，只好提心吊胆地等到天亮，赶忙催父亲上路。"回想起当年的惊险场面，老妇人居然笑了，"那时自己只是一心想着万一被其他那些兵发现了，我们就走不脱啦。"

"所以你们就一直跑到澳门来了？"玛丽亚问。

外婆点点头："那时我只想着一直跑、一直跑，有多远跑多远。来到澳门，发现眼前只有一片大海，再也无路可跑了，于是就留了下来。后来又发现，自己有了身子。"

"有了身子？"

"就是肚里有了孩子，那孩子，就是你妈妈。"外婆看了一眼玛丽亚，"我一个未嫁的女孩子，肚子却大了起来，多丢人呀！最绝望的时候，我有想过去死。"

"那外祖父呢？难道他什么都不知道？"玛丽亚紧张地追问。

"有天晚上，我见他一个人躲起来占卦，才知道，他虽然眼不好，但心可不瞎。我偷看了他替我占的那支签，就是那支下签，他还偷换了支好签来骗我，说我只要过了这关，以后就能过上好日子……还以为我什么都不知道。"沉浸在回忆中的外婆，好像又变回了当年在父亲面前撒娇的小女孩。

玛丽亚凝视着对面那张布满皱纹的脸，仿佛第一次认识这个自己一直想从记忆中抹去的女人。

"其实，我也不忍心留下父亲一个，更舍不得肚里的孩子。"外婆咕嘟喝了一大口药汤,她盯着玛丽亚继续说道,"所以我决定,就算再委屈再辛苦,也要把她生下来、把她养大。所以你知道吗,当她挽着那个'番鬼'走进家门,说要嫁给他的时候,我有多生气吗?"外婆端起碗,一口气喝光了剩下的药汤,细黑的药渣在瓷碗底形成了一圈怪异的图案。

玛丽亚不解地问道:"可是,她选到了自己心爱的人,那不是很好吗?"

"选?一切都是上天注定的,都是命,你懂不懂?"外婆重重地叹了一口气,将桌上那张签牌推到玛丽亚面前,"父亲当年帮我占的签,后来我替你母亲占过,也替你占过,结果我们家三代女人,都抽到同一支签,你说,这是不是命?"

玛丽亚望向那支签牌,那个骑跨骏马、身穿盔甲的战将,还有马车内一脸困惑的女人。因为葡国军人丈夫,从小到大一向乖巧听话的母亲,第一次和外婆大吵了一架,倔强的女儿不肯放弃爱人,这事也就这么拖了下来。直到安东尼奥出生、母亲离世,才为这段复杂的纠葛画上了句号。

老人停了下来,认真地看着玛丽亚。"人各有命,我以为,能把你变成一个中国女仔。"外婆盯着玛丽亚的欧洲面孔,"现在我知道,自己错了。"

玛丽亚心中堆积多年的怨气正慢慢消散,她突然觉得,在自己内心竟滋生出某种血脉相通的暖意来。虽说世事难料,澳门或许正将迎来一场福祸莫测的变局,但她们这家人,或许仍有机会另觅地方重新开始?

"外婆,和我们一起走吧?"玛丽亚说,"除了澳门,还有很多地方可以让我们一家容身的。"

"我老了，走不动了，也不想再走了。当年为了避乱来到这里，从那个算命摊子开始，我和你外祖父在这里安身立命，后来有了这间屋子，为我们挡风遮雨，"外婆望望四周，这里每件东西，她都熟悉无比，这么多年下来，仿佛早已化成了她身体的一部分，"我没打算走。我父亲死在这里，我女儿死在这里，我想，总有一天，我也应该死在这里的。"

玛丽亚不知该说什么好。

"我有我的命，你也有你的命。"外婆抬眼望向玛丽亚，在她混浊的眼窝里，闪烁着充满爱意的亮光，"人各有命，我占了一辈子卦，见过各式各样的人，每个人都想知道自己的命运，可知道了又怎样？命好，命不好，日子不还是要过下去吗？"走过大半人生，一生以占卜未来为业的老人，此刻却对"命运"二字有了新的理解和感悟——如果能让自己重回当年女儿尚在身边的日子，如果一切能够从头来过，自己的选择，也许会和当初大不一样。

外婆伸出手，轻抚玛丽亚的脸庞，那张看似异族的面孔，也源于自己的血脉："虽说命由天定，但人一辈子怎么过活，还是该由自己决定——既然是自己的命，就自己好好活下去。"

玛丽亚鼻子一酸，眼泪涌了出来。

外婆转头望向屋外，迷茫的暮色已转为浓烈的黑暗。街上，灯火逐渐亮了起来，不知哪家的煮食香气，袅袅地钻进屋子里来。

"去，把阿东叫醒吧！该吃晚饭了。"

二十八

时近傍晚,海浪规律地拍打着海岸。从海上望去,小城入夜的景致令人目醉神迷,可约翰却无心欣赏,他搭乘义律的座船进入澳门海域,然后换乘登陆小艇,趁着夜色靠近南湾海岸。他摸了摸怀里义律大人交托的那封公函,意识到这次任务的重要性:作为英国海军在这片海域的重要支点,必须确保澳门在战争爆发时向英军提供支持,所以这封公函今晚必须送达,最好还能带回去澳门总督的书面或口头承诺。

约翰定了定心神,低声下令,让水手们加快划船的速度。

小船慢慢绕讨加思栏炮台所在的海岸转角,总督府前面那座圣伯多禄小炮台已清晰可见,在它侧后方就是义律大人的官邸,和其他几座亦属英商的屋宅连成一片。黄昏天色渐暗,月牙形的南湾海滩后面,高矮错落的建筑群陆续亮起灯火,只有这几座英国人的建筑,没了以往华灯挂彩的气派,徒剩一片黑咕隆咚的死寂,这令约翰内心更加怒火中烧,忍不住咒骂起来:"那该死的钦差!"

按事先计划好的,约翰将小船悄悄停靠在那几座英人宅邸的对开海面。在眼下的时局，一艘英国船出现在澳门海岸，肯定会引人侧目，但那片黑灯瞎火却提供了理想的掩护，让这艘登陆小船混在那几艘老闸船、驳船和疍家艇之间，一点也不起眼。只要行动迅速，他就能神不知鬼不觉地完成任务。

身换便装的约翰，留下两个水手在船上负责戒备接应，自己则带着水兵多戈，从船头纵身一跃，登上了岸滩。"上尉，小心！"高低不平的滩头上，心急的约翰差点被一块石头绊倒，还好有身边的多戈及时相扶。水兵多戈是英葡混血，会说葡文，而且身手敏捷，关键时候说不定能派上用场。

从登岸处望去，宽阔的海滨大道沿着海岸一堵约半人高的堤墙伸向远方，沿着这条路向前走，便是澳门总督府，这段路程其实并不远，约翰一边快步向前走，一边挥手示意多戈跟上。

"站住！"行至总督府大门前，约翰和多戈被门口两个卫兵喝止，"你们是什么人？"

"我们奉大英帝国驻华商务监督义律大人之命，来送重要公函给澳门总督。"多戈上前，用葡文说明来意，约翰从怀里掏出那封打了火漆印的公函，向那两个卫兵出示。

不料卫兵并不买账。"总督大人现在不在府里。"他们互望了一眼，显然早已知道清国钦差的禁令，看见这两个英国人，唯恐避之不及，"你们快走吧！"

"我们是来执行重要公务，"约翰提高了声音，"事关重大，马上去通知你们总督。"

"你算老几？"年轻的卫兵被约翰颐指气使的语气激怒了，"几时轮到你来对我们下令？"

但另一个较年长的卫兵却看出来了，这个身穿便装却盛气凌人的英国人,大概不是普通的小角色,于是上前来打圆场:"总督大人早已回家了,我们不能随便离开岗哨。而且,你们也知道,清国钦差有令,澳门城里不准英国人逗留。你们还是快离开吧,不然万一被发现,你们和我们都有麻烦。"

约翰吃了这颗软钉子,一时无从发作。多戈走上前,尝试其他替代方案:"那我们可否留下这封公函,请你们明天一早转交总督大人?"

正所谓"同文三分亲",多戈的葡文虽然带了英伦口音,但对面两个卫兵的神色还是缓和了不少。"唉,不是我们不肯帮忙,"年长的卫兵无奈地摇摇头,"清国钦差的命令必须执行,就算总督大人此刻在这里,恐怕也不会收下你们这封公函的。"此话倒也不假,约翰和多戈心里都明白,在这特殊时期,如果传了出去,澳门总督不但容许英国军人进城,如果还接收了对方的公函,恐怕只会激发清国钦差更激烈的反应。

又是那个该死的钦差!

约翰心中怒火更盛,但也无计可施,只好悻悻地转身离开总督府。

素来跋扈的约翰何时受过这种闷气?一路不停地在内心盘算:这次送信任务失败,就这么回去,如何向义律大人交差?但他转念又想,那些该死的澳门葡萄牙人想坐山观虎斗,因此即便这封公函今晚能送达澳门总督手上,那狡猾的家伙也未必肯许下确实的承诺,但若自己能想办法把滑不溜手的葡人拉下水,让他们不得不站在大英帝国这边,也算是在义律大人面前将功补过了。

约翰陷入了苦思:怎样才能把他们拉下水呢?

突然,有个念头从他脑海里蹦了出来。

约翰向刚才登陆的地点望去,那艘小船仍然安全地潜藏在海滩的模糊黑影之中,他抬头望了望夜空,很好,应该还有充足的时间。

夜色下的澳门城,街上行人渐稀。南湾海旁的宽阔沙路上,正有不少人匆匆向北赶去,大概是想赶在水坑尾城门未关之前返家。

　　始建于明朝隆庆年间的澳门城墙,陆续修建了逾百年,方成今日大致轮廓,这些城墙以泥沙、细石、稻草等为材料,掺和蚝壳粉填充墙体,逐层夯实,据说质地十分刚韧坚固,就连最猛烈的欧洲火炮也轰它不倒。这些城墙除了拱卫城市安全, 亦成为大致划分华夷范围的界墙——以大三巴炮台和西望洋炮台为中心,城墙分别向北、东及南面依山而建,沿线开有数道城门,以便人员和货物通行,其中最主要的一道城门,就是大三巴炮台旁的"圣安东尼门"(又称"三巴门"),那也是中葡官员往来的主要城门,从"三巴门"沿东望洋山势南下,还有另一道"水坑尾门",雀仔园便在此门旁边。

　　约翰想起,那个样子长得像华人——好像是叫安东尼奥的葡萄牙青年,在"威廉堡号"上的时候,为证明自己确实住在澳门,曾提及他在城内的住址,就是在这个"雀仔园"里。约翰努力回想,总算想起了对方曾描述的路线和屋宅位置,他决定去找那个葡萄牙人。

　　约翰这么做绝非一时冲动,其实这念头他盘算已久:如何找机会把那清国钦差干掉。英国人不久前收到情报,清国钦差将赴澳门巡视,如果趁巡视期间人员众多且纷杂混乱之机,行刺得手的胜算便可大增,若再让一个葡萄牙人去干的话就更妙了。其实,当初在船上的时候,约翰就已想出了这招儿,要不是义律反对,他或许早就和那葡萄牙人敲定协议了。

　　不过,刚才受了两个葡兵的一番窝囊气,倒重新把他心里这个计划给逼了出来:如果钦差在澳门被干掉,杀死他的刺客又是葡萄牙人,清国必定会和澳门葡人翻脸,到了那时,说不定澳门总督会跑来哭着恳求英国海军出手相救呢!

一想起那时候澳门总督的可怜嘴脸,约翰心里就乐不可支,刚才的怒气也因此而消退了不少。

没花多大工夫,约翰和多戈就找到了安东尼奥的住址。

"你们找谁?"门外两个不速之客,引起前来应门的玛丽亚疑心。

"安东尼奥先生是不是住在这里?"

玛丽亚听出了多戈的英伦口音,英国人?她一愣:"你们是谁?"

"我们是来找安东尼奥的。"多戈避而不答,只是再次重复来意。

安东尼奥及时从玛丽亚身后出现,看见这两个英国人,愣住了:"你们来这里干什么?"

见到安东尼奥,约翰二话不说便推门入内,多戈紧随其后。看见这两个不约而至的英国人,安东尼奥有些慌乱,但很快就镇定下来,他示意玛丽亚陪外婆先去内室暂避。

英国人对木桌旁那只奇怪的鸟笼子感到好奇,多戈想伸手去摸,却被安东尼奥制止了:"别动!"

多戈停了手:"这是什么?"

"算命的雀鸟。"安东尼奥答道,"华人占卜的玩意儿。"

"现在我们给你的机会,不用占卜都知道是大好发财良机。"约翰不客气地径自在桌前坐下,一脸警戒的多戈则在他身后站定,"大英帝国的海军舰队正在外海集结,清国战败只是迟早的事,只要你愿意替我们除掉那个可恶的清国钦差,到时澳门至广州的鸦片贸易,都是属于你的,我可以保证大英帝国将会是你在发财路上最有力的好朋友。"

对方开出的条件听起来非常诱人,在安东尼奥行将破产之际,这确实是个绝处逢生的大好机会,他内心忍不住激烈交战起来。

"杀个人而已,你连水师船都不怕,这还犹豫什么?"约翰从怀中掏出一柄火枪,"啪"一下摊在桌上,"我们已收到情报,清国钦差明天会来澳门巡视,那些中国人已经在妈阁庙前搭好了欢迎台子,到时候趁着人多混乱,一枪解决掉他。"

安东尼奥有些动心了,他看了看两个英国人,又瞥了一眼躺在桌上的火枪。

"怎样?"约翰不耐烦起来,"爽快点。"

"但我从来没杀过人。"安东尼奥的话尚未说完,站在约翰身后的多戈,突然一下子向大门外窜了出去,约翰和安东尼奥都愣住了,不知发生了什么事。

原来,警觉的多戈听见屋外传来的异样声响,果然,他很快就从外面拽进来一个矮个子男人,对方虽被多戈挟持,但似乎并不顺服,仍在不停挣扎。

安东尼奥借着烛光看清楚那人的面孔之后,不禁一愣。

自从得知安东尼奥的"死讯"之后,亚坤一直懊悔不已。

阿东是亚坤从小结识的玩伴,像他们这些混血族群,在澳门城里就像一群隐形的幽灵——华人不当他们是自己人,血统纯正的葡萄牙人也瞧不起他们。这么多年来,他们自成一个群体。反正,在这座混七杂八的小城里,一切都是变化无常的幻梦,只有金钱财富才令人觉得真实,感到心安。说起来,那些倨傲的葡萄牙人,以及远洋而来的英国人、法国人、美国人……甘愿冒险来到这片东方土地上碰运气,不也是为了这些吗?

亚坤当然知道,想在澳门发财并不容易,尤其是像自己这种混血儿,其实他也不太清楚自己到底混了哪些血统——反正自小就没父亲,后来母亲也不知踪影,这些年,他早就习惯了一个人在街头挣扎,并总结出这里最重要的生存法则:权力。想追逐财富的人必须知道,在财富背后,是各种大大小小的权力,不管是葡萄牙人、清国人,还是自己这样的混血儿,只要能攀附权力,就有机会发财。所以,当梁进德来找自己,说有个为钦差大人跑腿办事的机会,他想也没想就答应了。

在澳门,权力就是通向财富和荣耀的通行证,就比如清国那些大大小小的官员们,虽然亚坤搞不清楚那些复杂难懂的官衔,还有五花八门的顶戴官袍,但他知道,钦差大人是清国皇帝的全权代表,那可是所有大小官老爷恭敬膜拜的顶峰,自己不过做了几天钦差大人跑腿的跑腿,就已经品尝到了权力的诱人滋味——不管去到哪里,只要出示钦差给的那块专用办事腰牌,那些平时高高在上、对自己呼来喝去的官员们,一个两个,立刻换了另一副嘴脸,变得毕恭毕敬起来。

这些日子,趁着替钦差办事的大好机会,阿坤顺带着也捞了不少好处,所以要怪的话,也只能怪安东尼奥自己——原本相安无事,偏偏他要撞到枪口上来。

其实亚坤本不想借给他那块通行腰牌,无奈安东尼奥那家伙死缠烂打,自己实在没有办法。他心想这样也好,就当帮一次老朋友,顺便也赚一笔外快。但人算不如天算,那天偶然被梁进德发现腰牌不见了,为免惹祸上身,他只好临时编了个故事——在明察暗访之后,他得知澳门还有鸦片买卖,所以用这块腰牌引蛇出洞。为了证明所言非虚,他只好将安东尼奥的走私路线和盘托出。梁进德似乎相信了,立即向钦差大人汇报了此事。

事已至此,亚坤只好寄望老友够醒目,万一遇上盘查,能够及时逃脱,反正就算运气不佳,万一被抓住的话,也不过被关押一段时间而已。亚坤这样安慰自己,万一出了事,最多到时想办法把他从牢里弄出来。想不到,后来传出消息,说安东尼奥被缉私水师当场打死了,令亚坤这几天一直良心不安。

所以当他一听说安东尼奥已平安归家,便急忙赶来看个究竟。不料,无意中居然撞破了他和英国人密谋刺杀钦差,而更倒霉的是,自己还被那个英国人抓住了。

"亚坤?"安东尼奥认出了矮个儿男人。

见两人互相认识,多戈稍为放松了一些。亚坤抓住这空子,从他手里挣脱,一边喘着粗气,一边整理被弄得乱七八糟的衣服。"我听说……你回来了,就来看看……"亚坤既慌张又尴尬,"……你没事吧?"

"还好我运气不错。"安东尼奥哼了一声,"是你去向钦差告的密?"

"他是清国钦差的人?"约翰和多戈立时警觉起来,"你刚才听到了什么?"

"不,我,我不是。"亚坤知道不好,转身想逃,却被孔武有力的多戈一把抓了回来。

"出卖朋友的人最可耻,"约翰望向安东尼奥,"刚才你不是说没杀过人吗?要不要练练手?"

"什么?"安东尼奥浑身一震,虽然对于被亚坤出卖心感不忿,但说要因此杀了他,无论如何也下不了手,"不。"

约翰转向亚坤:"刚才我们商量杀掉清国钦差的事,你都听到了?"

"不,我没有……"亚坤觉得这次恐怕劫数难逃,对方都这么说了,就算自己矢口否认也没办法了,想到这里,他顿时方寸大乱,"就算听到了,我也绝不会说出去……"

约翰冷笑了一声,不再理会,他将目光投向呆立一旁的安东尼奥:"你觉得他会不会再跑去钦差那里告密?"

安东尼奥嗫嚅着，一时不知该如何回答。

趁着英国人和安东尼奥交谈的当口，不想束手待毙的亚坤决定放胆一搏，他突然挣脱多戈的控制，转身向大门逃去。想不到，英国水兵动作更快，仗着身高腿长，冲前一脚飞起，踢中了亚坤，令他訇然倒地。多戈迅速扑上前，把亚坤从地上揪了起来。

大概是刚才跌倒时撞破了鼻子，一脸鲜血和污迹的亚坤，此刻已无反抗之力。

约翰走上前，眼睛却瞟向安东尼奥："我觉得他还会去告密的，你说呢？"

"放了我吧，我不会去告密的，不会……"亚坤的声音绵软虚弱，听起来毫无说服力。

"我相信，只有死人才会保守秘密。"约翰扭头看向多戈，冷冷地挥了挥手。

一柄小刀不知何时出现在多戈手中，尖锐的刀锋从后没入亚坤的背脊，直插入心脏的位置。那可怜的小个子少年，连哼一声也来不及，就软绵绵地倒了下去。

"杀个人而已，不难吧？"约翰斜眼看了看安东尼奥，"你看，这样大家就都安心了。"

安东尼奥却什么也听不见，他张大了嘴巴，就连惊叫也忘记了，只是呆若木鸡地看着瘫在地上的亚坤。约翰将桌上火枪推向安东尼奥，指了指血泊中的尸体："现在你也没退路了，明天去干掉那钦差。否则，杀死钦差的密探这件事，你无论如何也脱不了干系。"

从震惊中回过神来的安东尼奥，苍白的脸庞稍稍恢复了一些血色："不，我不干，你们另找别人吧。"

"什么？"约翰没料到他竟突然变卦。

这时,听到厅堂异常声响的玛丽亚从内屋探出头来,发现了地上的尸体,魂飞魄散地尖叫起来,多戈再次迅速地采取行动,玛丽亚的尖叫很快便戛然而止——她的嘴巴已被多戈狠狠捂住。

"放开她。"安东尼奥抓起桌上的火枪,对准了多戈。

多戈将玛丽亚挡在身前,那把仍滴着血的尖刀,架在了玛丽亚的喉咙处。

安东尼奥犹豫起来,若自己现在开枪,未必能击中多戈,反而有可能误伤姐姐。约翰也不想再僵持下去,他对多戈使了个眼色,魁梧的水兵默契地随他向门口移动,"不如这样吧,我们先带她走,等你干掉那清国钦差之后,我们再送她回来。我保证,到时候她一根头发也不会少的。"

安东尼奥举枪瞄准,但多戈非常谨慎,令安东尼奥完全找不到任何破绽,两个英国人带着玛丽亚,迅速退出大门。

"亚妹!"听到外面异常声响的外婆,拖着虚弱的身体慢慢走出来,先是看见躺在地上的亚坤,然后看见被两个英国人挟持的孙女,老人急气攻心,身子一软,瘫倒在地。安东尼奥一时不知是该出门追击,还是回头照顾外婆,就在犹豫之际,挟持玛丽亚的两个英国人已不见了踪影,安东尼奥无奈地垂下了手中的火枪。

他知道,自己这下陷入了一场大麻烦。

二十九

"少穆,少穆!"两广总督一边喊着,一边冲进都司署,像是发生了什么十万火急的大事。

昨日钦差大人从香山来到前山寨,在此驻驿一晚,准备明日一早入澳巡视。此刻时辰尚早,他仍在书房阅读梁进德新译的澳门新闻纸,见到邓廷桢闯进来,愣了一下。

"少穆,听说军机处的廷寄已经到了?"

所谓"廷寄",是军机大臣奉旨交兵部捷报处寄给外省督、抚、提镇大员或钦差大臣等高级官员的上谕,一般是极重要或机密的谕旨。有关林则徐的调任安排,虽在官场流传了不少时日,但正式谕令一日未到,大家仍不知皇上的真正心意,现在听说谕旨到了,难怪两广总督心急火燎地立刻赶来查探究竟。

林则徐从书桌后站起身,心事重重地点了点头。

"哎呀!林大人,这真是可喜可贺啊。"邓廷桢故作夸张地施了一礼。

"嶰筠,别寻我开心了,湖广调两江,官衔差事不还是一样嘛。"

"话可不能这么说,"两广总督找了张椅子坐下,"虽说湖广调任两江,品秩不变,但两江总督论班次仅在直隶之后,实际算是调升哪!看来,这次你以雷霆手段禁绝鸦片、驱赶夷人,正合了圣意,这肯定是皇上赏你办差有功啊。"

林则徐没开口说话——老朋友说的虽有道理,可这"林维喜案"还在节骨眼儿上,若自己突然被调,是否另生变故?钦差大人叹了一口气,当然他也清楚,在皇上心里,漕务才是护国安民的大事,禁烟只是和夷人贸易纠纷的小麻烦。但事实是否真如此?这大半年差事办下来,他发现自己心里也越来越没底了。

"知者行之始,行者知之成",这些年林则徐已养成习惯:每次接到新差事,必先将整件事情从头到尾、从里到外捋清楚、弄明白,只要能找出问题的要害,这差事也就办成大半了。

以前不管是长江赈灾解决米商囤积居奇、黄河决口打击奸商哄抬物价,还是在东河河道时亲验埽料杜绝贪污,他明白,办差事只要肯用心,不贪个人私利和表面功名,要办出成绩来总是不难的。可是,这次来到广东之后,他却发现和以前办的差事大不一样,太多事想不通了:就好比那些令人难以捉摸的夷人, 还有那些名字稀奇古怪的国家,什么英吉利、美利坚、葡萄牙、法兰西……光是那些拗口的名字就要记上半天,更别说分清哪个是哪个了。

但林则徐又恍惚觉得,在这些发音古怪的国名和样貌奇异的夷人背后,隐藏着一个又一个自己前所未知的世界,那些世界的组成方式和运作规则,似乎和自己一直以来所认识的这个世界大不相同,可若想去了解那些新世界,应该从哪里开始呢?

钦差大人又想起了澳门。

"来人!"林则徐高喊了一声,老仆林福走了进来,"大人,有何吩咐？"

"去把进德叫来。"

很快，梁进德来到书房。

"你派去澳门打探情况的那人回来了没有？我想见见他。"钦差大
人问。

"我……也在找他，但他这几天没了消息，按道理早该回来了。"梁
进德也露出一脸困惑。

"我还说这家伙看起来挺机灵的，"林则徐叹了一口气，"怎么办起
事来这么不牢靠？"

梁进德想为手下开脱，但一时又不知从何说起，就在这时，林福又
在门口出现："大人，澳门同知前来拜见。"

"哦？请他进来。"林则徐摆了摆手，梁进德识趣地退出门外。

屋内，林则徐和邓廷桢对视了一眼：蒋立昂下午来请过安了，现
在又连夜造访是为哪般？

"林大人！"澳门同知大概是一路小跑而来，进了门仍气喘不已，
"卑职……刚接到……关大人送来的……军报，不敢耽搁，立即……给
您……送来了。"

林则徐伸手接过，凑近烛光，仔细读了起来。

"来，先坐下缓口气再说。"热情的两广总督开口招呼，令气喘吁吁
的澳门同知有些受宠若惊。

"怎么啦？"见林则徐读完军报之后，神情变得异常凝重，好奇的邓
廷桢上前接过来看。展卷一读，也大吃一惊，"夷船竟敢开火挑衅？"

几日前，一艘英吉利兵船出现在广东洋面，官方派出引水船前往
查问，不料对方竟开枪攻击。后经跟踪探查，得知该夷船驶至尖沙
咀，与从澳门撤出聚泊于此的三十余艘英吉利船会合一处，看来应属

同一团伙。

林则徐双眉深锁:"这些夷人实在难以理喻,明知抵抗无益,为何还要横生事端?鸦片既缴,早些具结,不就可早些恢复贸易吗?"

"是呀,澳门的葡人夷目早已表示愿意具结,不知为何这些英吉利人仍一味顽抗。"蒋立昂说。

英国人究竟意欲何为?这个大大的问号在钦差脑海中挥之不去。书房内沉寂了下来,就连院落里的秋虫叽鸣亦清晰可闻,林则徐又想起不久前在虎门海滩与另一批夷人的那次会见。

道光十九年(1839)四月二十二,林则徐在广东巡抚怡良、粤海关监督豫堃等地方高级官员陪同下,登上虎门海滩新搭的礼台。在他身后,一面上书"钦差大臣奉旨查办广东海口事务大臣节制水陆各营总督部堂林"的黄绫长幡,正迎风猎猎飘扬。

从广州商馆成功缴来的二万二百八十三箱烟土,合计二百余万斤,价值三百万英镑,核银约八百万两。上报朝廷之后,林则徐收到指示:就地销毁。为了研究销毁办法,林则徐和官员们可没少费脑筋——鸦片忌盐卤石灰,最后大家决定采用"海水浸化法":在虎门海滩挑挖两个大池,每池纵横十五丈有余,临海一面建有闸门,另一面则挖通沟道,为防鸦片渗透,还在池子四周钉上木板、池底铺上石块。

这日,虎门洋面波澜起伏,晨风微送,朗日高照。林则徐拜祭海神之后,正式拉开了"虎门销烟"的大幕。

夫工们先经沟道引水入池,撒盐成卤,然后开箱将烟土球逐个切成四瓣,一阵阵腐烂菜叶般的恶臭顿时弥漫四周,令人掩鼻欲呕。壮实的男工们以毛巾捂面,七手八脚地将这些黑色碎块投入盐水池,再将生石灰块抛下。顷刻间,池面冒起白烟,仿如汤沸。接着,更多夫工陆续上场,纷执铁锄、木耙、木棒,来往于横架池上的木跳板,往来翻戳……由于烟土太多,即便不停轮班运作,从六月三日至二十五日,也足足用了二十三天。

由于烟土数量庞大,所涉金额亦巨,故不少人——尤其是外国人——怀疑其中必有漏弊。故为昭示天下,林则徐下令,销烟现场完全对外开放,就连夷人也可来池边观看。时值端午,前往虎门海滩看热闹的人,一时络绎不绝,观者如堵,其中更夹杂了不少外国人——各国领事、记者、传教士,甚至还有鸦片商也跑来查看。

这天,虎门海滩迎来了一群特殊的客人:裨治文牧师和奥立芬洋行的金查理等一行美国客人,专程从澳门赶来见证销烟的情况,林则徐特地带翻译梁进德,在海滩边的一座棚厂里设座接见。

裨治文的大名钦差早有听闻,这个美国传教士在《中国丛报》发表的一系列"倡禁鸦片"的评论文章,林则徐一篇不漏都读过。"欢迎,欢迎!"林则徐一进棚厂,那群美国人纷纷起身行礼致意。梁进德是裨治文的学生,自从前往广州替林则徐办事后,两人久未见面,这次重逢,两人热情地拥抱起来。

"怎样?"林则徐扫视众人,"销烟现场的情形,你们都看了吧?"

"中国人有句话,叫'百闻不如一见'。"金先生在广东做生意多年,算是半个"中国通"了,"本人十分佩服钦差阁下,也感受到了清政府的禁烟决心,希望日后贸易恢复之后,中美可以有更多商贸往来。"

林则徐点点头。"只要是正当贸易,有益民生福祉,有利国家社稷,我大清国都是无不欢迎的。但若贩卖祸国害民的鸦片烟,则法理难容。"他扭头望向裨治文,"裨治文先生的文章,我都读了,您批评贩卖鸦片的种种危害,实在是公道之言啊。"

裨治文站起身,向林则徐躬身致谢。这位美国牧师个头儿不高,不到四十岁的年纪,却显现出与年龄不相配的老成。在他那颗圆圆的小脑袋上,发际线已过早地向后退去,但那些淡褐色且纤细柔顺的头发仍非常服帖,还有那双深邃的灰色眼睛,和人交谈时的眼神非常专注认真,很容易令对方产生信任感。

十年前,裨治文经澳门来到广州,在马礼逊创办的教会里当牧师,同时开始学中文,所以他和林则徐谈话无需翻译,这也令钦差大人多了对他几分亲切感。

"鸦片害人,这是显而易见的事实,英国人打算以鸦片来扭转贸易逆差,是为了赚取肮脏利润而违背上帝的意旨。我在《中国丛报》写的文章,就是为了让读者们明白这一点。所幸,很多在中国的美国人和其他英文读者都认同我的观点,我也希望他们能将这些看法带回自己的国家,让更多人知道眼下在中国发生的事情。"《中国丛报》是裨治文于1832年创办的英文月刊,这几年搞得有声有色,在来华的西方人社群中,影响力越来越大。

"如果那些英国人也像你这样明白事理就好了。可惜,英吉利离我天朝路途遥远,听说女王年纪又轻,大概被那些贪利的鸦片商和贪官污吏蒙蔽了耳目,令义律之流胡作非为。"林则徐问裨治文,"你说,若是有机会向他们女王说明此事,能否一劳永逸解决问题?"

裨治文不置可否地笑了笑:"英国一向骄横自大,想当年,我国亦属其殖民地,我们的前辈先贤,也是几经艰苦才成功争取独立,有了今天的美利坚国呀!"

原来美国也曾受英吉利国之害!林则徐的内心,不禁又多了几分亲近感:"那贵国现在的国王是哪一位?想必也是个通事理、晓大义的明君。"

"国王?"裨治文笑了,"我们没有国王,我们国家现在的领导者是马丁·范布伦总统。"

林则徐一愣，"总统？"这个没听过的新名词，又把他搞糊涂了。

"我美利坚国以总统为尊，该职四年一任，期满后再选举他人出任，凡属国民皆可应选，由贤能者居之。"

什么？由普通国民来担任一国之主？林则徐知道，中国古代也有"尧舜禅让"，但一国之君竟由普通国民出任，这倒是首次听闻："你说的这个……选举，是怎么回事？"

"哦，是这样的，在美利坚国内，每省各选两人，组成国会。然后再由国会投票，选举总统。参选者只要是在本地出生以及年满三十五岁，即可参与竞选。"裨治文停了下来，想了一想，"推算起来，明年我们又该选新总统了。"

林则徐听毕，久久没有说话。

总统、国会、选举……这些不断出现的新名词，让林则徐渐感吃不消，甚至有些沮丧起来：自己面前竟还有如此众多、广阔、复杂的未知世界。钦差大人在心里叹了一口气，可恨人生匆匆，白驹过隙，以有涯之人生，探索无限之学问，实在是以瓢渡海，但他转念又想，今日中国之文明造化，也是无数代人累积的成就，既然自己此刻有幸站在这大海之滨，眺望远方前所未见的世界，就应将所见所闻、所思所感记录下来，著书为文，流传后世，供后来者继续钻研了解。想到这里，他的情绪又乐观起来："对了，裨治文先生，听说你刚撰写了一本书，详细介绍美利坚国的种种情况？"

裨治文惊讶于钦差大人的消息灵通，自己才出版的作品，他居然这么快就知道了："不错，承蒙林大人关心，我新完成的这本书叫《美理哥合省国志略》，如果大人有兴趣，我很愿意送一本给大人阅览。"

"多谢!本督定认真拜读。"林则徐感激地点了点头,又从怀里摸出一张书单来,"本督还想要买一批书籍,不知可否托您代为搜购?"

裨治文接过,低头扫视了一遍,开列在清单里的,有马礼逊编的《华英字典》,还有一些西欧地图、地理书,以及几本外文书籍,他一口答应了下来。

会面将毕,告别在即,钦差大人又抓住机会,向美国人提出那个困惑良久的问题:"裨治文先生,如果中英两国开战,你觉得谁会赢呢?"

对于钦差大人突如其来的提问,裨治文一时愣住了:"钦差大人,这可……不太好说。当年我国的独立战争中,英国皇家海军就已是非常强大的对手。"

"既然你们能打败他们,我堂堂天朝大国,难道还会不敌?"钦差大人觉得,裨治文口中"非常强大"的英国海军,看来亦非不可击败,我大清是有数千年历史、几万万人口的泱泱大国,战力方面,总不至于比不上那名不见经传的美利坚吧?

但裨治文却摇起头来:"我国当年独立战争打得艰苦,若没有法兰西国襄助,最后战果恐亦是未知之数;还有后来的第二次独立战争中,英国人的强大海军也令我们吃尽了苦头,就连我国首都亦一度被其占领,若非全国上下齐心合力相搏,恐怕好不容易争取到的独立建国成果,也会因此毁于一旦啊!"

裨治文向钦差大人描述的这场战争又称"1812年战争",是美国独立之后的首次对外战争:由于英国不遵守独立战争后与美方签订的《巴黎条约》,两国之间很快再度燃起战火。英国凭借强大的海军,先是封锁了美国和欧洲大陆之间的贸易航线,同时又在海上拦截美国商船,强征美国海员入伍;后来英国皇家海军还封锁了美国从密西西比到新英格兰的海岸线,从容地将大批陆军部队运送到美国海岸登陆作战,更于 1814 年 8 月 24 日攻占美国首都华盛顿特区,焚烧总统官邸,史称"华盛顿大火",那是美国首都第一次被外国军队占领和破坏。

美国这场战争打了几年,虽然英国人在海上占据优势,但美国军队却在加拿大前线夺取了主动权,双方陷入不断拉锯的胶着状态。最后,进退两难的英国人决定和对手签订《根特条约》,退出了食之无味的美洲大陆,转向资源更加富饶且易于征服的东方世界。

"后来英国也不断调整国策,努力寻找并开拓全球市场,倾销其生产的各种工业产品,建立由其主导的世界贸易体系。尤其是近年,英国科技进步迅速,据说他们新发明的蒸汽机,已被用于制造航海战舰。他们的皇家海军舰队,本来就战力强大,现在更是今非昔比,在海上横行霸道,连我美利坚国的海外贸易也不断遭其遏制,我国海军若要在远洋外海与之对战,亦难言胜负;至于你们清国的水师舰船,恐亦非其对手。所以,言战之事,钦差大人还应慎之又慎啊。"

听毕对方这番肺腑之言,林则徐礼貌地点了点头,算是表示感谢。美国人的坦白与直率,虽令钦差内心有些不爽,但也让他对当前敌我态势有了更深一层的理解。裨治文刚才剖析的世界形势,虽然林则徐不是听得太明白,但他知道,在这片安稳了数百年的大清帝国疆域之外,在那一望无尽的大海尽头,还有远超自己想象的新天地。林则徐虽是文官,但"知己知彼,百战不殆"的道理他还是晓得的,面对英吉利这个难以捉摸的敌手,钦差大人突然觉得,压在自己肩头的重担又沉重了几分。

"大人!"都司署的书房里,两广总督的轻声呼唤,将林则徐拉回了现实。

"时候不早了。"邓廷桢向林则徐使了个眼色,钦差大人这才留意到可怜的澳门同知,困得连眼睛也快要睁不开了。

林则徐充满歉意地开口:"呀,各位快回去休息吧,明天还要起个大早呢!"

如释重负的澳门同知连忙起身告辞。两广总督邓廷桢也打算要走,却被林则徐一把拉住了:"嶰筠,刚才我反复想过了,关于这场和英吉利国的纷争,我觉得,还是应该把他们和其他国家的夷人分开处理,这才最为妥当。你看,像葡萄牙、美利坚这些国家,既然在禁烟方面都很配合,我们就应尽量团结,争取更多空间和主动权。所以,我认为,长远治夷的方略,还当以'分治'之法为主,我想就此议写一道折子奏呈皇上,你以为如何?"

"大人说得是有道理,不过……"两广总督有些吞吞吐吐起来。

"不过什么?"林则徐问,"有话直说,不必顾忌。"

邓廷桢在内心掂量了一下,慢慢地开口:"不过,我觉得,皇上的心意,应该还是想采取强硬的雷霆手段,快刀斩乱麻,断绝外洋贸易,驱赶所有夷人,以彰显我天朝威仪。"

"可皇上远在京城,对广东地方的情况未必全然了解,要知道,这些夷人所属国家各不相同,分而治之,对我大清更为有利。而且,这些夷人各自的国家里,也有不少特色物产于我百姓民生有益,互通商贸往来,也是好事。若行事太粗疏操切,一刀切将所有夷人赶走,很可能将那些原打算支持我们或立场中立的夷人,都逼到英吉利那边去。此消彼长,对我大清可是有害无益啊!"

"大人,您说的这些我都明白,但问题是,分而治之,如何个分法?别说京城里的朝廷大员,就算在皇上眼里,夷人就是夷人,哪有那么容易分得清?更何况……"邓廷桢不无担心地瞥了钦差一眼,"皇上刚因您在广州雷厉风行的禁烟手段加以提拔,结果您一转身却来个分而治之,那群穆党肯定会借机大做文章,如果到时参您一本,说您私通外夷,恐怕就连皇上的面子也挂不住啊……"

林则徐重重地叹了一口气,没再说话了。

三十

义律呆望着舷窗外面，他此刻的心情，也像自身所在的这艘"窝拉疑号"一般，随着海浪的上下起伏而摇晃忐忑。

这段日子，义律待在这艘战舰的时间远超在自己座船上，因此史密斯舰长专门腾出来这间舱房，充当他的临时办公室。已几天没好好休息过的义律，盯着窗外那片一望无际的大海，在超越视线所及之处，似乎看见了那艘正日夜兼程赶来驰援的"海阿新号"，他似乎还看见了，更多帝国皇家海军战舰和军官士兵们，正陆续从开普敦、好望角等地，前往加尔各答集结并赶赴这片海域……一场充满硝烟与血火的战争大戏即将拉开帷幕。一切都在按照自己当初编写的剧本上演，但不知怎的，此刻他内心却突然涌出莫名的惶恐与疑惑来。

也许是在澳门那座安逸小城里待得太久，才会令自己产生这种能掌控一切的虚妄幻觉吧？这些天重返海上的日子，让服役海军多年的记忆和感觉，又重回到义律身上——那片足以吞噬一切的无尽海洋，能令最骄傲的灵魂变得谦卑，也只有惯于在海上航行的水手才会明白，在大海里，没有任何东西是人能够完全掌控的。在海上，一切都捉摸不定,一切都千变万化,你用尽所有的本事和运气,最后也不过是为了求得平安归航。

即将上演的这场大戏,最后是否依从自己的剧本? 义律心里其实很清楚,就连他也不过是这场大戏里的一个小角色而已:远在伦敦的外交大臣、首相乃至议会,近在澳门的总督、理事官,还有清国的钦差以及他背后的皇帝……一旦开场锣鼓敲响,这些大小角色未必会乖乖听从剧本的指示,到时候故事情节将如何发展? 最终结局又会变成怎样?

所有一切,其实根本无从预料。

大海重新启迪了义律何谓谦卑,直到此时此刻,他才恍然醒觉,对莫测未来的判断与掌控,自己其实一点把握也没有。

外面,传来几下轻轻的敲门声。

"进来。"义律回过神来,高声应道。

"您找我?"推门而入的,是托马斯上尉。

"坐。"义律伸手指了指面前的座位,舱房虽然空间不大,各种家具设备倒是一应俱全。

"您急着找我来,有什么事? "

"澳门总督不肯接收我的公函。"义律已收到消息,可恶的葡国总督对派去的约翰避而不见。开战在即,澳门葡萄牙人晦暗不明的态度令他担心不已,"我想派你去看看,究竟是怎么回事。"

托马斯点点头,自己负责的撤侨工作已顺利完成,目前总算在海上初步安顿了下来,但虽能腾出手来,也并非没有顾虑:"约翰上尉呢?您不是派了他去处理此事吗? "

义律叹了一口气,这层顾虑他实在不便挑明——除了狡猾的澳门总督,那个有勇无谋的约翰其实更令自己担心:一向性情刚愎的约翰,这次被葡萄牙人耍了一道,但愿别搞出什么事端才好。

聪明的托马斯明白义律的心思:"您放心,我会看好他,不让那莽撞的家伙闯祸。"

"现在我们尤其要耐心忍受和等待,"义律信任地望向自己的得力助手,"清国钦差死不肯让步,局势看来已难缓和,现在是最关键的时刻,我们任何一点失误或差错,都可能导致无法预计的后果。如果你和约翰在一起的话,我也更放心些。"

"明白,我马上动身出发。"托马斯霍地站起身,准备领命而去。

"不急,"义律挥了挥手,示意上尉先坐下,"陪我坐一坐吧!这段日子公务繁忙,我们也难得有时间坐下来聊聊。"

从商务监督舱房的舷窗向外望去,平静的大海仿如一片蔚蓝的宽坦平原。托马斯遵命坐下,收回向外张望的目光,看了一眼义律——眼下居澳英人已尽撤外海,海外援军亦在迅速赶来,一切都按部就班,在这场大风暴即将到来之前,商务监督大人似乎决定要好好享受一下难得的片刻宁静。

"我听说,你在澳门找到了一个漂亮的心上人?"

托马斯一愣,看来商务监督大人的消息真是灵通。

"你是认真的吗?"

托马斯红着脸,点了点头。

义律哈哈笑了。"海上漂泊的小船,终于找到了停靠的港湾,看来我们应该要好好庆祝一下。"他对满脸通红的上尉鬼马地眨了一下眼,站起身,不知从哪里拿出一瓶酒和两只酒杯,"在这个遥远的东方世界,好女人可不容易找,既然找到了,就不要轻易放过。"他倒满酒杯,递了一杯给托马斯:"来,让我们为此干一杯吧!"

红酒缓缓从喉咙流进体内,带来令人松弛的兴奋感。"到时候我来替你们主婚,怎么样?"义律饶有兴致地提议。

"当然求之不得,但现在军情未定,婚礼的事,恐怕还言之尚早。"

"仗是打不完的,"义律说,"眼下这场和清国的战事,要是打起来了,希望不会拖太久,到时候,我会尽量调派你去安全些的位置。"

"多谢大人的关心,"托马斯摇摇头,"但不必特别照顾我,身为皇家海军的职业军人,我绝不会躲避战场上的责任。"

义律被对方的认真给逗乐了。"男人有了家室之后,身上就更多了一份责任;结了婚之后,你的命,就不再只是属于你自己的了,知不知道?"他喝光杯中酒,伸手拍拍对方的肩头。

战争迫在眉睫,各种意想不到的情况都有可能发生,为安全着想,义律已将随其东来的妻儿送往新加坡暂避。托马斯的内心也挣扎不已,他当然希望尽快和玛丽亚共结连理,但眼下诡谲莫测的战争正处于爆发边缘,待这场风暴横扫过境,身边的世界会变成什么样子?就连自己能否从战场生还,他也无从知晓。如果现在贸然娶了玛丽亚,万一在战场上有什么意外,岂非害得人家成了寡妇?

托马斯长叹了一口气:"义律大人,您觉得,这场仗要打多久?"

义律沉默了,他一团混沌的脑袋里,对托马斯这个问题一时也难理出头绪。

商务监督大人拿过酒瓶,把面前的杯子斟满,自顾自地喝了一口:"阿美士德伯爵访华叩关失败那次,他在返国途中,顺道跑去圣赫勒拿岛探访囚禁在那里的拿破仑……"

托马斯好奇地望向义律,不知为何对方突然提起这段历史来。

"你知道那次会面,他们聊了些什么吗?"义律问。

托马斯摇摇头。

1817 年,担任英国外交官的阿美士德伯爵,继当年马戛尔尼伯爵那次失败出访之后,再次率领庞大的访华使团东行,希望能与清国皇帝续谈两国贸易通商事宜,想不到,再次不欢而散。据说心有不甘的阿美士德伯爵,内心挣扎是否应放弃和平谈判而改以枪炮外交的手段。在归国航程一路纠结不已的伯爵大人,决定顺道去拜访囚禁于圣赫勒拿岛上的拿破仑,向他讨教释疑。

关于阿美士德和拿破仑的那次传奇会面,托马斯亦有所耳闻,坊间也流传着各种真假难辨的版本,但真相究竟如何,一直未有明确的答案。难道义律大人他知道?

"后来,阿美士德伯爵将这次会面过程记录了下来,整理成手稿流传后世。我曾有幸拜读,一直铭记至今。"义律说,"阿美士德向拿破仑请教,对付这个庞大古老的东方帝国,枪炮是否比礼物更能奏效?那位曾经的不败'战神'却这样回答他:'如果你们英国人想刺激一个数亿人口的民族拿起武器来和你们作战,那未免太过考虑不周了。'"

当年拿破仑提醒怒火中烧的英国伯爵:就算英国人战力强大,一开始或许能依靠坚船利炮取得胜利,但那些东方人会从失败中思考和学习,然后他们会从英国人手中学会建造火枪、大炮、战舰的技术,之后他们会站起来反击。英国人到那时候就会知道,单凭超越对手的武力发动不义之战,最后只会搬起石头砸了自己的脚。

仇恨只会引发更多仇恨,战争只会带来更多战争。

义律觉得,自己此刻面对的困境,大概就像当年的阿美士德伯爵一样,但不同的是,自己这次却想去尝试就连拿破仑也不赞同的外交选项,而这正是他最担心的:虽然凭借骑兵和火炮作战的拿破仑时代早已结束,世界已进入了蒸汽机和工业革命的新时代,但那位"战神"的智慧忠告,是否也会因此变得过时失效呢?

"当年拿破仑对阿美士德伯爵的那番警告,我一直谨记于心。"愁眉深锁的义律停了下来,盯着喝空的酒杯发愣,"所以我现在最担心的是,自己会不会打开了一个东方的潘多拉盒子。"

托马斯望着商务监督大人,一时也不知该如何宽慰。

"你刚才问我,这场仗要打多久?"义律说,"但重点其实不是要打多久,而是会打到哪里。"

托马斯困惑地望着义律,不知这话是什么意思。

"皇家海军和清国水师的战力对比,我当然十分清楚,"义律说,"凭借我们的战舰和军队,要打败对方一点不难。我们当初的构想是,在这里发动一场小型、快速的战争,让清国的钦差和皇帝清楚,如果要全面开战,他们绝非我们的对手。在权衡利害得失之后,他们应该愿意坐下来和我们谈判,向我们开放口岸、贸易通商。"

托马斯点点头:"不错,这是我们当初的打算,现在看起来,一切不是正如我们所计划的吗?"

"但这段时间发生的事情,'林维喜案'、钦差封澳,还有澳门那些不肯表明立场的葡萄牙人,哪一件是如我们当初所计划的?"义律沮丧地摇了摇头,懊悔现在才觉察到剧本里的最大破绽——所有那些都只是自己的一厢情愿。"我们忘了,现在面对的,是一个思考方法和做事逻辑与我们南辕北辙的民族,他们会怎么想、会怎么反应,根本是我们无法想象和预计的。"精心编写的剧本或许完美无缺,但舞台上的演员却很可能完全不受控制。"就比如那个钦差,他的想法和做法,我们已经很难理解,更别说他背后那个满族皇帝和庞大复杂的帝国官僚集团了。"

托马斯开始明白商务监督的担心和焦虑了。

"其实我现在更担心的是,战争开打之后,如果那些清国军队不堪一击,或许会勾起巴麦尊更大的胃口,把这场战争扩大至整个清帝国,说不定会想将它一口吞掉。"义律叹了一口气,"皇家海军虽然战力强大,但我们追求的,是和清国长久的通商贸易,战争用作敲门震慑手段尚可,但若太过迷信武力,甚至将手段变成目的,那就会像拿破仑说的,刺激一个数亿人口的民族拿起武器来和我们作战,那也未免太过不智了。"

"那我们该怎么办?"托马斯终于体会到义律忐忑不安的心境,面对祸福莫测的未来,他的内心也战战兢兢起来。

舱房里一片静默,只有不断高低起伏的海浪,轻轻摇晃托马斯和义律身在的这艘战舰,提醒他们,此刻正身在遥远的东方海疆,面对一场未知的命运转折。

"人心谋算自己的道路,唯上帝指引他的脚步。"义律开口打破沉默,他引用的这句话,出自圣经的箴言,经历了这段时期与清国人和葡国人之间耗费心神的博弈,他已觉得身心疲惫不堪,此刻来到这个晦暗不明的十字路口,他决定将自己交托给全能的上帝,全心全意服从上帝的意旨,相信上帝会引领自己踏上光明正确的应许之路。

"在仁慈上帝的指引下,不管多么艰巨困难的事情,都总会找到解决的方法,"义律站起身,托马斯也连忙随之站了起来,"我们要打开这个东方帝国的大门,为他们送去先进的商品、制度和文明,也为了执行上帝的旨意。但作为军人,你要时刻牢记,不管什么时候,我们都必须坚定捍卫大英帝国的利益以及女王陛下的荣誉,这是我们的职责所在,即使要为之付出所有一切,也当在所不惜。"

告别了义律,托马斯离开舱房,来到了甲板上。

凭栏远眺,情人所在的那座小城遥不可见,相较于这场爆发在即的战争结局,其实托马斯更关心自己和玛丽亚的未来——这两艘乱世里偶遇的小船,最终能否归泊于同一港湾?迷惘的海军上尉心中,并不知道答案。陪伴在他身边的,此刻只有这片大海,那个一望无际、不可捉摸的世界,聚合了沉默与喧嚣、温柔与残酷、生命与死亡,在那片深邃莫测的灰蓝底下,既充满万千可能的希望,也隐匿着无法逃避的宿命。

托马斯闭上眼睛,任凭海风拂过头发、脸庞和身体,浓烈的大海的气息将他从头到脚围裹,偶有咸涩的海水钻进他的鼻腔和嘴巴,他细心感受着这一切,似乎想从中参悟上帝的指引和召唤。

刚才在舱房内和义律大人的一席谈话,令托马斯对这场战争又多了一重思考,在内心涌现出无数个问号。不过,对于即将踏上战场的军人来说,这大概不是什么好征兆。托马斯知道,在自己即将闯入的那个未知世界里,大概只有一无所知者,才能做到无所畏惧。

如果注定要被时代的巨轮碾压得粉身碎骨,托马斯在心里暗自祈祷:那最起码,让自己将要为之付出的一切牺牲——不管是为了女王、帝国,或是自己的爱人——是值得的吧。

三十一

"放我出去！"

刚从昏迷中醒转的玛丽亚，觉得额头还在隐隐作痛，她伸手去摸伤口，但很快疼得将手缩了回来。环目四顾，她发现身处于一个小房间内，房内陈设简单，除了所躺的小床以及床头的小桌之外，就什么也没有了。她挣扎起身，想去开门，却发现门已被反锁，于是捏起拳头，捶了几下门，大声喊叫了起来。

大概是动了心火，玛丽亚刚喊了几句，就觉得一阵天旋地转，无法站立，只好扶着墙边慢慢躺回床上。但很快她就发现，天旋地转的感觉，并非完全源于自己疼痛不已的脑袋，而是整个房间都在摇晃——她突然意识到，自己此刻身在一艘船上。

躺了一会儿之后，玛丽亚感觉好多了，于是静下心来，回想究竟发生了什么事情。她记得：自己被那两个英国人掳走之后，好像被送上了一艘小艇，当时她不停挣扎，想跳船逃命，但被一个孔武有力的水手抓住，挥手就是一拳……接下来的事，她就想不起来了。

玛丽亚慢慢习惯了不停摇晃的感觉，于是尝试再次起身，来到小舱窗前,向外张望:外面暗黑的海面,分不出昏晨,只有海浪发出的声响。她四下摸索,总算从钉在木桌侧旁的一块小铜牌上找到了线索——"露易莎号"。

小型独桅纵帆船"露易莎号"本是义律的座船,自从史密斯舰长的"窝拉疑号"抵达后,义律就很少待在这里,现在被约翰用作扣押玛丽亚的临时海上"牢房"。狭小的舱房里,小床紧靠着的木板墙,依稀传来隔壁舱房里说话的声音,玛丽亚将耳朵贴上舱壁——好像是两个男人正在交谈。

"上尉,我们真的要派船去妈阁庙接应那个葡国人?"

"我们是要派船过去,去看看那葡国小子有没有得手,但不是去接应他。"

"那万一他失手被擒,把我们供出来怎么办?"

"一个葡萄牙人在澳门刺杀清国钦差,如果被抓住,他说是英国人指使的,"男人哈哈笑了起来,"你觉得清国人会相信吗?"

"上尉,您这招'一石二鸟'之计实在高明,"对方恍然大悟地说,"所以不管他成不成功,澳门的葡萄牙人都会被拉下水的。"

那个被称作"上尉"的男人哈哈笑了起来。

"不过,"还是那男人,话里却透出几分担忧,"万一那葡国小子临阵退缩呢?"

"你以为我留下多戈是去看热闹的吗?"

片刻沉默之后,刚才那男人又再开口:"还有,隔壁那个葡萄牙女人怎么办?"

"事成之后,随你们处置——丢下海去喂鱼。"

"喂鱼?那多可惜呀……"那男人嗦嗦地笑了起来。

玛丽亚吓得一哆嗦,身子几乎失去平衡。

"说起那个葡国女人，我刚才好像听到隔壁有动静，不知是不是那个女人醒了。"

"我们去看看。"

隔壁舱房的谈话声停了。

玛丽亚屏住呼吸，隔壁传来舱门开关的声音，然后是一连串脚步声。很快，她就听见在自己的舱房外面，有人在开锁。

门柄转动了起来。

玛丽亚来不及多想，几乎下意识地作出反应：趁着门刚打开一道缝，她便扑了上去，猛地一撞，开门者没料到有这一招，被撞得向后倒去。玛丽亚趁势冲出房间，呆立门外的约翰还来不及反应，就被玛丽亚踹了一脚——刚好被踢中胯下，那英国军官疼得弯下腰去，玛丽亚趁机逃脱，向后方甲板狂奔而去。

天稍微亮了些，海面浮起一层若隐若现的缥缈晨雾。玛丽亚拼命跑着，虽然并不知道目的地在哪里，"砰——"她一头撞入迎面而来的一个男人怀里，她警觉地抽身。细看来者何人，但一眼看去，马上呆住了。

那人竟是托马斯。

"玛丽亚？"托马斯也愣了，"你怎么会在这里？"

"是你们的水兵把我抓来的。"

"为什么？"托马斯大惑不解。

"你别问了，快送我回澳门。"玛丽亚顾不上解释，"我要马上回去。"

"可我们不能进城呀，"托马斯遥指远方，澳门海岸线依稀可见，"清国钦差今天要来澳门巡视呢！"

"不行，我必须回去，马上！"玛丽亚转过身去，看见船尾悬吊的一艘小艇,迅速向它跑去,估算着自己能否把它划回去。

"告诉我,到底发生了什么事?"一脸茫然的托马斯紧随玛丽亚身后,焦急地追问。

玛丽亚奔至那艘小艇旁,用力转动绞轮绳索,将它放进海里。

托马斯上前:"你不是打算自己划回澳门去吧?快告诉我,到底发生了什么事?"

"我必须马上赶回去。那些英国水兵要逼我弟弟去刺杀清国钦差,"玛丽亚上前,拉住爱人的手,"和我一起去吧,理事官会让你进城的。"

"上尉,抓住那个女人!"气喘吁吁的约翰正在向这边跑来,他强忍着胯下的疼痛,一脸怒容。

托马斯明白了:"你自作主张策划暗杀行动,义律大人肯定不会同意的。"

"义律大人那里,我会去解释。"约翰咄咄逼人地逼近,"现在先抓住她再说,这女人偷听到了我们的机密,不能让她走漏消息。"

"别管他,我们走。"玛丽亚伸手去拉托马斯。

"上尉!你不会为了这个天杀的葡萄牙女人,连自己是谁都忘了吧?维护女王陛下的荣誉和大英帝国的利益,才是我们的职责!"约翰吼起来。

皇家海军的荣誉有可能因这起暗杀事件而蒙羞,约翰这家伙虽然行事太过鲁莽,但若此刻处理不慎,很有可能会令事情进一步恶化——万一消息走漏,被澳门的葡萄牙人知道了,是否影响他们对这场战争的立场?托马斯想起出发前义律的叮嘱,电光石火之间,太多问号在他脑海里翻滚,令他一时不知该如何反应,见玛丽亚伸手来拉自己,下意识地把手缩了回去。

玛丽亚一愣，她从情人眼里看见了迟疑和犹豫，心里一凉，收回手，向后退了一步。

　　这时另一个水兵也赶了过来，眼前的局面变成了二对二，约翰抓住空子扑上前来，想先抓住玛丽亚，但那玛丽亚迅速转身，从船舷一跃而下。约翰扑了个空，心有不甘，于是掏出火枪，举向海面瞄准。

　　"不！"托马斯扑上前，伸手一拨。"轰——"一声枪响，在晨雾初起的海面，听起来格外响亮。

　　海面天色渐亮，迷雾渐渐消散。

　　甲板上的几个男人向下望去，玛丽亚和小艇已驶出了火枪的射程，遁入远处一片迷蒙的海面，慢慢消失了踪影。

　　清晨的澳门，议事会大楼内外，每个人都忙乱不已——虽说已准备了好几个月，但到了钦差入澳这天，好像还有处理不完的事情。

　　在议事会大门外，门卫看见了一幕不寻常的景象：一个女人，衣衫不整，头发披散，好像还受了伤，正跟跟跄跄地向大门晃过来。门卫本打算驱赶，走上前去，才发现那是一张熟悉的脸孔。

　　"发生什么事了？"门卫问。

　　"理事官呢？"女子虽疲惫不堪，但她全然不顾，"利马在吗？"

　　门卫摇摇头："理事官一大早就去城外迎接清国钦差了。"

　　"马上去找他来，我有重要消息要告诉他！"

　　"什么消息？"门卫半信半疑地看着这个疯子一样的女人。

　　"关于那个清国钦差的消息，"玛丽亚的体力已近乎透支，但她努力挣扎着，在晕倒之前，将最重要的那句话送了出口，"如果你们不想看着他死在澳门的话。"

三十二

凌晨的天色朦胧未明，林则徐早早便起了身。昨夜他一直心神不安，整宿都睡得不好，现在见天已快亮，于是披上晨衣，来到都司署小院里，外面新鲜凉爽的空气，总算令他的心情稍微舒展了一些。

"大人，起得真早啊！"老仆林福不知从哪里冒了出来，"我正替您准备早餐呢，今天大人行程匆忙，这顿早饭一定要吃好了再走啊。"

院落里，林则徐正在仰观天象，好像没听见老管家的话，一直盯着天空发愣。

"大人——"林福凑近前去，他知道林大人擅算命理，观星也有一手，于是顺着钦差大人的视线望去，"您又瞧出了什么天机呀？"

"先有白气，继有赤星。"林则徐遥指南方的天空，低叹了一声，"这是兵戎之兆，怕有血光之灾啊！"疑惑的钦差大人不太确定，自己此刻观得的天兆，究竟是预示今日入澳的巡阅，还是近来令人心烦的时局。

林福一愣："不会的，今天是大好日子，不管什么事都会逢凶化吉的。"

"大好日子？"林则徐不解地扭头望向老管家。

“怎么，大人，您连自己的生辰也不记得啦？”

“哦！”林则徐猛拍了一记脑门，“我还倒真是忘了。”

今天是林则徐的五十五岁寿辰。

“大人，您大寿之日，还要为了公务跑来跑去，实在太辛苦啦。”老管家半劝说半命令地，拉着林则徐进了偏厅，“牙刷和牙粉我都摆好了，您先洗漱吧，我准备了一顿丰盛的早饭，全都是您最爱吃的。”

东方初显微白，依稀传来几声鸡啼。

一连数日的阴雨，今日终于消停了下来。

旭日初升，晨雾渐散，这日天气格外清爽。道光十九年七月二十六，即1839年9月3日，澳门迎来了清国政府最高级别的官员：钦差大人林则徐偕同两广总督邓廷桢，亲赴澳门巡视。

从都司署出发，钦差大人的队伍先是向南行了十里，抵达清兵驻守的关闸城楼。这座高达三层的中式城楼，建于万历二年（1574），康熙十二年（1673）改为关闸汛营，由前山寨派兵驻守。走出高悬“关闸门”匾额的城门，便进入了澳门地界，最前面的先导兵丁看见了澳门理事官派来的欢迎队伍——四名戎装佩剑的葡萄牙军官，率领百名肩荷火枪的葡兵，在此列队迎候。按照规矩，钦差大人的八抬大轿并不停驻，而是继续前行，分列道旁的葡军官兵肃立敬礼，乐队亦随之奏起西洋乐曲……这支中葡联合队伍，穿行在狭长的莲茎沙堤上，浩浩荡荡向望厦村莲峰庙进发。

位于澳门莲峰山下的莲峰庙，始建于明崇祯初年，雍正元年（1723）又由当地居民集资修葺扩建，乾隆年间再大规模重修，庙貌焕然一新，故又称“新庙”。由于新庙处于入澳必经之路，多年来，巡澳官员均驻节于此，已成澳门最大的官庙。此刻钦差大人的队伍虽然尚未抵达，但庙四周已挤得水泄不通,不少附近的华民们成群结队跑来看热闹。

在正门院子里,理事官利马和澳门同知、香山县丞,以及其他一众官员正肃立恭候。在他们身后,整整齐齐地放着一排排木盘,各种物品置于其上——洋银、丝绸、茶叶、冰糖、折扇、腊肉,中间最大的盘子里,还摆了一头角扎红绸带的小牛……这些都是钦差赏给澳门葡人的礼物,初升的阳光,为所有东西镀上了一层金黄,显得格外夺目耀眼。

"来啦!来啦!"外围有人高喊,黑压压的人群立时骚动了起来。

一名骑着高头大马的清国军官最先出现,在他身后,是两行高举"肃静""回避"木牌的衙吏,紧随其后是一溜儿抬锣鼓的乐兵,接着是一队扛旗清兵,护卫钦差官轿左右的,是葡萄牙人的仪仗队,后面还有更多军兵,长长的队伍,一眼望不到尽头。

"轰——"远处炮台上,传来震耳响声,间隔有序,一炮稍停,一炮又响,在此起彼伏的炮声中,钦差的官轿停驻于庙门前,两名卫兵上前撩起轿帘,林则徐从内缓缓步出。

"大人,请。"久候于此的澳门同知蒋立昂,快步上前恭迎。身后,刚下轿的两广总督邓廷桢也走上前来,"这炮声是——"

"那是葡人为欢迎钦差鸣放的礼炮,共十九响。"

"这有何讲究?"邓廷桢问。

"夷人礼炮以响数论级别,最高级别的二十一响,是用来欢迎皇上的,这十九响则稍次一级,以示对钦差大人的尊敬。"

钦差大人微微点了点头,澳门葡人尚算恭顺,自己年初到任以来,禁烟、具结等事全数照办,俱无异议,并非像英吉利人那样蛮不讲理,夷人和夷人之间,也是不尽相同的,不应一概而论之。

蒋立昂趋前领路:"大人,您先进庙休息,我马上就去把那夷目带过来。"

清晨的阳光,从莲峰庙的庙檐夹缝间倾泻而下,袅袅青烟飘升,形成一排排光柱,微粒烟灰随风舞动,好像有生命一般,偶有一两只雀鸟惊起,快速掠过天空。林则徐迈步入庙,迎面是一座石亭,他在亭前台阶停下脚步,抬头看去,悬于正堂门楣上有块"中外流恩"的牌匾,那是明朝万历年间的古物,后面还有另一块"恩光浩大"的匾额,则是康熙年间所书。

钦差大人进入天后元君大殿,拜祭了护庙安民的天后娘娘以及忠义仁勇的关圣帝君。奉完香后,林则徐抬步走进石亭。里面已安放了一张樟香木神台,台案后面是为钦差大人和两广总督摆下的两张太师椅,对面则放了一张为葡人理事官预备的木凳。

煦暖的阳光轻洒在石阶上,仿若铺了一层金色的地毯,亭内微风习习,吹拂着林则徐的脸庞。他和邓廷桢先后入座,翻译梁进德则站立一旁。未几,先前在门外恭候的一众葡人,跟随在蒋立昂身后鱼贯而入,他们排成一列,肃立于亭子石阶之下。在澳门同知的引领下,一位个子高大的夷人慢慢走了上来。

"这位便是澳门的葡人理事官。"蒋立昂向两位大人介绍。

"尊敬的清国皇帝御命钦差大人阁下。"利马恭敬地迈前一步,脱帽行礼,难掩内心的激动——终于见到这位闻名已久的林钦差了。

按照既定会见程序,林则徐先向对方宣布天朝恩典,申明地方禁令,谕令在澳葡人应当安分守法:一、不许囤藏鸦片等违禁品;二、不得收容通缉犯;三、需配合广东方面驱逐鸦片烟商和走私犯。

利马听完梁进德所译的训话,连连点头。"御命钦差大人阁下,我等葡人在澳门安居乐业,心存感激还来不及,又怎会做违法乱纪之事?而且,配合清国官员驱逐走私烟贩,也是我们分内之事,必当照办,绝

209

不敷衍。"

"你们葡人远涉重洋,来我天朝地方,也不容易。"林则徐对眼前态度恭顺的葡人,又添了几分好感,"你来澳门,有多少年啦?"

"我在澳门土生土长。"利马答道,"一直以此地为家,从未离开。"

"什么?"林则徐吃了一惊,定睛看去——那头发已大半花白的葡人,竟是在澳门土生土长?

"但我父亲是早年从葡萄牙派来的。后来,我也跟随他担任皇家教师一职。如今被推举为本地理事官,很荣幸能为澳门尽一份力。"

听了这话,林则徐更感惊奇,原来对方也是来自学者世家?这不禁激起了他探究学问的好奇心:"听说,你们葡萄牙帝国,也是由一位女王主政?"

利马点点头。

"你们的女王多大年纪?"

"大约……二十岁左右吧?"

"竟也这么年轻?"林则徐疑惑地皱起眉头。"不过,年纪虽轻,倒还是颇明事理,不像那英吉利国……"他突然想起了什么,"我有意写封书信向那英吉利女王说明道理,希望她能尽快颁下御旨,禁绝该国商人将鸦片运来我国贩卖。既然你也是西洋人,我倒想问问你,此举能否奏效?"

利马没想到钦差会问自己这个问题:"钦差大人阁下,英国的制度和清国、葡国不同,他们国家所奉行的是君主立宪体制,女王御令虽然重要,但国家的权力主要还是掌握在议会和政府手上。"

君主立宪、议会、政府……这些新名词,自己好像在哪儿听过?对了,林则徐想起了在虎门海滩上和美国牧师裨治文的那次谈话。"你的意思是说,这英吉利的国事,他们女王说了不算数?却要听……总统的？”

"不是的。"利马笑了，"英国政府的首领，叫作首相，由他来领导内阁，代女王治理国家。所谓君主立宪体制，包括了议会以及政府内阁，国家事务非由君主一人说了算。"

"这个什么首相……代女王治理国家？"林则徐沉吟了片刻，"那还成何体统？你所说的这个君主立宪体制，岂非弄得君之不君、国之不国？"

利马又想起了当年澳门立宪派那场功败垂成的改革：葡萄牙凭航海大冒险崛起，其后却不断衰败；英伦海岛上那个蕞尔小国，却结合工业革命和君宪政体，成就雄踞全球的庞然霸业。"钦差大人阁下，国家越大，国事越庞杂，光凭君主一人之力，哪怕再英明，也难免挂一漏万；君主立宪虽然掣肘烦琐，但能合众人之力、集众人之智，是更完美的国家体制。"刚说到这里，利马突然意识到，此刻站在面前的，是清国皇帝派来的御命钦差，自己却在这里大谈什么君主立宪是更完美的国体，如此放肆的言论，不知是否会激怒对方？

利马赶紧停了口，偷眼去瞟钦差大人。

林则徐却并未觉得受到冒犯，虽然葡人理事官说的这番话，自己并非完全听得明白，但身为阅人无数的天朝大员，却能感受到对方发自肺腑的那股真挚激情。他觉得，若要管理好一方水土，让老百姓能安居乐业，需要的，大概就是这样的官员。林则徐微笑着向利马点了点头，鼓励他继续说下去。

"这君主立宪体制，透过选举制度和司法体系，能将国家的各个阶层紧密联结起来，令下情有效上达，国家的运作因此变得更加稳定，得以不断发展……"

听到这里，林则徐似乎有些明白了："你说这君主立宪能令国家君主和人民上下相通,不也是我们中国道统的理想吗?"正所谓上下相感,君民相和,"人皆可以为尧舜",大概也是那美国牧师提及普通平民亦可担任一国之主的国体精髓所在。看来,即便这些各国夷人所属体制颇为不同,但究其核心要义,也是互相贯通的。

"政之所兴,在顺民心;民唯邦本,本固邦宁。"钦差大人望向理事官,微笑起来,"听你一番言论,我亦深以为然——也许葡萄牙、英吉利、美利坚,各国的国体不尽相同,但万变不离其宗,如何令君民上下同心,实乃经国济民之正道。"

听完翻译的转述,利马亦深感于林则徐的渊博学识和理解力,他还想再和钦差大人多聊几句,却被一旁的澳门同知打断了。

"大人,时辰差不多了,我们该动身起行了。"

林则徐点点头,站了起身。"适才一席交谈,获益颇多,日后若有机会,期望我们能再作详谈。其实,海外各国夷商,只要正当营商来往,我们无不欢迎。不过,既是在我天朝地界,就要遵守我天朝法度,大家互相尊重,互惠互利,方为和平共处之道。"林则徐望向对面的理事官,"就像你们葡人久居澳门,恭顺配合,故我大清愿再与你们澳门葡人订立贸易章程,每年运入澳门茶叶连箱五十万斤,以三年为约。如何?"

利马喜出望外,连连点头道谢:"今日和御命钦差大人阁下会晤,我亦获益良多,谨此代表澳门葡人,欢迎阁下进城巡视。"

外面,鼓乐奏响,彩旗纷立,小憩片刻的军兵们,重新排好队列,军官们纷纷翻身上马……整座庙宇仿佛从短暂小睡中苏醒,又开始忙碌了起来。

钦差巡澳之行,正式开始了。

三十三

　　远处,隐约传来锣鼓喧嚣声,钦差的巡视队伍大概就快要进城了。

　　好不容易等外婆睡着,安东尼奥蹑手蹑脚地步出厅堂。一大早就熬好药给她喝下,这一觉她该能睡到中午吧?心神俱疲的安东尼奥在八仙桌前坐下,从昨晚忙到现在,总算有空喘一口气了。

　　肚腹空空的饥饿感袭来,安东尼奥伸手拿起桌上昨晚剩下的番薯,大口地吃起来,目光却一直没离开英国人留下的那柄火枪。以前觉得杀人很容易,现在才知道没那么简单,更何况,现在要去杀的,是有众多军兵护卫的钦差大人。但安东尼奥顾不上担心这些,他更挂念姐姐的安危——她的性命此刻危垂一线,是生是死,就取决于自己接下来如何行动。其实,就算要用自己的命去换姐姐的命,他也不会犹豫;但他担心,那些狡猾奸诈的英国人说话并不算数,就算自己愿意赔上性命去杀了那清国钦差,大概亦未必能把姐姐救回来。

　　这场中英之间的大国博弈,不知怎的,他这个小人物突然莫名其妙地被夹在了中间。安东尼奥叹了一口气,加快吞咽嘴里的食物——我不过是想讨生活而已,贩卖瓷器、茶叶,还是鸦片,其实都无所谓,反正能赚钱就行,但现在已不仅是能不能赚钱的问题了。

外面,隐约传来的锣鼓声好像又近了一些,钦差大概已进城了吧?英国人说在妈阁庙容易下手。哼,那些英国人懂什么?妈阁庙是中国人的"圣地",为了准备欢迎钦差,澳门的华人已在那里忙碌了几个月,庙前那片空地,现在挤满了华民和军兵,就算能侥幸得手,恐怕也会立刻被人群撕成碎片。他信不过英国人——如果听他们的,自己必定在劫难逃,但说不定,这正是英国人想要的结果。

安东尼奥大口大口吃完剩下的番薯,站起身来,把火枪和匕首都揣进怀里,试着在厅堂里来回踱了几步,调整至行动自如的状态,然后穿好外衣,轻轻走出大门。

刺杀钦差虽不容易,但在他心里,却慢慢浮现出一个完美的计划。

三十四

　　利马盯着眼前狼狈不堪的玛丽亚，听完对方带来的可怕消息之后，他竭力掩饰自己内心的震惊。

　　一接到议事会派人送来的消息，他就马不停蹄地赶了回来，听完玛丽亚的讲述，他内心更涌出前所未有的恐慌——如果清国钦差今天死在澳门城里，而凶手竟然是个葡国人的话，恐怕将会给这座中葡已和平共处了数百年的小城带来一场灭顶之灾。

　　"你刚才说，听到他们打算在妈阁庙下手，你确定吗？"利马焦急地问。

　　玛丽亚点点头。

　　利马扭过头去，向身旁的罗伦佐下令："马上派人去妈阁庙，分成两队，一队负责保护钦差安全，另一队去把那个安东尼奥给我找出来。"

　　"是！"副官领命，准备离去。

　　"理事官，"玛丽亚几乎快要哭出来了，"你答应过我的，不会伤害安东尼奥……"

利马叫住了罗伦佐："找安东尼奥的人马由你亲自带队,尽量保障他的安全。"

"是。"副官转身离开房间。

利马回过头来,安慰抽泣不停的玛丽亚："你放心,我也会一起去的。希望能在钦差队伍抵达之前,先把安东尼奥找出来。"

"我也要一起去。"玛丽亚恳求地望向理事官。

"这……不太好吧?"利马犹豫起来。

"不,我一定要去。"玛丽亚不肯退让,"否则,如果弟弟出了什么事,我一辈子也不会原谅自己的。"

利马内心猛然一震。一辈子也不会原谅自己。这话听起来怎么那么熟悉?二十六年前,自己好像也听过同一番话。利马不禁在内心哀叹了一声,这么多年来,他又何曾原谅过自己?

利马想起了那个令他永生难忘的清晨——1823 年 9 月 23 日。

驻果阿的葡印总督于当年 6 月派来澳门水域的"萨拉曼特拉号"巡洋军舰,已在外海盘桓了数月,但因澳门葡人的抵抗以及两广总督的驱赶,这艘军舰一直无法采取任何行动。终于,它在 9 月 23 日凌晨找到时机,悄悄折返澳门海岸,派出小艇驶至南湾,由指挥官依德费基少校率领一支小分队登陆。

澳门城尚未从睡梦中苏醒,突袭小队已攻占了广场前的议事会。

"快!"当睡眼惺忪的利马被贝路敲开家门的时候,惊讶地发现对方竟还穿着一身睡衣,老法官的神色看起来慌乱不安,"快召集你以前的手下,马上赶去俾利喇议员家里,我们要赶在他们前面救走巴波沙少校,只要少校在,澳门就还有希望,绝不能让巴波沙落在他们手里。"

"等一等，你慢慢说，"利马一时搞不清状况，先请对方入屋，"巴波沙他怎么啦？"

"我刚收到消息，'萨拉曼特拉号'上的军队，果阿总督派来的那艘军舰，他们今早登岸了。听说他们已经占领了议事会，正在全城搜捕巴波沙少校。"老法官心急火燎地说完，拿起桌上的水壶，倒了大半杯，一饮而尽。"有几个议员已掩护巴波沙躲往俾利喇议员家里，但我想撑不了多久的。我们还需要更多人手，我想到了你。"老法官望向利马，眼神中充满期待。"赶快召集你以前那批手下，和我们一起行动。"

去年9月被罢黜的亚利鸦架和卡瓦尔坎特少校在澳门发动军事政变，所幸当时兼任巡视长官的利马率领卫兵和巴波沙少校协同作战，稳住军心之后，迅速控制了关键的大三巴炮台，挫败了这场政变，并将亚利鸦架等人逮捕。老法官寄望利马的"以前那批手下"，是指参与作战的这批人。

不过，那已是他们和巴波沙因政治立场分歧而决裂之前的事了，此刻看着一脸焦急的老法官，利马有些不解：难道他忘了和巴波沙那家伙的宿怨吗？

"我没有兼任巡捕营长官的职差已好几个月了，以前那些手下，一时间也很难找齐。"利马直摇头，"而且，就算能找到他们，这么匆忙，恐怕也很难组织有效的防守力量。要知道，对方有葡印总督撑腰，'萨拉曼特拉号'可是一艘正式的兵船，按照编制，配有二十门火炮和一百五十名士兵，而我们人太少，根本没有胜算。"

"但你不试试怎么知道！"贝路的音量陡然提高，"听说这次登陆的突击队人数并不多，真要打起来，我们未必没有胜算，不到最后一刻，绝不应轻言放弃。"

"怎么啦？"听到声响的妻子安娜慢慢从卧室走了出来，"发生什么事了？"两个小女孩跟在妈妈身后,偷偷伸出毛茸茸的小脑袋,好奇地想看看究竟发生了什么事。

"哦,小安娜,还有小玛丽亚。"老法官向她们伸出手去,两个孩子对经常来找爸爸的这个满脸胡须的老爷爷并不陌生,一下子都扑了过来。贝路法官将两个孩子揽入怀里,再瞥了一眼利马太太那微微隆起的肚子,低声叹了一口气,没再说话了。

直到今天,利马依然记得当时老法官望向自己的眼神,既有激动,也有愤怒,但更多的是失望,那也许是对利马,又也许是对他自己,老法官那几句喃喃低语,此刻似乎依然在利马耳畔回荡:"如果就这么认输,我实在是不甘心,一辈子也不会原谅自己的。"

"一辈子也不会原谅自己。"这句话,二十六年来,一直镌刻在利马的记忆里,随着时间流逝,不但没有变得模糊,反而越来越清晰:当巴波沙被逮捕并押送上军舰的时候;当那些曾被押往果阿受审的官员兴高采烈地呼喊着复仇口号奔走于澳门大街小巷的时候;当保守派重新执政、亚利鸦架官复原职的时候;当大批澳门立宪派成员纷纷出逃避难的时候……那句话总是不断在利马耳畔响起。

一辈子也不会原谅自己。

突如其来的军事偷袭,令澳门政局发生剧变——就在这天,澳门恢复了君主专制政权。下午4点,新政府里那些欣喜若狂的保守派们,耀武扬威地从议事会出发,途经圣多明我教堂、大三巴炮台,最后浩浩荡荡齐聚于法院门口。

临时代理总督的依德费基少校,早已命人将搜获一批刚出版的《蜜蜂华报》堆放在广场中央。一摞摞刚印好的报纸,堆叠在临时架起的木块、干草和桐油上,高高一大堆,就像一座新修的坟墓。那些达官贵人、普罗市民围着它站了一圈,像一支奇特的送葬队伍。

幸运的贝路大法官和利马没有被抓起来,只是被暂停了职务。他们此刻也夹杂在人群中,看着依德费基少校——他站上了临时充当讲台的小木箱,以令自己矮小的身躯显得高大一些:"以国王陛下和葡印总督的名义,我谨此宣布,澳门又回到我们手里了!"

人群爆发出一片热烈的欢呼声和掌声。

"在这个以神的名字命名的城市的市政厅里,三个世纪以来,一直保有和平与安定,可现在却处于一片混乱之中。它被一群叛逆分子和暴徒所占据,这些人既不遵守法律,又不畏惧惩罚,他们背叛自己的祖国,还企图以武力反抗葡印总督的舰队。"依德费基少校激昂的声音,回荡于整座广场,"这场上演了一年多的闹剧,现在该结束了!有人提出,应该由他们自己选举政府,这种离经叛道的要求,不仅违反了国王的意旨,也不可能得到人民的认可。现在,大家再次团结到我的身边来吧,我们每个人都应该履行爱国的责任和义务,澳门将再次赢回'忠诚'的称号!"

人群又爆发出欢呼声和掌声,少校伸出手掌,向下一压,人群安静了下来。

"就在我离开里斯本的那天,国王本人以最和善的声音宣布,保佑澳门和澳门的市民。要知道,在这个世界上,只有一种权力是天经地义、不容置疑的,那就是神圣的王权!我们有史以来最好的国王——若昂六世陛下,才是我们应该全心效忠的唯一对象。"少校的话令人群再次沸腾起来,"让我们为这神圣的时刻齐声欢呼,葡萄牙万岁!国王陛下万岁!万岁、万岁、万万岁!"

狂欢的人群蜂拥上前,口里高喊呼应着,潮水般包围了站在木箱上的少校,令他看起来好像汪洋大海中的一座孤岛。利马和贝路对望了一眼,他们在内心暗暗祈祷,希望阿马兰特神父和阿美达医生他们已成功逃离了澳门。

依德费基扬起手上的那一大沓《蜜蜂华报》，"你们看，这份妖言惑众、蛊惑人心的报纸，只知一味吹捧什么'宪政'改革。"

"现在，让我们令澳门重返正轨吧！"依德费基向围在广场中央那堆报纸周围的卫兵们挥手示意，四个士兵举起早已准备好的火把，上前点燃了这堆高耸的"坟墓"，火势从下往上，迅速蔓延，一团混合了黑烟的烈焰发出噼啪声响，与广场人群的欢呼声汇合成一曲音调怪异的大合唱。

"一辈子也不会原谅自己。"

这么多年来，这句话总不断在利马耳畔响起。

"理事官？"玛丽亚低声呼唤，"你怎么了？"

"没什么，"利马抱歉地对玛丽亚笑了笑。历史早已写就，过去发生的事已无法更改。上一次，澳门徘徊在攸关命运的十字路口，利马曾以为自己的选择有可能扭转这座城市的命运，但当时自己浑然不知，故事结局早已被大洋彼岸宫廷里的权斗所决定；而这次他是不是又跌进了一座同样没有出口的迷宫、面对一道同样无解的难题？此时此刻，他无从知晓，看来，只有等待时间来再次揭开答案了。

不过，即便如此，当下的行动却并非毫无意义，命运的扭转亦非全无可能。利马清楚，虽说单凭个人微小的力量，难以扭转时代巨轮的轨迹，但每一个人在关键时刻做出的不一样的选择，仍有机会拯救陷身其中的个体命运，他想起了巴波沙少校。依德费基那次军事突击之后，巴波沙便遭逮捕并被流放，当年他——不，他们曾在这城市里留下的痕迹，也被抹得一干二净，就像那些人从未存在过、那些变革也从未发生过一般。

是的,不管当年利马如何决定,最后大概也无法改变什么。一厢情愿的君主立宪改革仍将功败垂成,但至少还有可能救出巴波沙少校,他的命运,或许会因为自己当初不一样的选择而有所不同。

利马叹了一口气,此刻又有新的选择摆在面前:安东尼奥和钦差大人,他们的命运转折,是否因为自己的一念之差而有所改变?

理事官走上前,仔细查看玛丽亚额头的伤势:"你的伤口……怎样?"

她轻轻摇了摇头:"不碍事。"

利马终于下定了决心:"如果你真的想一起去的话,那就赶紧去换身衣服吧!我们该出发了。"

三十五

　　澳门圣保禄教堂素有"东方梵蒂冈"之誉,作为天主教在东方世界的传播中心,这里一直都是澳门葡人举行重大活动和仪式的首选之地。虽然四年前那场大火已将这座天主圣堂付之一炬,但它残存的前壁,仍不难令人想象当年的宏伟气势。

　　圣保禄教堂旁边就是出入澳门城的三巴门。那是澳门最重要的大门,平日一般是早晨 5 时开启、晚上 8 时关闭,城门钥匙则由议事会负责保管。这次为了迎接清国钦差,天还未亮,利马就已早早派人来打开城门,扫土洒水,摆满了各种旗帜和鲜花装饰。

　　钦差大人的队伍,伴随着三巴炮台上轰鸣的礼炮声和沿路喧大的锣鼓声,缓缓穿过三巴门,来到被华人称为"花王庙"的圣安多尼堂前那片空地,长长的队伍,将这片狭窄之地挤得水泄不通。林则徐好奇地掀起轿帘一角往外窥视:夷人聚居的澳门,果然和内地大不相同——夷人修建的那些房子,真的颇为好看,重楼叠嶂,大多有两三层高,金绿红黄交杂的颜色,犹多了几分异域风情,这在广州并不常见。

　　沿途不少地方都搭起了装饰鲜艳的绸花和大红贺联的中式牌楼。

路旁的店铺宅门前,也摆放了不少堆满鲜花蔬果的长桌香案。道路两旁,除了挤满扶老携幼、夹道欢呼的华人居民外,也夹杂了不少样貌奇特、服饰怪异的葡萄牙人,向钦差队伍挥手致意。

从道旁的夷人中,林则徐第一次看到了夷人女子的模样——那些女子的头发分梳成两道或三道,不像华人女子将头发高高盘起,最奇怪的,是上身的衣服竟袒肩露胸!难怪夷人女子只可留在澳门,不能进入天朝地界。钦差大人放下轿帘,端坐回去,突然想起梁进德曾向自己介绍过:夷人嫁娶,皆由男女同择,而且不避同姓,这些夷风异俗,真是不可思议。

穿过内港沿岸的长街,钦差大人的轿子先抵达了关部行台,然后再进入澳门最繁华的商业街。澳门开埠后,随着华夷通商不断兴盛,位处议事会旁的这条大街,慢慢发展成兴旺的商业区,成为澳门商贸的心脏地带。平日各国商人和澳门市民摩肩接踵,往来如鲫。今天为了迎接钦差大人,理事官已提早派了人来清场,但为免扰民太甚,街上店铺仍可照旧开门,所以,虽然此刻行人不多,但从两旁林立的店铺招牌和门幌,仍不难想象平日的热闹景象。

巡阅队伍缓缓通过这条并不算宽敞的街道,林则徐也趁机挑帘外望:街道两旁的店铺琳琅满目,茶叶瓷器、参茸布匹、金饰玉器,以及茶楼、食肆、酒馆、书店……不少店里卖的货物连钦差大人也不太认得,那些大概是洋人的东西吧?林则徐一边好奇张望,一边想起不久前在越华书院获赠的牙刷牙粉,以及托人采买的西洋书籍和字典。想不到这小小的澳门,竟不输偌大的广州,而且,有不少货物恐怕在广州城也未必买得到。

陷入沉思的钦差大人,轻轻放下了轿帘。

钦差的巡视队伍很快离开了热闹的大街,经龙须庙(风顺堂)和小三巴(三巴仔教堂)一路前行,一转弯,就看见了气派不凡的东印度公司总部"十六柱"。这片建筑群是英国东印度公司最早的商馆,英国人自1772年便租住于此,以便在"住冬"期间继续处理广州的贸易事务。眼前那排宽敞、坚固的四间大屋,栉比相连,加上眺望南湾海面的庭院、花园和小树林,仿佛是这混乱时代里的一片世外桃源。

林则徐紧盯眼前那群灰色建筑,内心却另有想法:这里既是外商聚居之地,也是鸦片走私贩卖中心,更是他此行打算重点考查的要害。事实上,为了充分准备,钦差大人早在4月已派遣佛山同知刘开域、澳门同知蒋立昂,以及香山知县三福、县丞彭邦晦等人赴澳门按户编查,陆续将华人和西洋夷人的数目造册呈送。这次入澳巡视之前,林则徐又再命蒋立昂复核抽查,看葡人是否诚心配合查禁鸦片以及驱赶英夷。此刻不知复核结果如何,林则徐的内心,不禁又泛起了几丝焦虑。

钦差队伍沿着山势,从"十六柱"转向上行,"轰——轰——"西望洋炮台上的欢迎礼炮亦鸣响了,沿着山路急行的庞大队伍,直向海边的妈庙阁而去。

三十六

在妈阁庙前地，怎么也找不到安东尼奥的身影。

玛丽亚一脸迷惘：难道自己在船上听错了，还是英国人临时更改了计划？她站在拥挤的人群中，困惑不已。喧嚣的锣鼓声越来越近，钦差大人的队伍很快就要抵达了。

不远处，利马将罗伦佐唤至身边，两人像在讨论如何重新部署方案，想办法做最后的努力，希望阻止这场可怕的刺杀行动。玛丽亚越来越心烦意乱，现在该怎么办？她知道，自己需要找人来帮忙，她想起了法兰度——"老水手"酒馆离此不远，现在去找他，应该还来得及。

玛丽亚穿梭在蛛网般交错的小巷间，一路小跑，很快赶到了"老水手"。时辰尚早，酒馆还没开门，可她对这里比自己家还熟悉。她从后门钻进去，转个弯，直上二楼——法兰度就住在那里，现在大概还在睡觉，但没办法，只能先把他从床上拽起来了。

法兰度揉着惺忪睡眼，看着玛丽亚着急又沮丧的样子，猜想一定发生什么大事了。

"法兰度，你觉得，安东尼奥到底会在哪里？"心慌意乱的玛丽亚，一口气说完事情的来龙去脉，急着开口求救。

法兰度缓缓站起身，走到小酒柜前，取出昨夜喝剩小半瓶的"航海酒"，倒满了玻璃杯，也给还在喘气的玛丽亚斟了一杯。

玛丽亚接过，喝了一口，浓香的酒气令她稍稍镇静了一些，头脑也清醒了不少。法兰度也端起酒杯："你想，妈阁庙有那么多中国人，去那里刺杀钦差，除非他不想活了。"酒馆老板指了指酒馆外墙招牌上、镌刻在酒馆名字下面的那行字，"老水手不怕坏天气"，那是法兰度当年亲手刻上去的。"安东尼奥虽然不老，但却是个聪明的水手。"

玛丽亚捧起酒杯，又喝了一口。"老水手不怕坏天气……"她兀自呢喃地重复着。

"要知道，在海上，天气越坏，越没人敢掉以轻心；真正容易出事的时候，反而是当水手们开始麻痹大意的时候。"法兰度解释。

最容易发生意外的时候，就是最松懈的时候。

"但是，"玛丽亚仍担心不已，"安东尼奥不像你这么聪明，他……"

"不，我才是真正愚蠢的家伙。"法兰度打断了玛丽亚，举起手中酒杯，又灌了一大口，"一个连妻子和女儿也保护不了的笨蛋。"法兰度的脸上，显露出玛丽亚从未见过的悲伤。

所以那些传闻都是真的？

"你的妻子，还有女儿……她们现在在哪里？"玛丽亚试探地问道。

"和上帝在一起。"酒馆老板失声痛哭起来，"都是那场……该死的瘟疫。她们已归主怀，享受永远的平静，而我只盼望能尽快和她们重聚。"

玛丽亚不知该说什么，她走上前去，拥抱那个浑身不停颤抖的男人，希望给他送去哪怕最无力的一丝安慰。

法兰度慢慢平复下来，他望向玛丽亚，混浊的酒意散去，这才想起眼下还有更紧急的事需要处理。"我们要找到安东尼奥,就必须学会从他的角度思考。清国钦差巡视澳门,必定大张旗鼓,身边护卫众多,警戒森严,所以,如果你是安东尼奥,会如何选择?"

玛丽亚望向法兰度,尝试跟上他的思路:"我会……等待钦差身边那些护卫开始松懈的时候?"

"不错,所以问题的关键,不是哪里,而是何时。"法兰度继续追问,"你觉得,他们什么时候会松懈下来?"

"大概是巡阅快要结束、钦差就要离开澳门的时候?"玛丽亚从混乱的一团麻线中,终于理出了一丝头绪,"听说钦差回程会经过水坑尾门,折返三巴门。"等一等,水坑尾门?那不就在雀仔园旁边?那可是安东尼奥从小到大的混迹之地,他对那一带比任何人都熟悉。

玛丽亚抬起头来:"法兰度,我想我知道他人在哪里了。"

三十七

在妈阁庙前地，挤满了前来看热闹的民众，维持秩序的军兵忙着从密集的人群中清理出一条通道，又在古庙前面开辟出一大片空间。浩浩荡荡的钦差队伍，沿着刚清出来的那条通道，穿过人群，那顶显眼的八抬大轿来到空地中央，缓缓停下。

林则徐从轿子里走了出来，引起周围人群的一片欢呼。

钦差大人向四周热情欢迎的人群拱手致意，后面轿子里的两广总督也快步赶上前来，两人驻足欣赏眼前的热闹景象：为欢迎钦差新搭的牌楼、堆满了供品鲜花的敬拜香案、大红的幡子、鲜艳的彩旗……簇拥在庙前的人群，摩肩接踵，欢声笑语，就像年节的庙会一样。

"嶰筠，走，咱先给妈祖娘娘敬香去。"林则徐拉着邓廷桢向庙门口走去。

位于澳门西端内港入口的妈祖庙，相传始建于明朝万历年间。据说是由当初来香山经商的福建人所建，故虽澳门通讲粤语，当地人却随闽音将"妈阁"读作"马阁"，这令身为福建人的林则徐倍感亲切。

穿过两头石狮子守护的庙门，展现在钦差大人面前的，便是有"神

228

山第一殿"之称的天后正殿。此殿创建于万历三十三年（1605），后又于崇祯二年（1629年）及道光八年两度重修。这次为了迎接钦差大人，更是里里外外被打扫一新，摆满了各种祭拜用品。

尚未进入大殿，林则徐看见蒋立昂从外面匆匆赶进庙来，便立刻将他招来近前："怎样？核查了没有？"

"都查过了。"蒋立昂刚接到分赴澳门城内各处查验的下属们报告，立刻赶来向钦差大人复命，"澳门所有仓库、铺宅都已覆验，城里已无鸦片，也没有英国人。"

"很好。"钦差大人满意地点点头，转身跨进殿门。

林则徐迈步来到香案前，拈起三支神香，点燃，恭敬地跪下。大殿之上，妈祖娘娘低眉不语，她垂望跪拜脚下的钦差大臣，一如几百年来曾跪在她面前的每一个苍生大众——不论华洋中外，这些跪拜者大多有求而来，祈望妈祖指点迷津。林则徐的思绪，此刻也像袅袅青烟般纷乱飘飞：刚才在澳门走过的这短短一段程路，令他眼界大开——洋楼、商铺、教堂、炮台……各种自己未见过的物事，背后都连接着一个又一个全新的世界。既然中国的茶叶、丝绸、瓷器广受外国人欢迎，那各个夷国的出产不也同样可为我大清所用？只要采买使用得法，甚至从中学习效仿，不但能改善老百姓的生活，亦能为国家的富强增添力量。

这段时间以来，令林则徐大为感触的，是那些外洋的各国夷人，他们虽然种族、外貌、语言和习俗与华人各有不同，但大家绝非无法共处。皇上对夷人或许仍有猜忌戒备之心，一心只想将他们全部赶出大清疆域，但事情应该还有转机——等自己回到广州后，要赶紧把这段时间收集的资料整理妥当，找机会向皇上一一说明。扭转圣意虽不容易，但林则徐相信，凭自己一颗忠君爱国之心，并非完全没有可能。

林则徐又想起了那些自己听不太懂的名词：总统、首相、议会、选举……他觉得仿佛站在一扇刚打开的大门前，而在那道门背后，或许还有更多从未见过，甚至未听闻的新鲜事物。此时此刻，可以做的事情实在太多，但光凭自己一人之力，恐怕很难应付，他想起了宣南诗社，想起了魏源、龚自珍，这段时间搜集的各种资料，还有心里的各种想法，他巴不得立刻赶去他们身边，围炉秉烛，彻夜长谈，甚至把他们请来广州和澳门，让他们去四处走走看看……

从依山而建的妈阁庙望出去，珠江水正延绵不绝地流入大海，汇入一片无穷无尽的世界，心情大好的钦差大人，暂将昨晚的坏消息抛在脑后，不但对解决眼下这场中英危机心存乐观，对祖国的绚丽未来更是充满希望。

林则徐缓缓步出妈阁庙，一大群官员紧随其身后。外面，人群又喧闹起来，门口的队列早已重整完毕，军官和士兵们都恢复了昂扬挺拔的姿态。接下来，这支队伍将按原路折返，回经十六柱和风顺堂后，再转下南湾海岸，经水坑尾门往三巴门，从那里出城，返回香山。

咚锵锣鼓喧闹，猎猎旌旗招展，钦差大人的队伍终于踏上了归程。

三十八

从南湾海岸东行至水坑尾，是一段颇长的斜路，地势由此逐渐升高，向上分成两条岔路：向右通往琴山（东望洋山），向左则往柿山，亦即大三巴炮台所在。"水坑尾"之名的由来，是每当天雨时，雨水连山水顺坡向下汇聚成一个大水坑，而这里刚好处于大水坑的尾端，故称"水坑尾"，附近便是道光四年（1824）新开的水坑尾门。钦差大人的庞大队伍来到这里，将顺着斜路先抵达水坑尾门，再左转从三巴门出城，按原路折返香山。

安东尼奥对这一带地形了若指掌。钦差大人那顶巨型八抬大轿，来到这条斜窄的上坡路，势必会减慢速度，那支浩浩荡荡的队伍也会拉成细细的一行，正是钦差大人巡澳路线中最薄弱的一环。

安东尼奥再次检查手中的火枪，又摸了摸别在腰间的匕首，如果一切顺利的话，待枪响过后，还没等那些官兵反应过来，他已从城门逃出，消失在水坑尾门外那片茂密的"蕉园围"里——华民们开辟种植的这片蕉林，郁郁葱葱，一望无际，想要从里面找一个人出来，恐怕比大海捞针还难。

安东尼奥相信，这是个完美的计划，只要时间掌控得宜、行动敏捷迅速，绝对万无一失。他抬头看了看天空：上午的阳光开始变得刺眼，远处隐约传来咚咚锵锵的锣鼓声，街道两旁已聚拢了不少来看热闹的人，他选定了一处上佳的隐蔽位置，小心地坐下，微闭双目养神，静待决定命运的时刻到来。

玛丽亚和法兰度冲进拥挤的人群，举目四望，周围大多是华人，好在街道两旁亦有不少洋行商铺，平日也常有夷人出没，故两人在此出现，并未特别引起旁人注目。他们沿着街道两侧，像筛子一样把这片人群梳了一遍又一遍，可不管怎么找，仍不见安东尼奥的踪影。

锣鼓声由远而近，越发清晰响亮，最前面开路军官的那匹高头大马已依稀可见。

怎么办？就快来不及了！

玛丽亚陷入了绝望，她浑身冒汗，心里不停祈祷：我在急难中呼求上主，主即垂允我，将我救出……突然，一个大胆的念头从她脑海里蹦了出来，虽说这么做也许太过冒失，但在这紧急关头，她也顾不上这么多了。

玛丽亚猛地从人群中冲出来，孤身站在钦差队伍即将通过的道路中央。两旁看热闹的人群惊呆了，他们瞪着眼睛，看着这个异族女子，不知道她想要干什么。

"安东尼奥！"玛丽亚用尽了所有力气，大声呼喊起来，"我是玛丽亚！我从英国人那里逃出来啦！我没事了，你在哪里？快出来吧！"

躲藏在树荫里的安东尼奥，睁开了眼睛。不知从哪里传来了一丝微弱的熟悉的声音，飘进他的耳朵。

他睁开眼，向前看去。

远处道路中央，站了一个女子，她正在高声呼喊，虽然喊些什么听不太清楚，但那身影倒是再熟悉不过——那不是姐姐玛丽亚吗？

安东尼奥全身一震，他揉揉眼睛，仔细看去，不错，就是她。

他站起身，向那身影跑去。

英国水兵多戈偷偷挤在人群中，内心懊丧不已。

按照约翰的命令，他昨晚已在安东尼奥家对面守了一夜。今天一早，当他看到华人装扮的安东尼奥走出家门，心里才稍稍放松了一些，但现在却为自己刚才的一时松懈而感到懊悔不已。

那葡萄牙人并未按原定计划去妈阁庙，却选择了离家更近的水坑尾，但自己不小心跟丢了，让那家伙消失于视野。在钦差将经过的道路两旁，挤满了看热闹的中国人，他们的样貌个个看起来都差不多，很难辨认出同样长着华人面孔的安东尼奥，他也不想自己这个"番鬼"的身份暴露，只好一边留意张望，一边尽量靠着大帽宽袍来掩饰。

但眼前突发的变故，令他内心慌乱起来，一时不知该如何是好。

在道路中央突然出现的玛丽亚，以及她引人注目的喊叫，尤令多戈大为惊骇——那葡萄牙女人不是被上尉抓去"露易莎号"上了吗？怎么此刻会在这里出现？

那葡萄牙女子在不停大声呼喊，英国人的暗杀计划就这么被她宣之于众。好在周围大多是华人，应该听不懂她在喊些什么，但万一被葡萄牙人听见了呢？英国水兵慌了心神，见鬼，不能再让她这么胡闹下去了。他想起约翰昨晚留下的指示——万一发生了不可控制的意外，不管是谁，杀了灭口。

多戈攥紧手中火枪，悄悄向前迈步，寻找能准确射击玛丽亚的最佳位置。

玛丽亚还在发狂地不停大喊大叫,完全不理会四周人们的异样眼光,她知道,如果安东尼奥在附近的话,他一定听得到的。

"玛丽亚!"突然,远处传来了熟悉的呼喊声。

玛丽亚抬头去看,斜路前方,跑近来一个高大的身影——安东尼奥。

玛丽亚悬了半天的心,终于放了下来。

安东尼奥一边呼唤玛丽亚的名字,一边加快了脚下的步伐。姐姐是怎么逃出来的? 他一时也想不明白,但现在这并不重要,既然她回来了,威胁解除了,一切终于可以结束了。

等一等。

从玛丽亚身后,冒出来一个奇怪的身影,引起了安东尼奥的注意。

那个不是清国人。

安东尼奥认出来了:那是昨晚和约翰一起闯进自己家里的英国水兵,就是他,杀死了阿坤,掳走了姐姐! 安东尼奥蓦然一惊,定眼再看仔细,看见了那英国人手里攥着的火枪。

"玛丽亚,小心!"

安东尼奥大喊起来, 但姐姐似乎对近在咫尺的危险一无所知,还在用力向自己挥手。

安东尼奥眼角的余光,瞥见那英国水兵已举起了火枪。糟糕! 来不及了,他用尽所有气力,步子跑得飞快,像一块滚落的山石呼啸而下。

就在这时,远处传来"砰"的一声。

枪响了。

三十九

利马和罗伦佐率领一队葡兵,骑马沿着南湾海岸向水坑尾门飞赶而来。

在妈阁庙前一无所获的利马,跑去总督府搬来了救兵。这支行动迅速的小队,远远望见了那些挤在路旁看热闹的人群,眼尖的利马看见站在路中央的女子,认出了那是玛丽亚,她好像疯了一样挥舞双手、高声叫喊。

但很快,理事官也注意到了玛丽亚身旁另一个身影:那人身披黑袍,虽然看不清容貌,但应该不是中国人。安东尼奥?不,看起来也不像。理事官正在犹疑,突然,那人掀起袍子,露出了一支火枪。

不好!利马暗叫了一声,难道还有第二个刺客?不对,那他为何钦差人尚未到就现身举枪呢?理事官来不及多想,迅速从腰间拔出火枪,发现那人远在射程之外,于是勒定坐骑,向天鸣放了一响。

突如其来的枪声,惊动了围观的人群,人们四散奔跑,黑袍人连接被几个慌不择路的逃命人撞得失去平衡,就连身上的袍子也被扯下来大半。"'番鬼'!'番鬼'!"有几个华人发现了这个手攥火枪的"番鬼",

吓得连连惊叫起来。

利马继续策马向前狂奔,玛丽亚也发现了身边的英国水兵,吃惊地向后躲去,但那英国人紧追不舍,再次举起了手中的火枪。

利马心急如焚,这次无论如何也赶不及了。

几乎就在枪声再次响起的同时,一个高大身影飞奔而至,一下子将玛丽亚拥进怀里,两个身影抱成一团——不知是因为惯性还是中了枪——滚倒在地。

开枪的"番鬼"没料到有此突变,一时也愣住了,他拿着枪,站在原地发呆。罗伦佐带领几个葡兵最先赶至,上前将他锁拿。利马立刻去查看倒卧在地的两人的情况,先是看见了玛丽亚,发现她浑身是血。"你中枪了?"利马凑前。玛丽亚坐起身,将地上那男人抱在怀里。利马这才发现玛丽亚满脸是泪,正徒劳地伸手捂着怀里男子的胸口——她身上的血迹似乎都来自那男人,而鲜血还在不断汩汩涌出。利马终于认出来了,那正是自己一直在找的安东尼奥,但从那张惨白黯淡的脸庞上,此时已看不出一丝生命的迹象。

那两颗黑点又出现了,但这次,在那双晶晶闪亮的黑色眸子里,除了呵护和怜爱,还有无尽的忧伤。

"妈妈……"安东尼奥喃喃低语,"你终于回来了。"

那双温柔的黑眼眸,充满慈爱地看着安东尼奥:"孩子,你已经长这么大了啊!"

"妈妈,你不会再走了吧?"安东尼奥似乎已忘了所有的疲惫和伤痛,"我有听你的话,努力保护好姐姐,对吧?"

"我知道,我知道。"母亲说,她的身影和样貌,在安东尼奥眼里渐渐清晰起来,"你有照顾好姐姐,她现在没事了。玛丽亚已经没事了。"

安东尼奥觉得,自己的身子好像变得越来越重,不断向下陷去,越陷越深,根本不受控制。"妈妈……"他伸出手,想触碰眼前的虚幻影像,但却摸了个空。

从很远很远的地方,好像传来了姐姐的声音,她为什么好像还在哭?唉,这个家里的女人,真是个个都一样。不过,知道姐姐已平安无事,安东尼奥宽慰地放下心来,其他的事情,都不重要了。

"妈妈……"安东尼奥再次伸出手去,这一次,他抓住了。柔软的手掌,温暖的怀抱,他感觉自己被紧紧抱住,熟悉的气息和温暖的感觉,像海潮般涌来,将自己包围、淹没,那些遥远而破碎的记忆,正一点一滴地回到安东尼奥身上,拼凑出已遗失多年的景象。

终于,在这么多年之后,自己又回到妈妈的怀抱了。他用尽了最后的气力,牢牢抱紧那个身影,这一次,无论如何也不要再分开了。

利马跪在地上,伸手去摸,发现安东尼奥已没有了脉搏,他叹了一口气,站起身。罗伦佐走上前来,跟随在他身后的,是被葡兵捆绑起来的黑袍"番鬼"。

"把他带走。"利马对副官下令,"关进议事会监牢,稍后再严加审讯。"

罗伦佐轻拉了一下利马的衣袖:"理事官,可以和你私下说几句吗?"

疑惑的利马随罗伦佐来到一旁。

"这事我们还是别追究了。"副官低声说。

"为什么?"利马诧异地扬起眉毛。

"那个是义律的人,清国钦差不是已下了命令,澳门城内不准容英人居留吗?更何况,他还是英国水兵。"精于世故的罗伦佐瞟了一眼那个垂头丧气的英国囚犯，"钦差的队伍还没到，既然没出什么事，我们何不大事化小、小事化了？"

利马沉默了。

副官的话不是没有道理：行刺钦差绝非小事，万一清国怀疑葡萄牙人和英国人串通怎么办？而且英方说不定也会因此责怪澳门葡人。无论如何，这事一时半会儿很难说清楚，万一引起误会，很可能令澳门进一步卷入这场中英争斗的旋涡，带来无法预料的风险。

"理事官？"罗伦佐还在等待指令。

利马瞥了他一眼："好吧，你把他押去总督府。"他知道，边度总督一定有办法处理那个英国人的。

咚咚锵锵的锣鼓声近了，钦差大人的队伍浩浩荡荡地从远处走来。刚才四散的人群又重新聚拢了回来，在拥挤的街道两旁，充盈一片热闹欢腾，仿佛刚才什么事情也没有发生过。

四十

短暂放晴的天空又转为阴霾，外面刚下过了一场雨，在雀仔园里，低矮的屋瓦、翠绿的树丛，还有地上的石子路，都变得湿漉漉的。玛丽亚抬头去看天空，虽然雨已停了，但天边的乌云仍在翻腾聚集，看来，这场风暴大概没这么快过去。

玛丽亚推门进屋，四顾空荡荡的厅堂，又见到昨晚阿坤伏尸的位置——地上的血迹仍未干透。不知外婆怎样了？她快步走进内室，外婆还躺在床上。

"外婆。"玛丽亚上前，小声地呼唤。

对方没有反应，玛丽亚心中涌出一股不祥的预感。

玛丽亚伸手轻推，但外婆已毫无反应，她去摸老人的手：在半透明的松皱皮肤下面，粗细不一的青色血管隐约可见，但那只手已变得冰冷——曾经历大半世纪风风雨雨、曾触摸过无数人的命运起伏，此刻，它终于为主人的命运写下了最后一个句点。

不知怎的，玛丽亚竟有替外婆松了一口气的感觉，她在内心低声祈祷：圣母保佑！愿你的灵魂已找到了平静所在，脱离了人世间的种种羁绊和烦恼。

玛丽亚的目光扫过摆在床侧的那张木凳,在那里,她看见自己昨晚留下的那件白色披风,这令她又想起了托马斯,他在船上退缩犹豫的眼神又在眼前浮现,不免令她内心一阵抽紧,隐隐作痛起来。

"既然是自己的命,就自己好好活下去。"外婆的话,又在耳边响起。

我会的,玛丽亚在心里低语,我会好好活下去的。一滴眼泪,从她的脸庞滑落,她伸手拭去,然后拿起木凳上那件披风,最后看了一眼仿佛仍在沉睡的外婆,将她从头到脚裹盖起来,然后转身走出了房间。

回到厅堂,玛丽亚摸到了口袋里那柄沉甸甸的黄铜匕首——那是离开议事会之前,利马交给自己的。从理事官抱歉的眼神里,她知道,安东尼奥的死,恐怕只能不了了之了。但这样大概也好,本来玛丽亚还担心回来不知如何对外婆开口,现在看来也不必为此操心了。

玛丽亚拿起那把匕首,轻轻地,将刀从鞘中拔出,锋利的刃面,隐约反射出一股寒光。玛丽亚插刀回鞘,将匕首放在神龛的神主牌前——那是外婆为母亲立的灵位,此刻她们祖孙三人应已在天上某处团聚了吧?

玛丽亚在小油灯上点燃了三支细香,插进母亲牌位前的小香炉。三点香火,发出明暗不定的红光,青烟袅袅升起,一股淡淡的香气,钻进玛丽亚的鼻孔。以往那股令她讨厌的气味,此刻却带来了莫名的宽慰感,就在一呼一吸之间,她的心情也慢慢平复了下来。

突然,桌上竹笼里,传来了几声鸟鸣。玛丽亚这才想起那只白雀,她抽开笼口的小竹板,小鸟钻了出来,跳上桌子,以为又到了展露身手的时刻,熟练地从木盒里叼出一张签牌,玛丽亚拿起来看,竟然还是那张:

东西南北路难认　身陷迷城望太平
城头又换大王旗　身不由己由天命

小白雀扑腾了几下翅膀,侧起小脑袋,那双黑芝麻大小的眼珠,紧盯着玛丽亚。

刹那间,玛丽亚仿佛又回到了十年前那个下午,自己仍是那个少不更事的小女孩,只是这一次,她不必再逃了。

玛丽亚伸出手,轻轻抓起小鸟,放在掌心,走到大门口,向外高高举起。

飞吧!去寻找属于自己的天空吧。

小白雀似乎还在犹豫,但屋外树上的叽喳鸟鸣,大概令它终于下定了决心。扑啦啦——白灵雀飞进天空,不知是久疏飞翔,还是年岁老迈,刚开始还有些摇晃不定,不过它很快就重新掌握了飞行的诀窍,在空中划出几个漂亮的回旋,掠过屋顶和树梢,消失在远方的天际。

玛丽亚的心情也明亮起来,她转身返回厅堂,那张签牌仍躺在八仙桌上,玛丽亚捏起它,在神龛牌位的小油灯上点燃:火焰先是咬住了签牌的一角,接着慢慢扩散——复杂难懂的签文、美丽端庄的女子,还有身披铠甲的战将,都在火焰的噬咬下,嗞嗞作响,扭曲变形,慢慢化作随风飘散的黑色灰烬。

老屋内复归沉寂,不过,外面的雀仔园里,却传来了更多啾啾鸟鸣。

尾 声

1849 年的新年，似乎特别寒冷。

利马的病已拖了一年多，可不但未见好转，最近似乎更加严重了。他躺在床上，艰难地翻了个身，女儿安娜刚替自己换了新的床单和被褥，新鲜干爽的气味，总算让他的心情少了几分阴郁。

罗伦佐刚才来探望过自己，他现在已是议事会的议员，带来的坏消息更是让利马忧心忡忡：亚马留总督的手段越来越粗暴强硬，去年新推的税法已激起几次民变，最近更变本加厉——先是拒向清政府缴纳地租，其后还强行向北扩界辟路……听说华民正在酝酿一场针对他的暗杀阴谋，他要再这么弄下去，恐怕只会激出更多事端。

十年前，中英两国因鸦片而爆发的那场战争，果然如边度所料：清帝国完全不堪一击，最后不得不签下那份充满耻辱的割地赔款条约。其实，差不多同一时间，大英帝国在亚洲打了两场战争，令人意想不到的是，在对阿富汗的那场战争中，英印总督奥克兰的数万大军最后灰溜溜地撤兵投降；而来华部队却在看似不可战胜的清帝国门口取得了令人侧目的成功！地大物博的中华帝国，竟不如贫瘠荒凉的阿

富汗——利马不得不承认:作为处理华务多年的官员,自己的判断力实在糟得离谱。

但边度猜错了的是,英国人最后还是选了香港。那个荒芜的小岛,数年间就变得繁荣热闹。澳门却从此一落千丈,陷入看似永无止境的萧条。

三年前到任的亚马留总督,带来了女王陛下力挽狂澜的御令:里斯本也想把澳门变成像香港一样,从这场突然而至的经济繁荣中分一杯羹。可是,新总督的蛮横强硬和刚愎自用,令世代居澳的葡人们忧心不已,他们曾透过议事会向里斯本投诉,试图尽力挽回局面,但看来似乎只是白费气力。

议事会和总督之间的这场角力已接近终局:亚马留发布总督训令将议事会解散,他现在独揽军政大权,已不把本地的理事官、法官和议员们放在眼里。罗伦佐说,议事会的成员们都在猜测,今年亚马留很可能会再次出手,这次的目标也许是关部行台,说不定会动手将清国官员通通赶出澳门。

一场葡萄牙和清国的大冲突,恐怕已无法避免。

但最令利马无法理解的是,清国打完那场败仗,至今也快十年了,可不管是远在北京的满族皇帝,还是近在广东的地方官员,却像什么事也没发生过似的——举国上下好像已忘了那场战争带来的耻辱和教训。前些日子,听说英国人因为入广州城不顺,又在酝酿新的军事行动。而这次就连利马也确信无疑,面对英国军队的炮火,这个腐朽虚弱的帝国根本毫无还手之力。

利马又在心里叹了一口气,唉,也难怪那该死的亚马留如此嚣张。

仿佛轮回一般,十年前发生在中英之间的纷争,现在轮到中葡之间了。今天罗伦佐跑来问利马怎么看:这次清国会如何反应?葡萄牙能否像上次英国拿下香港一样顺利拿下澳门？好像罗伦佐还问了很多其他问题，但利马已记不起来了，自己年纪老迈，记忆力江河日下，就连今天早上吃了什么，现在要回想清楚也非常吃力了。

对于各种政治算计和争权夺利，利马早已感到厌倦，他只想平静地迎接人生的终点。对利马来说，如今"时间"已变成了一种很奇怪的东西：它不再像直线般不断向前，而是像一座迷宫不停迂回兜转——以前在生命中曾出现过的人和事，不知怎的，好像又跑到自己面前来了。

利马经常回到十年前那个早上，重遇那个叫玛丽亚的土生女子，不知道她现在怎样了？利马听说那英国军官后来跑去雀仔园找她，两人重归于好，一起去了香港；也有传闻说，玛丽亚孤身离开澳门，不知是去了果阿还是帝汶，嫁给了一户当地的名门望族……不管怎样，利马真心希望她已找到了好归宿，不像那可怜的钦差大人——鸦片战争后，听说他被清国皇帝发配到边疆，至今音信全无。偶尔利马会在梦中和钦差重逢，但每次两人都相对无言。他知道，林则徐深爱他的国家，就像自己深爱澳门一样，因此他完全能感受到钦差大人内心的痛苦和煎熬，虽然他俩同样都对此无能为力。

在这座迷城里，所有人的命运都一样：衰老、死亡，被遗忘。这就像咒语一样，应验在每个迷失在这座城里的寻路者身上。利马曾以为自己能打破这个迷咒，但现在他已厌倦了那些错综幽暗的黑巷，只想快一点抵达有亮光的出口。

外面，天更黑、也更冷了，偶尔传来人们忙碌的喧哗，利马想起来了，今天是中国传统的年二十八，华人都在忙着办年货、洗邋遢。1849 年，好像还是道光年间吧？听说是"鸡年"——金鸡报晓，据说是有好兆头的年份，但这是对清国还是葡国而言呢？利马不太确定，但也不再去想了。

　　房间里的寒冷、身体内的疼痛,似乎正渐渐离自己远去,利马长吐了一口气,缓缓闭上了眼睛——天虽然黑了,但在这座他兜兜转转了一生的迷城里,却好像终于亮了起来。

A

ABELHA

DA

CHINA

| NO. I. | QUINTA FEIRA, 12 de Setembro. | 1822 |

"' HOC TEMPORE
OBSEQUIUM AMICOS, VERITAS ODIUM PARIT."—TERENTIUS.

在那個時候，

謊言帶來朋友，

誠實卻導致憎恨。

——第 1 期　澳門《蜜蜂華報》

1822 年 9 月 12 日

主要历史人物

利马(José Baptista de Miranda e Lima)

利马(1782年11月10日—1848年1月22日),中文史料又称"嗷遮吗呲吵",于澳门大堂区出生,父亲(José dos Santos Baptista e Lima)是澳门首位皇家教师,利马后亦子继父业,在圣若瑟修院教授葡萄牙文和拉丁文。他于1821年10月21日与妻子安娜(Ana Margarida de Oliveira Matos)结婚,并于其后四年内生育了三个女儿:玛丽亚(José Maria)、杰苏丝(Maria de Jesus)和安娜(Ana Maria Clara)。1822年,利马出任议事会法官,并卷入了当年的君主立宪改革风波,他和维森特·贝路(Paulo Vicente Bello)等人均为立宪派著名人物。1837年,因失宠于女王玛丽亚二世,被免去圣若瑟修院王室教师之职,女王在1836年签署的法令中指出这是因为"(利马)对我的合法政府和君主制宪章公开的不满之情"。1839年,利马出任议事会理事官,当年9月代表澳门葡人与巡视澳门的钦差大臣林则徐会面。除担任公职之外,他亦从事文学创作,著有《醒悟》《公鸡》等诗作,被称为澳门"具有无可替代地位"的"诙谐"诗人,对澳门土生土语的发展亦有所贡献。他于1848年1月22

日在澳门逝世,终年六十六岁,一生从未离开过这座城市。

林则徐

林则徐(1785 年 8 月 30 日—1850 年 11 月 22 日),福建省侯官县(今福州)人,字少穆,是主张严禁鸦片的代表人物。道光十八年(1838),他出任钦差大臣赴广东查禁鸦片,并于次年在虎门销烟。道光十九年七月二十六(1839 年 9 月 3 日),林则徐偕两广总督邓廷桢巡视澳门。他对西方的文化、科技和贸易持开放态度,主张学其优而用之,为了解西方国家情况,组织人员翻译外文书报,增加对西方的认知与了解。林则徐到广州后,在钦差行辕越华书院设置"译馆",招揽梁进德等一批译员收集报刊资料,以几份英文报纸(包括《新加坡自由报》《广州纪事报》《中国丛报》《广州周报》)为内容来源,译成《澳门新闻纸》,看见了中国以外的更庞大广阔的世界。他遭遣戍新疆后,把这些资料交给了魏源,魏源据此编成《海国图志》,对后来晚清的"洋务运动"乃至日本"明治维新"均产生了一定影响。道光三十年(1850),清廷进剿太平军,再命林则徐为钦差大臣,督理广西军务。但林则徐进至普宁,因病重暂住普宁行馆,于十月十九(11 月 22 日)辰时与世长辞,终年六十六岁。

义律(Charles Elliot)

义律(1801 年 8 月 15 日—1875 年 9 月 9 日),出生于英国贵族家庭,十四岁投身海军,在东印度和非洲沿岸服役,1828 年从海军退役并转到殖民地部工作,1830 年被派往圭亚那担任"奴隶保护官",其后更成为"废奴主义"的支持者。1834 年,他随律劳卑勋爵来华,担任贸易专员秘书,并于 1836 年 12 月接替罗便臣爵士出任"英国驻华商务监督"。虽然他本人反对鸦片贸易,但在英国政府和鸦片商的推动下,参与发动了第一次鸦片战争。义律曾与钦差大臣琦善私下商议签约,企图割占香港,但外交大臣巴麦尊对此极为不满,他认为英方得益太少,更批评香港是"鸟不生蛋之地",其后解除了义律的职务。1841 年 8 月,义律返英,由璞鼎查(Henry Pottinger)接替,后者于 1842 年 8 月 29 日与清廷代表钦差大臣耆英、伊里布签订《南京条约》。义律曾对自己被视作"亲华派"而如此辩护:"众人指责我太关照中国人,但我必须澄清,为了英国持久的声誉和实在的利益,我们应当关照这个无助、友好的民族。"义律返英后被投闲置散,过了一段时日才获重新起用,1865 年 9 月获"海军上将"军阶,1875 年于英格兰德文郡埃克斯茅斯去世,终年七十四岁。

邓廷桢

邓廷桢(1775—1846),字维周,又字嶰筠,晚号妙吉祥室老人、刚木老人。江苏江宁(现南京人)。嘉庆六年(1801)进士,历任浙江宁波知府,陕西延安、榆林、西安知府,湖北按察使,江西布政使,陕西按察使、布政使等职。道光六年(1826),升任安徽巡抚;道光十五年(1835)升任两广总督,林则徐到任后,他积极协助其查禁鸦片,后于道光十九年(1839)调任云贵总督,旋改调两江总督,尚未到任,又改调闽浙总督。道光二十年(1840),邓廷桢和林则徐同遭革职,道光二十一年(1841)五月,两人同被遣远戍伊犁,至道光二十三年(1843)七月才获赦东归,曾先后任甘肃布政使、陕西巡抚、陕甘总督等职。道光二十六年(1846)病逝于西安,终年七十一岁。

关天培

关天培(1781 年 1 月 8 日—1841 年 2 月 26 日),字仲因,号滋圃,江南淮安府山阳县(今江苏淮安县)人,行伍出身,历任把总、千总、守备、游击、参将、副将等军职。道光六年(1826)任太湖营水师副将,同年督押海运漕米船自吴淞到天津,受到嘉奖。次年提升为江南苏松镇总兵。据《关忠节公传》记载,关天培曾被星家谓其"生当扬威,死当血食,然六十当有大难",众人劝他年届六十即退休,但他表示"不忍归老江湖,吾当以死报国"。道光十四年(1834)授广东水师提督。关天培到任后大力整顿虎门防务:新修的靖远炮台为虎门各炮台之最;在林则徐、邓廷桢的大力支持下,从澳门等地购洋炮二百多尊;并改革编制、雇用民船,开展海陆协作。1841 年 1 月 7 日,英军袭击沙角、大角两炮台,关天培将几枚牙齿和几件旧衣装入木匣寄回家中,以表死战决心。2 月25 日,英军直逼虎门炮台群第二道防线,他亲自坐镇指挥。次日英军猛攻靖远炮台,关天培战死,终年六十岁。

边度(Adrião Acácio da Silveira Pinto)

边度(1700 年代晚期—1868),1837 年 2 月就任澳门总督,按葡萄牙女王玛丽亚二世之命,于任内把澳门"议事会"降格成为市政机构级别的"市政厅"。1842 年辞任总督职务,并于 1843 年以"全权大臣"的身份赴广州与清廷钦差大臣耆英谈判,提出"澳门议事会九请",希望澳门能获得与香港相同的地位,但清廷仅同意放宽部分贸易措施,对葡萄牙人最关注的领土要求并不让步。谈判失败后,葡萄牙女王于 1845 年单方面宣布澳门为"自由港",并于翌年委派亚马留(João Maria Ferreira do Amaral)出任澳门总督。亚马留随即在澳门推行强硬的殖民政策,包括:征收地租、人头税、不动产税;开辟从水坑尾至龙田村、关闸一带的新路,驱逐清朝驻澳官员并封闭关部行台,令明清以来中国对澳门的管理权遭到严重破坏。亚马留于 1849 年 8 月 22 日被华民沈志亮在莲峰庙附近刺杀。

裨治文（Elijah Coleman Bridgman）

裨治文（1801 年 4 月 22 日—1861 年 11 月 2 日），美国首位来华传教士，1832 年 5 月，创办中国第一份英文期刊《中国丛报》，主要发行地点在广州，裨治文支持林则徐的禁烟主张，在《中国丛报》屡次刊登反对鸦片的文章。1838 年，裨治文出版中文著作《美理哥合省国志略》。1839 年 6 月 13 日，林则徐在虎门海滩接见裨治文等人，重申禁烟决心，并详细讲解外国船只进港贸易的条件，还向裨治文等人询问英国人撤离商馆的意图，以及与英国女王及其他欧洲君主的通讯方式。林则徐表示希望获得西欧地图、地理书和其他外文书籍，尤其想要一套马礼逊编的《华英字典》。会面期间，裨治文向林则徐提及英国海军的实力，但林则徐表示不怕战争。1839 年 11 月 4 日，裨治文在澳门开办了中国第一所西式学府马礼逊纪念学校（Morrison Education Society School）；1850 年 4 月，裨治文与夫人在上海创办裨文女塾（Bridgman Memorial School for Girls），是中国历史上第一所女子学校。1861 年 9 月，裨治文罹患痢疾，延至 11 月 2 日不治，在上海家中逝世，终年六十岁。

梁进德

梁进德（约 1820—1862），出生于中国第一个（新教）基督徒家庭，父亲梁发为职业刻字工匠，是基督教在中国的第一位传道人。梁进德从小由西方传教士教养长大，立志成为翻译《圣经》之人才。1831 年年初，他开始师从美国传教士裨治文学习英文。1839 年 5 月，林则徐派人前往澳门，请他为自己担任口头与书面译员，甚至在林则徐被免职后，仍私人雇用梁进德，直至 1840 年 12 月。梁进德后来进入潮州海关任职，晋至副税务司职务,直至四十二岁因病辞职,返回故里后以中年卒。

巴波沙(Paulino da Silva Barbosa)

巴波沙少校〔生卒年份不详,澳门目前以"巴波沙"命名之地点是纪念第107、111及114任澳督巴波沙(Artur Tamagnini de Sousa Barbosa),而与巴波沙少校相关的痕迹在澳门已难觅寻〕,立宪派领袖之一。1822年,以澳门土生葡人为主的立宪派争取社会变革,8月19日,市民选出新的议事会并推举巴波沙执政。同年,他与阿美达(Jose da Almeida Carvalho e Silva)医生创办了澳门有史以来第一张报纸——《蜜蜂华报》,透过社论、读者来信等形式,打击保守旧势力。但新政体未获葡印总督承认,并于1823年6月被镇压。虽在清政府帮助下,澳门得以暂时解围,但立宪派内部亦矛盾重重。巴波沙主张改变政体,重选没有普通法官的议事会,导致其他派系不满。保守派则利用此机会,与葡印总督援军联手,于9月23日凌晨攻入澳门,逮捕了躲藏在市政议员俾利喇家中的巴波沙,并将其押往印度受审。《蜜蜂华报》亦从第54期起(该报共刊印67期)改变办报方向,转而成为抨击立宪政府、宣传复辟的舆论工具。

亚利鸦架(Miguel de Arriaga Brum da Silveira)

亚利鸦架(1776年3月22日—1824年12月13日),又称"眉额带历""雅廉访",生于亚速尔群岛,毕业于科英布拉大学法律系,后获任命为澳门王室大法官。1802年6月22日抵达澳门,长期担任大法官职务,并兼任澳葡海关司法官、王室金库司库官。1822年,澳门出现君主立宪改革的呼声。澳门葡人分成两派:一派以土生葡人为主体(以巴波沙为首)的立宪派,另一派以葡萄牙贵族官员为主体、力图维护原体制的保守派,其首领就是时任议事会理事官的亚利鸦架。葡人在澳门的君主立宪改革失败后,亚利鸦架于1823年12月26日从广州返澳并恢复职务,受到各界热烈欢迎。1824年12月13日,亚利鸦架在澳门病逝,年仅四十八岁。他在王室法官任上多次出任澳门议事会理事官及代理总督,经历了澳门历史上一系列重大事件,成为澳葡政府最具实权的人物之一,被誉为"澳门城市之父"。后开辟雅廉访大马路时,当局以其名纪念:"廉访"源自元代官职名称"肃政廉访司",即"监察御史",美化称之为"廉访","雅"即为"亚利鸦架"。

相关历史人物

巴麦尊　（Henry John Temple Palmerston）

英国外交大臣（1830—1834,1835—1841,1846—1851）

及首相（1855—1858,1859—1865）

律劳卑　（William John Napier）

首任英国驻华商务监督

庄士敦　（A.R.Johnston）

英国驻华副商务监督

阿士提　（John Harvey Astell）

"林维喜案"陪审团主席

史密斯　（Henry Smith）

英国"窝拉疑号"舰长

金查理 （Charles W.King）

美国奥立芬洋行股东

因义斯 （James Innes）

英国鸦片商

马地臣 （James Matheson）

英国鸦片商

颠地 （Lancelot Dent）

英国鸦片商

欧布基 （José Osório de Castro Cabral de Albuquerque）

澳门总督（1817—1822）

依德费基 （João Cabral de Estefique）

1823年受命进攻澳门并代理总督,后于1830至1833
年担任澳门总督

澳门议事会

澳门议事会（Leal Senado，又称议事公局、议事厅、议事亭等）是居澳葡人于十六世纪末（约 1583 年）成立的自治机构，其组成包括：一名理事官（Procurador，又称检察长、委黎多）、两名普通法官及三名市议员。1584 年，葡印总督致函澳门议事会，扩大其行政、政治和司法等管理权，后于 1586 年，葡印总督报葡西联合王国国王菲利普二世批准，命名澳门为"中国圣名之城"。1710 年，葡萄牙王室首次正式确认澳门议事会的权限。澳门议事会在明清政府的默许之下行使权力，管理葡人社区的内部日常事务。

1783 年，葡萄牙海事暨海外部部长以葡萄牙女王玛丽亚一世的名义发布《王室制诰》，此后澳门议事会的权力逐渐遭到削弱，相反澳门总督的权力则不断扩大。1822 年，澳门被纳入葡国的君主立宪体制，议事会宣誓效忠新宪法。不久立宪派取代保守派，议事会也短暂恢复了因《王室制诰》而丧失的权力，但是此次改革最后以失败告终。1834 年，葡萄牙实行海外殖民地行政改革，议事会作为市政机构被置于总督辖下；1837 年，在女王玛丽亚二世授意下，澳门总督边度把议事会降格为市政机构级别的"市政厅",在此期间,议事会与总督亦矛盾不断,曾于1835年(晏德那总督任内)及1847年(亚马留总督任内)被时任总督宣布解散。

回归前,澳门的市政机构由澳门市政厅和海岛市政厅组成。1999年12月20日,澳门特别行政区成立,将上述两个市政厅改组为"临时澳门市政局"及"临时海岛市政局";2002年1月1日,设立"民政总署",并撤销前述两局;2019年1月1日,撤销"民政总署"并设立"市政署",作为负责澳门民政及市政事务的非政权性市政机构。

后 记

算起来，《迷城之咒》的故事大概已在我心里酝酿超过二十年了吧。还记得，澳门回归那年我跑去莲峰庙寻觅林则徐的踪迹，却意外地发现庙旁那块"亚婆石"，并挖出亚马留的故事（后来写成小说《刺客》）。但关于林则徐以及那段时空下的澳门，一直在内心盘旋不去：道光十九年（1839），获皇帝任命为钦差大臣的林则徐亲赴澳门巡视，虽然只待了短短数小时，但这场与澳门来去匆匆的邂逅，不但为其后那个充满硝烟战火、动荡不安的时代拉开了序幕，想必也在钦差大人的内心掀起了不少波澜。

从林则徐1839年3月抵达广州，到中英9月在广东洋面初次交火，乃至次年鸦片战争爆发，我不禁感到好奇：1839年，在那场席卷神州的狂风暴雨到来的前夜，裹挟在中英两大帝国之间的澳门小城，作为开战前的拉锯角力场之一，身居其中的人们，心情又是怎样的呢？故事怎么写，才能展现澳门的独特视角？一连串问题，在心里翻来覆去，自己仿佛也困身于这座充满历史疑雾的迷城，兜兜转转，找不到出口，直至无意间找到了开启这座城门的钥匙——利马。

1839 年,在莲峰庙代表葡方接待林钦差的人到底是谁?关于这个疑问,史料大多语焉不详,有些更混淆了总督和理事官的职务,扑朔迷离,令人困惑。某天偶然读到一篇译文,其中一个不起眼的小注脚引起了我的注意:原来 1839 年的澳门理事官名叫利马,应该就是某些史料中提及与林则徐会面的那个"嘞遮吗咃哆"。而他的经历更是相当传奇:不但曾担任澳门的司法、行政官员,也是一位诗人和改革者。1822年,身为议事会法官的他,卷入了葡人在澳门立宪改革风波。1839 年,他作为议事会理事官,负责接待巡视澳门的钦差大臣。与为官清廉、手段严厉但思想开明的林则徐的这次会面,又在他的内心掀起了怎样的波澜?

　　沿着"利马"这个人物的视角,我找到了探索这座迷城的路线图。从这里开始,我逐渐在脑海中铺陈故事,书写历史想象。这是一场浩大的工程——关于鸦片战争以及战前国内及国际形势的史料浩瀚庞杂,涉及中、葡、英三方的种种博弈,以及澳门城内以"总督"为代表的里斯本贵族势力和以"议事会"为代表的土生葡人势力的明争暗斗,都不断挑战着我的想象力。

　　原以为这趟充满艰辛的探险之旅,起码还要再花上三五年,岂料人算不如天算:2020 年,世界停顿,坐困愁城,身陷斗室的日子虽不好受,却终有机会全身心投入这场穿越百年的书写工程。那段时间,从早上睁开眼睛到夜晚上床睡觉,我几乎将所有时间和精力都投入到这项写作工程。感谢命运的安排,透过书写那个不同的历史时空,也为我内心的迷惑、惶恐和不安找到了创作的出口。

　　鸦片战争对中国及中国人之影响深远毋庸置疑——它标志着中国近代史的开端。关于这场战争的起源、经过及影响,也有无数专家学者从不同角度分析探讨,不同领域的艺术工作者更推出诸多形式的艺

262

术作品。但在我读过的大多数虚构或非虚构作品中,"澳门"却常是一个被忽略的存在,不少历史书写经常将之一笔带过,甚或不加提及。但事实上,澳门作为鸦片战争爆发前夕的关键节点之一,不少历史场景在此上演。因此,如何想象并书写这段时空下的澳门,对澳门当地的创作人来讲,确实充满了吸引和挑战。

为了写好这个故事,我努力收集并阅读了各种有关鸦片战争的正野史料、文学及影视作品。古往今来的史学家、研究者和创作者,从不同观点、角度来探究这场早已尘埃落定的战争,也令我的书写变成了一场探寻历史的历奇之旅,途中的种种发现,也给我带来了大大小小的惊奇和满足感。我想,这大概是在创作以外的另一种乐趣吧。

所有的历史都是当代史,所有关于历史的书写,自然也离不开书写者对当下的感受和思考。近两百年后的 2024 年,世界依然动荡,大国之间的博弈,夹裹其间的普通百姓的疑惑和忐忑,似乎也穿越了时空,在昨天的他们和今天的我们之间,搭建起某种奇妙的情感联结。

历史小说的书写创作,还给我带来另一项异常艰巨的挑战——到底真实和虚构的边界在哪里?关于那些真实存在过的历史人物,确实发生过的历史事件、历史场景,该如何下笔?这些都令我战战兢兢、如履薄冰。因此,虽尽力避免,但相信书中仍难免有不少失误及出入,有些应是无心之失,有些也可能是艰难抉择所致(比如利马实际是于1848 年去世,但考虑到 1849 年是澳门另一个关键的转折之年,故在不影响基本史实的前提下,我在故事尾声将他置于一年后的时空,希望九泉之下的理事官能够谅解)。然而,要知道,历史本身就充满了种种误解:对同一人物有不同评价,对同一事件也有不同解读,作为后来者,对于历史,总是存在互相对立的说法、自相矛盾的解释、难分正误的版本,在爬梳和思考过程中,我也慢慢地领悟到:挖掘和书写历史,并非为了寻找某种唯一的标准答案(姑不论这种所谓的"唯一标准答案"是否存在),更多的,是应努力在不同的立场、观点和角度之间,搭建沟通的桥梁,尝试互相理解(当然不一定要认同)。毕竟,历史是由人创造和书写的。因此,人性有多复杂,历史就有多复杂;人性有多难说清楚、道明白,历史就有多难说清楚、道明白。

本书原作是第十三届"澳门文学奖"本地组中篇小说得奖作品(感谢"澳门文学奖"的主办单位:澳门基金会和澳门笔会,谢谢你们坚持不断为澳门写作人提供如此美好的创作与交流平台),其后有幸得到汤梅笑女士和甘以雯女士的热心引荐,和百花文艺出版社合作,并建议我在原作基础上再扩写成长篇小说。事实上,之前由于篇幅所限,关于这个故事的一些创作构思和相关史料难以全面铺展,这次大幅改写,拥有了自由发挥的空间,总算可以尽情挥洒心中所思所感,就此而言,《迷城之咒》终于把我心目中这个跨越百年的澳门故事呈现出来了。

借此机会我要特别感谢为本书绘制封面的霍凯盛先生,我一直很喜欢他的画作。写这个故事的时候,我脑海里经常浮现出他的画作——他作品中那种古今呼应的历史感,也是我希望自己的文字书写能达到的境界。另外,我也要感谢家人朋友一直以来的理解与支持,愿意包容我这个经常丢三落四、神不守舍的"Day Dreamer"。能随心所欲地沉浸于自我想象的世界虽然很过瘾,但现实生活里的各种琐碎和烦恼却不会因此消失,所以我要特别感谢妻子李罗卿——我永远的第一个读者、毫不客气的批评者和最信赖的支持者,谢谢你,因为有你的照顾,我才能安心地做自己。

本书这次有机会在中国内地出版,能被更多读者看见,实在令我铭感于心，在此我要感谢百花文艺出版社薛印胜社长、徐福伟副总编辑、本书编辑王亚爽和赵文博，以及协力本书出版工作的诸位同仁；当然还有最重要的，是衷心感谢每一位阅读本书的读者朋友——希望你们享受阅读它，正如我当初享受创作它一样。

　　是为记。

邓晓炯

甲辰年初夏于澳门